LA VIERGE VAGABONDE

ERLE STANLEY GARDNER | ŒUVRES

SUR LA CORDE RAIDE	J'ai Lu 1502***
L'AVOCAT DU DIABLE	
LA JEUNE FILLE BOUDEUSE	J'ai Lu 1459***
LE MYSTÈRE DU CHAT	
L'ŒIL DE VERRE	J'ai Lu 1574**
JEU DE JAMBES	
LE CANARI BOITEUX	J'ai Lu 1632***
CERCLE VICIEUX	
CHANTAGE À L'ŒIL	
LES DOIGTS DE FLAMME	
CRIME EN DEUX TEMPS	
CRIMES À MARÉE HAUTE	
LA NYMPHE NÉGLIGENTE	
LA ROUSSE SE REMUE	
L'ÉVÊQUE BÈGUE	
L'HÔTESSE HÉSITANTE	
LE MARI FANTÔME	
LE MOUSTIQUE FLEMMARD	
LA NIÈCE DU SOMNAMBULE	J'ai Lu 1546***
LA ROSIÈRE ALLUMEUSE	
VISAGE DE RECHANGE	
LA DACTYLO DÉGOURDIE	
LE VISON MITÉ	
POISSON EN PÉRIL	
LA FEMME AU MASQUE	
LE PERROQUET FAUX TÉMOIN	
ÉCHEC AU MEURTRE	
LA BLONDE AU COQUARD	
L'ESCARPIN DE LA SOURIS	
LA VIERGE VAGABONDE	J'ai Lu 1780***
L'AMANT PARESSEUX	
LA DANSEUSE À L'ÉVENTAIL	J'ai Lu 1688***
LA BRUNETTE BOUCLÉE	
LA PRUDENTE PIN-UP	
RISQUE À COURIR	
CŒURS À VENDRE	
LA LANGUE AU CHAT	
L'ÉPOUSE MAL RÉVEILLÉE	
L'AMOUREUX AGRESSIF	
LA PENDULE ENTERRÉE	
GARE AU GORILLE	
POKER PARTY	
LE CADAVRE CAVALEUR	
LA FEMME FUTÉE	
FLÉCHETTE SURPRISE	
LA NUDISTE NAVRÉE	
LE FANTÔME A DU SEX-APPEAL	
LA VAMP AUX YEUX VERTS	
L'ENTÔLEUSE ÉMOTIVE	
LE GRAND-PÈRE FUTÉ	
LA SÉDUISANTE SPÉCULATRICE	
LE CHAUFFARD CHANCEUX	
LES EMPREINTES EFFACÉES	
L'HÉRITAGE HASARDEUX	
LE MARI MENTEUR	
LA BOUGIE BANCALE	
UN FIEFFÉ FILOU	
LE CHINOIS CHICANEUR	
TROIS POUPÉES PERFIDES	
DING, DONG, DROGUE	
L'HORRIBLE HYPOTHÈSE	
PIC ET PIC ET DRÔLE DE DRAME	
PREUVE PAR DEUX	
LE MODÈLE MEURTRI	
LES SINGES SUBTILS	

ERLE STANLEY GARDNER

LA VIERGE VAGABONDE

TRADUIT DE L'AMÉRICAIN
PAR IGOR B. MASLOWSKI

éditions J'AI LU

Ce roman a paru sous le titre original :

THE CASE OF THE VAGABOND VIRGIN

© Erle Stanley Gardner, 1948
Pour la traduction française :
© Presses de la Cité, 1950

1

— John Addison à l'appareil, patron! annonça Della Street. Il est tellement ému qu'il en bafouille.

Perry Mason leva la tête et regarda sa secrétaire.

— John Racer Addison? demanda-t-il.
— Oui. Le propriétaire des « Grands Magasins ». Il fulmine!

Mason sourit.

— Dites à Gertie de me le passer, fit-il en décrochant le téléphone sur son bureau.

La voix d'Addison lui parvint, impatiente.

— Allô! Allô!... Allô, Mason! Pour l'amour de Dieu, passez-moi Mason! Passez-le-moi, vous dis-je! C'est une affaire de la plus haute importance. Passez-le-moi! Mason, Mason!... Où diable est-il?

L'avocat interrompit le monologue.

— Bonjour, Mr Addison, dit-il.
— Mason?
— Oui.
— Dieu soit loué! J'avais peur de vous rater. Avec toutes ces secrétaires, ces standardistes, et le diable sait quoi!... Rien que des formules de politesse et du blablabla! Ce que j'ai à vous annoncer est très

important et je ne pouvais pas attendre! Ça fait des heures que j'essaie de vous...

— Si c'est vraiment important, l'interrompit Mason une fois de plus, venez en aux faits. Vous vous plaindrez des téléphonistes plus tard.

— Mason, je voudrais vous poser une question.

— Accouchez.

— Surtout, ne riez pas.

— Promis.

— Et... bon Dieu de bon Dieu!... n'allez pas vous imaginer que je fréquente le genre de femmes dites de mauvaise vie. Ce n'est pas le cas! C'est une charmante jeune fille, douce et tendre, pure et fraîche...

— Qu'est-ce que vous vouliez me demander? interrompit à nouveau l'avocat.

— Mason, a-t-on le droit de mettre en prison une vierge en l'accusant de vagabondage?

— C'est une devinette?

— Non, non, je suis sérieux! Je ne plaisante pas! Tout ce que je vous dis est vrai. Ils l'ont mise en prison! Un vrai scandale! Et sous l'inculpation de vagabondage encore! Qu'est-ce que c'est, au juste, que le vagabondage? Je croyais que ce mot ne s'appliquait qu'à...

— Dans cet Etat, expliqua Mason, on affuble du nom de vagabond toute personne pour laquelle nos législateurs n'ont prévu aucun autre qualificatif. Une personne qui se promène dehors à une heure tardive sans pouvoir expliquer sa présence d'une façon satisfaisante peut être poursuivie pour vagabondage. Tout individu trouvé dans une étable, une écurie, voire un champ ou un pré qui ne lui appartient pas est présumé vagabond. Tout individu qui...

— Eh bien! c'est pour vagabondage qu'ils ont arrêté cette jeune fille, et j'estime que c'est un scandale intolérable! s'écria Addison. L'idée même qu'une aussi charmante jeune fille ait pu être arrêtée pour vagabondage me fait mal au ventre. Mason, vous êtes un excellent juriste. Faites-la relâcher! Sur-le-champ! Vous m'enverrez votre relevé d'honoraires dès que ce sera fait!

— Comment s'appelle-t-elle?
— Veronica Dale.
— Où se trouve-t-elle?
— A la prison municipale.
— Qu'est-ce que vous savez à son sujet?
— Je sais que ce n'est pas une vagabonde. C'est une ravissante jeune fille...
— Vous avez son signalement?
— Bien sûr! Je l'ai rencontrée. C'est une charmante jeune femme, bien élevée, raffinée et tout et tout. Elle a des cheveux blond platine et un teint délicat. Elle est d'aspect fragile. Son corps est... Bon Dieu! Mason, vous me comprenez, non? Elle est plaisante à voir. Des vêtements modestes, bon marché. Très respectable, quoi! Vous entendez : très respectable. Elle logeait à l'hôtel *Rockaway*, et un agent l'a arrêtée et l'a fait enfermer pour vagabondage! Incroyable! Scandaleux! Je veux qu'on la relâche!

— Puis-je me servir de votre nom?
— Vous êtes fou? Non! Jamais! Surtout ne me mêlez pas à l'affaire. Rendez-vous là-bas en qualité d'avocat. Allez-y et dites que... Bon Dieu! dites que vous êtes son avocat, un point c'est tout! Arrangez l'affaire...

— Comment ça?
— De la façon dont vous l'entendrez. Surtout qu'elle ne plaide pas coupable! Versez une caution! Exigez la constitution d'un jury! Faites-leur-en voir de toutes les couleurs, Mason! Je sais que vous ne vous occupez pas, d'habitude, de ce genre d'affaires,

mais faites-leur croire que c'est important. Envoyez-moi votre relevé quand vous voudrez, mais surtout allez-y sur-le-champ! Laissez tomber tout ce que vous avez en cours! Faites appliquer la loi! Quand je pense... Tous les matins, en ouvrant le journal, on apprend qu'une douzaine de crimes ont été commis pendant la nuit. Et la police, au lieu de rechercher les assassins, s'amuse à arrêter les fillettes et à les faire passer pour vagabondes! Bon Dieu! Mason, ne restez pas là assis à discuter alors qu'il y a des choses urgentes à faire! Allez trouver la police sans plus attendre et faites-la libérer!

— Je ne voulais pas vous interrompre en raccrochant, Mr Addison, lança sèchement Perry Mason.

— Vous ne m'interrompez pas! hurla Addison. Je veux que vous vous remuiez un peu! Je veux qu'on s'occupe de cette malheureuse!

— C'est ce que je pensais, déclara froidement l'avocat. Au revoir, Mr Addison. (Il raccrocha, puis adressa un sourire à Della Street.) Je vais de ce pas à la prison, Della, voir certaine vagabonde accusée d'être une... Non, je veux dire : une vierge accusée de vagabondage...

— Gare au lapsus, patron, déclara en riant Della Street. Selon qu'il s'agit de l'un ou de l'autre, l'affaire peut être complètement différente.

— C'est bien mon avis, reconnut Mason.

2

La surveillante précéda Veronica Dale au parloir.

Mason regarda la jeune fille avec curiosité.

C'était une jeune femme à l'innocence enfantine,

au visage inexpressif, aux grands yeux bleus, à la peau fine et blanche. Un très beau corps. Ses pensées, à supposer qu'elle en eût, ne se lisaient pas sur sa figure. Sa joliesse de poupée aurait pu donner le change à un mâle d'un certain âge, mais un agent de police pouvait aisément la prendre pour ce qu'elle n'était peut-être pas. Une chose, en tout cas, était certaine : elle ne passait pas inaperçue. Et pas moyen de lui donner un âge. Dix-huit ans ? Possible. Vingt-cinq ? Tout aussi possible.

– 'jour, dit-elle, aussi peu méfiante qu'un jeune chiot.

– Bonjour, déclara Mason. Je m'appelle Perry Mason et je suis avocat. Je suis ici parce que je vous représente.

– Gentil à vous. Comment avez-vous su que j'étais ici ?

– Par un ami.

– Un ami à vous ?

– Je crois plutôt un ami à vous.

Elle hocha la tête.

– Je n'en ai pas, fit-elle. Pas dans cette ville. (Puis elle ajouta d'un ton neutre :) Il n'y a pas assez longtemps que je suis ici.

– Je vais vous faire sortir de prison. Racontez-moi un peu comment ça s'est passé.

– Je loge à l'hôtel *Rockaway*, commença-t-elle. J'étais sortie faire un petit tour. Je me baladais dans la rue. Je ne faisais rien de particulier, quand voilà ce grand escogriffe qui s'amène et me demande ce que je fais. Je lui réponds : « Ça ne vous regarde pas ! » Alors il rabat le revers de son veston et me montre son insigne. Avant que j'aie eu le temps de dire ouf, il m'avait embarquée, et je me suis retrouvée avec une inculpation de vagabondage sur les bras.

— Vous faisiez certainement quelque chose, dit Mason.
— Absolument rien.
— D'après le procès-verbal, insista l'avocat, vous vous trouviez dans la rue « sans moyen d'existence apparent » et « en train d'accoster les passants ». L'agent qui vous a arrêté déclare, dans sa déposition, que vous avez refusé de répondre à ses questions.
— Je n'allais tout de même pas lui dire où je logeais! En quoi est-ce que ça le regardait! Il voulait savoir ce que je faisais, et j'ai répondu : « Je me promène. » Il a ensuite voulu savoir où je demeurais, et j'ai dit : « Nulle part. » Il a, après, demandé combien j'avais d'argent sur moi, et j'ai répondu : « Occupez-vous de vos oignons. » Alors il m'a accusée de faire quelque chose... quelque chose qui n'était pas vrai!
— *O.K.!* dit Mason. J'ai versé une caution de deux cents dollars et je vous ferai plaider non coupable. Je ne crois d'ailleurs pas que la police s'excite sur l'affaire. Si vous logez vraiment à l'hôtel *Rockaway*, vous devez y avoir des vêtements, des objets personnels. Je pense que les poursuites seront abandonnées.
— Bien sûr que j'y loge! Je peux le prouver!
— Bon, déclara l'avocat. Vous allez être libérée sous caution. Je vous attendrai dehors.
Puis il fit signe à la surveillante que l'entrevue était terminée.

Harry Bend, l'agent qui avait procédé à l'arrestation, était affecté aux patrouilles de nuit. On l'avait tiré de son lit pour déposer à l'audience des flagrants délits contre quatre ou cinq personnes qu'il avait fait incarcérer, et il accueillit Perry Mason en clignotant des yeux.

— Du diable si j'y comprends quelque chose! grogna-t-il d'une voix irritée... La môme faisait les cent pas dans la rue. Elle n'avait pas l'air d'une professionnelle, d'accord, mais je craignais qu'elle n'ait des ennuis et qu'elle ne finisse dans quelque terrain vague avec un bas autour du cou. Elle m'a fixé, et j'ai presque eu l'impression d'entendre : « Tu viens, chéri? » Je peux me tromper, sûr. N'empêche! Je lui ai demandé ce qu'elle faisait, et elle m'a répliqué : « Rien. » Je lui ai demandé où elle logeait, et elle m'a dit : « Nulle part. » Elle n'avait pas d'argent sur elle. Elle se contentait de faire les cent pas. A vrai dire, j'avais rien de grave à lui reprocher, mais, d'un autre côté, je ne voulais pas courir de risques.

— Est-ce qu'elle accostait les hommes? s'enquit Mason.

— Elle les dévisageait drôlement, en tout cas. Je ne l'ai pas entendue leur faire des propositions, c'est vrai. J'ai commencé à la questionner parce... parce qu'elle n'avait pas l'air d'être à sa place dans la rue. D'après les réponses qu'elle m'a faites, je me suis dit qu'elle avait eu quelques petits ennuis et qu'elle s'était décidée pour la vie facile. En fait, comme je vous le disais, j'avais peur qu'on ne la retrouve à l'état de cadavre...

— Elle m'a affirmé qu'elle avait une chambre au *Rockaway*, déclara Mason. Elle a ajouté qu'elle venait juste de la louer et qu'elle était sortie faire un petit tour.

— Alors pourquoi diable ne m'a-t-elle rien dit, bon Dieu de bon Dieu? Je me serais contenté de lui faire un brin de morale, puis je l'aurais laissée filer.

— Elle prétend que vous l'avez insultée, que vous avez été grossier avec elle.

— Si vraiment elle avait une chambre au *Rockaway*, elle ne se serait jamais laissé mettre en prison, grogna Bend. Zut! Ça ne tient pas debout, tout ça! Je vous parie cinq dollars qu'elle n'a jamais mis les pieds dans cet hôtel, ou si elle y a été un jour, c'est qu'un monsieur l'y avait emmenée. Pourtant le *Rockaway* est un endroit respectable. J'y pige rien!

– J'ai pensé que vous aimeriez, peut-être, y aller faire un petit tour avec nous, suggéra Mason.

– Pourquoi irais-je avec vous? J'ai du boulot, moi. Qu'elle raconte son histoire au juge!

– Si, déclara l'avocat de sa voix la plus douce, elle est vraiment une jeune fille bien, logeant au *Rockaway*, son arrestation pour soi-disant vagabondage pourrait vous attirer des ennuis. Il vaudrait mieux pour vous que l'affaire ne passe *jamais* devant les tribunaux. Après tout, c'est une ravissante jeune fille... Et elle a des amis.

– Des amis?
– Oui.
– Des amis, mon œil!
– Je suis là...

Le regard de Bend trahit brusquement son étonnement.

– C'est ma foi vrai! fit-il d'un ton incrédule. Dites donc, comment ça se fait qu'un avocat de votre calibre se trouve mêlé à cette histoire?

Mason se contenta de hausser les épaules.

Bend émit un sifflement, puis, après un instant de silence, demanda :

– Quand voulez-vous que j'y aille?

– Je l'ai fait relâcher sous caution, fit l'avocat. Je l'attends d'une minute à l'autre. Il vaudrait mieux que vous soyez présent à l'hôtel lorsque nous recueillerons les témoignages.

– D'ac... (Bend paraissait inquiet maintenant.) D'ailleurs, j'ai plus rien à faire ici. Tous les gars contre qui je témoignais ont plaidé coupable. *O.K.!*

je vais avec vous, Mr Mason. Plus j'y pense, et plus ça me paraît étrange.
— Venez, alors, dit Mason.

Quand l'avocat et Bend pénétrèrent dans le greffe de la prison, Veronica Dale signait le reçu de restitution des objets qu'on avait saisis sur elle. Elle leva la tête, adressa un sourire à Mason, vit l'agent, le fixa un instant d'un regard inexpressif, puis dit :
— 'jour!
— 'jour, fit Bend, presque machinalement. Comment ça va?
— Bien. Merci.
— Mr Mason, dit Bend, affirme que vous logez à l'hôtel *Rockaway*.
— Oui.
— Pourquoi ne pas me l'avoir dit?
— Ça ne vous regardait pas. Je n'aimais pas votre attitude.
— Vous vous seriez évité des tas d'ennuis.
— Je m'en fiche! Votre attitude me déplaisait.
— C'était pas une raison pour faire des chichis!
— Question de principe, déclara-t-elle froidement. J'essaie d'avoir de la sympathie pour les gens. Pas pour vous. Vous n'avez aucun respect pour les femmes.

Avant que Bend pût recouvrer ses esprits, Mason intervint.
— Venez, Veronica, dit-il. Nous allons effectuer un petit voyage en compagnie de Mr Bend. Et pas d'histoires! N'essayez pas de l'insulter, ni de lui arracher les yeux. Après tout, il ne faisait que son devoir.
— J'aime pas son métier, fit-elle, agressive.
— Moi non plus, déclara amèrement Bend. Du respect pour les femmes! Zut alors! Si seulement

vous voyiez le quart de ce que je vois chaque jour, ma vieille! Zut!

— Venez, dit Mason. Sa voiture est dehors. Nous allons vous accompagner à l'hôtel.

— Pour quoi faire?

— Je veux que Mr Bend constate de ses propres yeux que vous êtes inscrite sur le registre et que vous avez effectivement occupé votre chambre.

— D'accord, fit-elle.

Ils quittèrent la prison.

— Vous avez votre voiture? demanda Bend à l'avocat.

— Non, répondit celui-ci. J'ai pris un taxi.

— *O.K.!* Dans ce cas, nous allons prendre la voiture de la police. Ça colle, ma vieille?

— Je vous ai déjà dit oui.

— Bien dormi?

— Sûr.

— Tout va bien, alors?

— Oui.

— Sans rancune?

— Sans rancune, mais vous ne m'êtes pas plus sympathique pour cela.

Bend l'observa avec curiosité.

— J'y pige rien, fit-il. Quel âge avez-vous?

— Dix-huit ans.

— Dix-huit ans? Mon œil!

Elle ne répondit pas.

— Allons, Bend, en route, dit Mason.

Harry Bend s'arrêta devant le *Rockaway* en faisant crisser les pneus, sauta à terre, puis s'engagea dans la porte tournante, suivi par Mason et par Veronica Dale qui fermait la marche.

Bend alla droit à la réception.

— Vous avez une cliente du nom de Veronica Dale? demanda-t-il d'une voix agressive.

L'employé le regarda craintivement.
— Pourquoi? s'enquit-il. Que lui est-il arrivé? Je...
— J'ai dit : Avez-vous une cliente du nom de Veronica Dale?

L'employé consulta son registre.
— Oui, dit-il enfin.
— Le numéro de sa chambre?
— Le 309.

Bend désigna Veronica Dale d'un coup de pouce par-dessus son épaule.
— C'est elle?
— Je ne sais pas... Je ne prends mon service qu'à 7 heures du matin. Cette chambre a été louée hier soir, après 6 heures. J'étais déjà parti.
— Alors vous ne savez pas si c'est elle?
— Non.

Bend sortit une fiche vierge de la boîte posée sur le comptoir, prit un stylo et tendit les deux objets à la jeune femme.
— Ecrivez votre nom, ordonna-t-il.

Elle s'exécuta d'une main ferme.

Bend remit le stylo à sa place.
— *O.K.!* fit-il. Maintenant, je voudrais voir la fiche qu'elle a remplie en arrivant.

L'employé la lui donna. Les trois hommes se penchèrent, comparant les deux signatures.
— Aucun doute, déclara Mason; c'est la même écriture.
— Dites donc, fit Bend, regardez-moi un peu cette fiche, mon vieux. Aucune indication d'adresse. Juste les mots « de passage »! Qu'est-ce que ça veut dire? Depuis quand un client n'indique-t-il plus sa résidence habituelle ou l'endroit d'où il vient?

L'employé examina la fiche de plus près.
— Minute, dit-il. Il y a une annotation dans le coin. (Il étudia celle-ci un instant, puis consulta un regis-

tre.) La réservation a été faite par Mr Putnam, directeur de l'hôtel, déclara-t-il. Il a donné l'ordre, par téléphone, de réserver cette chambre au nom de Veronica Dale, ajoutant que, si elle était sans bagages, cela n'avait pas d'importance.

– A quelle heure a-t-il téléphoné? demanda Bend.

– Vers 9 h 30. Un quart d'heure environ avant l'arrivée de miss Dale.

– Vous aviez donc des chambres de libres? fit Bend d'un ton soupçonneux.

– Quand le directeur commande, oui, répliqua l'employé. Nous gardons toujours deux chambres disponibles en cas de besoin. C'était une de ces chambres. Officiellement, nous sommes complets.

Bend se tourna vers Veronica Dale.

– Vous connaissez cet homme, Putnam?

La jeune fille hocha la tête.

– Passez-moi la clé, dit Bend à l'employé d'une voix lasse. On va monter.

L'employé lui remit la clé du 309.

Veronica Dale se dirigea vers l'ascenseur aussi calme, aussi peu émue que si elle se fût trouvée avec deux vieux amis.

Arrivé sur le palier, Bend s'immobilisa brutalement et, la scrutant du regard :

– De quel côté? demanda-t-il.

– A gauche, répliqua-t-elle sans l'ombre d'une hésitation.

Ils suivirent le couloir. Le 309 se trouvait tout au bout. Bend inséra la clé, tourna, poussa la porte.

La chambre avait l'air confortable. Le lit n'était pas défait. Une mallette de voyage était posée sur le porte-valise. Bend s'en approcha, ouvrit la fermeture éclair, contempla le contenu.

– C'est à vous, ces trucs-là?

– Oui.

— Vous avez un permis de conduire?
— Non. Je ne sais pas conduire.
— Une carte d'assurances sociales?
— Non.
— Des papiers d'identité?
— Quelques-uns.
— Qu'est-ce que vous mijotez? intervint Mason. On dirait que vous avez envie de l'arrêter une seconde fois.

— C'est pas l'envie qui m'en manque, reconnut Bend. Il y a quelque chose de louche là-dessous.

— Je ne vois pas quoi, déclara Mason d'un ton irrité. Cette jeune femme occupait une chambre dans un hôtel de la ville. Elle avait des bagages. Elle était sortie à la recherche d'un endroit où dîner, et vous vous jetez sur elle, l'agonisez d'injures et, à la fin, l'accusez de racoler les passants. Pas étonnant qu'elle fasse montre, envers vous, de sentiments plutôt inamicaux...

— Gardez votre plaidoirie pour le jury, l'interrompit Bend. Au diable tout ça!

— Vous allez classer l'affaire?
— Vous voulez me poursuivre pour détention arbitraire?

— Pas en l'état actuel des choses. Vous ne tenez pas à le poursuivre, Veronica?

— Non, évidemment. C'était, pour moi, une question de principe, rien d'autre.

Bend réfléchit un instant.

— *O.K.!* déclara-t-il. Je proposerai qu'on classe l'affaire.

— Bon, dit Mason. Je me fie à votre promesse et je laisse tomber l'histoire. Dès que vous aurez retiré votre plainte, soyez assez bon pour me faire parvenir par mandat les deux cents dollars de caution que j'ai versés.

Bend l'étudia longuement, en se grattant le menton.

– Quant à vous, je parie que ça va vous rapporter cinq cents dollars d'honoraires, hein?

Mason sourit sans répondre.

Bend grogna quelque chose entre ses dents, pivota sur ses talons et sortit.

La jeune fille alla vers sa mallette ouverte, la ferma, puis dit :

– Ces policiers! Quels mufles! Voudriez-vous fermer la porte, s'il vous plaît?

– Non, dit Mason, je ne la fermerai pas. Un bon conseil : prenez garde à ce que vous faites. Chaque fois que vous avez un homme dans votre chambre, laissez la porte ouverte.

– Pourquoi?
– C'est le règlement de tous les hôtels.
– Quelle différence?
– Une sacrée différence!
– J'ai faim.
– On ne vous a pas donné à manger?
– Une goutte de café et un peu de *mush* (1). J'en ai juste avalé une gorgée ou deux.
– Vous avez de l'argent?
– Un peu.
– Combien?
– Un dollar et douze cents, je crois.
– Connaissez-vous un homme du nom de...
– Qui? fit-elle, voyant qu'il s'arrêtait.
– Rien.

Il ouvrit son portefeuille, en tira deux billets de vingt dollars, un de dix, et les tendit à la jeune fille.

– A quel titre? s'enquit-elle.

---

(1) Bouillie de maïs.

— Ça me regarde, dit-il. Je le mettrai sur ma note de frais.
— Vous voulez dire que vous me donnez cinquante dollars?
— Oui.

Sa gratitude avait quelque chose d'enfantin. Elle vint vers lui, posa ses deux mains sur son bras, le regarda de ses grands yeux innocents, puis tendit ses lèvres en une moue engageante.

— Mais pourquoi faites-vous ça pour moi? demanda-t-elle.
— Du diable si je le sais!

Il dégagea doucement son bras et quitta la pièce.

De la cabine téléphonique installée dans le hall de l'hôtel, il appela les « Grands Magasins ».

— Mr John Addison, demanda-t-il quand on eut répondu.
— Je vous passe son bureau, fit une voix de femme.

Il y eut un cliquetis, puis une autre voix de femme annonça :

— Le bureau de Mr Addison.
— Perry Mason à l'appareil, déclara l'avocat. Je désire parler avec Mr Addison.
— Un instant. Je vous passe sa secrétaire.

Puis il entendit une troisième voix de femme disant :

— Passez la communication.
— Je suis en ligne, dit Mason. Je veux parler avec Mr Addison.
— C'est Mr Mason lui-même?
— Oui.
— Mr *Perry* Mason?
— Oui.
— Et vous êtes à l'appareil?
— Oui, soupira l'avocat.

– Un instant, je vous prie. Je vous passe Mr Addison.

Quelques instants plus tard, la basse d'Addison retentit à l'autre bout du fil.

– C'est vous, Mason? Où êtes-vous?

– Dans la cabine téléphonique de l'hôtel *Rockaway*. Je pensais à vos doléances concernant la difficulté de me joindre à mon bureau et...

– Oui, oui. Et la jeune fille? Que s'est-il passé? Où...

– Elle est dans sa chambre, au 309.

– Je connais le numéro. Et alors?

– Légalement parlant, expliqua Mason, elle est en liberté provisoire sous caution. En fait, j'ai la promesse de l'agent qui l'avait arrêtée que l'affaire sera classée. Autre chose?

– Non, non. C'est tout. Bravo, Mason. Du bon travail. Du *très* bon travail. Envoyez-moi un relevé. Je savais que je pouvais compter sur vous. Voilà comment je les aime, les avocats, Mason...

– Etant donné les circonstances, déclara Mason, vous trouverez peut-être le relevé un peu salé, et...

– Non, non, en aucun cas! Envoyez-le-moi, je vous ferai parvenir un chèque par retour du courrier. Je suis content que vous l'ayez tirée de là.

– A titre de simple curiosité, demanda l'avocat, depuis combien de temps connaissez-vous Veronica Dale?

– Je ne la connais pas, fit Addison d'un ton maussade. Je venais juste de la rencontrer et je ne désire pas que mon nom soit mêlé à l'affaire. Je voulais vous demander de ne pas lui révéler qui vous avait engagé, mais vous avez raccroché avant que...

– Je ne lui ai rien révélé, interrompit Mason. Votre nom n'a été mentionné à aucun moment.

Vous m'avez bien recommandé de ne rien lui dire, et je n'ai jamais raccroché.

— Très bien, très bien, Mason. Envoyez-moi le relevé.

— N'ayez aucune crainte, promit Mason. Et voilà un sujet de méditation pour vous : ou bien cette jeune fille est vraiment bête, ou bien elle a fait tout ce qu'elle pouvait pour se faire arrêter.

— Qu'est-ce que vous voulez dire, Mason ?

— Je ne sais pas trop... enfin, je n'en suis pas sûr. Je me contente de vous donner mon impression : ou bien elle est vraiment bête, ou bien elle s'est fait arrêter dans une intention bien définie.

— Allons donc ! grogna Addison. Elle n'est pas bête, elle n'est que naïve.

— C'est peut-être vous, le naïf de l'histoire, déclara Mason.

Il raccrocha.

3

Della Street se glissa discrètement dans le bureau privé de Mason. L'avocat leva la tête.

— Une certaine Mrs Laura Mae Dale désire vous voir, annonça-t-elle.

— A quel sujet ?

Della sourit.

— Elle affirme que c'est strictement personnel et confidentiel.

— Eh bien ! fit Mason d'une voix irritée, si elle veut me voir, elle n'a qu'à dire ce qu'elle désire et prendre rendez-vous...

— Mrs Laura Mae Dale, déclara malicieusement Della Street, est la mère de Veronica.

— Veronica? (Mason fronça les sourcils, essayant de se rappeler.) Veronica. Elle... Ah! oui. La vierge incarcérée.

— En personne, dit Della.

Un sourire éclaira les traits de l'avocat.

— Savez-vous, Della? J'avais comme une idée que l'affaire n'était pas finie. Avons-nous envoyé un relevé à Addison?

— Oui. Cinq cents dollars. Il est parti ce matin. Addison avait fait téléphoner par sa secrétaire pour avoir ce relevé au plus tôt.

— Comment est-elle, cette Mrs Dale? s'enquit Mason.

— Du genre susceptible, si vous me comprenez. Je lui donnerais quarante-cinq ans bien sonnés. Une femme de tête. Les vêtements sont simples, mais de bonne qualité, et elle sait les porter.

— Faites-la entrer, Della. Je suis curieux de savoir ce qu'elle me veut.

Mrs Laura Mae Dale pénétra dans le bureau d'un pas assuré, Della sur ses talons. Elle se sentait aussi à l'aise devant Mason qu'elle l'eût été devant le Président.

— Enchantée de faire votre connaissance, Mr Mason, dit-elle. J'ai beaucoup entendu parler de vous... Vous avez été si gentil pour ma petite fille.

Et elle tendit la main par-dessus la table de travail de l'avocat.

Mason la jaugea du regard.

Elle devait peser dans les soixante kilos, et son maintien était empreint d'une assurance que rien n'aurait pu ébranler. Constitution nerveuse, mais elle avait apparemment appris à se contrôler. « En tout cas, pensa Mason, elle a l'air de savoir exactement ce qu'elle veut et la façon d'y arriver. »

— Asseyez-vous, l'invita-t-il.

— Merci. Je voulais vous exprimer ma reconnaissance. Vous vous êtes occupé de ma fille et...
— De rien, de rien.
— Mais pas du tout! Vous avez été magnifique! Quand je pense qu'un avocat de votre réputation a laissé tomber toutes ses affaires en cours pour voler au secours d'une jeune fille en détresse! Comment se fait-il qu'elle ait fait appel à vous, Mr Mason?
— C'est un sujet que je n'ai pas la liberté d'évoquer, aussi ne pourrai-je vous répondre que par ces simples mots : rien à déclarer.
— Vous n'avez pas à vous méfier de moi, Mr Mason.
— Rien à déclarer, répéta-t-il.
Elle sourit aussi gracieusement qu'elle le put.
— Veronica est une petite fille *très* gentille, dit-elle, mais *terriblement* impulsive.
L'avocat acquiesça.
— Elle voulait réussir dans la vie, poursuivit-elle, et commença par faire de l'auto-stop. Inutile de vous dire que je n'étais au courant de rien, sans quoi je l'en aurais empêchée. Elle m'avait laissé une lettre, m'annonçant ses intentions et déclarant qu'elle m'écrirait seulement lorsqu'elle aurait réussi.
— Et vous l'avez suivie jusqu'ici? demanda Mason.
— Exactement.
— Comment avez-vous deviné qu'elle se trouvait dans cette ville?
Mrs Dale sourit.
— La mentalité des enfants est *si* peu compliquée, expliqua-t-elle. Même lorsqu'ils se croient indéchiffrables comme le Sphinx, une mère peut lire en eux comme dans un livre ouvert. Depuis des mois déjà, Veronica parlait de venir ici. Puis, du jour au

lendemain, elle n'en souffla plus mot. Bon Dieu, mais c'était évident!

– Quand êtes-vous arrivée, Mrs Dale?

Nouveau sourire, indulgent cette fois.

– Le lendemain du jour de l'arrivée de Veronica. Au milieu de la matinée, Veronica avait fait de l'auto-stop, et moi aussi. Mais elle a été plus rapide.

– Comment avez-vous découvert ce qui s'était passé? En d'autres termes, pourquoi êtes-vous venue me voir?

Le sourire ne quittait pas ses lèvres.

– J'ai fait tous les hôtels pour savoir où Veronica était descendue, dit-elle. J'ai d'abord essayé les petits. J'avais un guide, avec la liste complète et les prix qu'ils pratiquent. A la fin, je me suis retrouvée au *Rockaway*. Vous comprenez, Mr Mason, je ne voulais pas que Veronica sache que je l'avais suivie. Elle aurait été furieuse. Mais c'est mon seul enfant, et je voulais être sûre qu'il ne lui était rien arrivé.

Mason acquiesça distraitement.

– D'en bas, j'ai appelé sa chambre, poursuivit Mrs Dale. Je voulais juste entendre sa voix. Après, j'aurais raccroché. Mais je n'obtins pas de réponse. Alors j'interrogeai une femme de chambre et, moyennant un petit *bakchich*, j'appris ce qui s'était passé. La femme de chambre me dit que Veronica avait eu des ennuis, qu'elle était rentrée à l'hôtel en compagnie d'un agent en uniforme et de Mr Mason, le grand avocat. Car vous êtes *très* connu, Mr Mason. La femme de chambre avait vu votre photo dans les journaux. C'était une piste intéressante. De fil en aiguille, je réussis à apprendre ce qui s'était produit, et me voici. Ce qui est arrivé est évidemment très pénible, mais c'est du passé. Pas la peine d'y revenir. Ça ne sert à rien de se lamenter sur le passé, voilà le principe qui me guide dans l'existence. Et j'ai essayé de l'inculquer à Veronica.

– Quel âge a-t-elle? demanda Mason.

– Dix-huit ans à peine, mais on ne le croirait pas.

– Elle est bien jeune.

– Je sais, mais c'est une personne de tête, et vous pouvez être sûre qu'elle se gardera de commettre la moindre sottise.

– Elle m'a paru avoir plus de dix-huit ans, fit observer l'avocat.

– N'est-ce pas?

Le sourire de Mrs Dale était radieux.

– Et pourtant, elle n'a que dix-huit ans.

– Vous voudriez lui parler? demanda Mason.

– Bonté divine, jamais de la vie! Pour rien au monde je ne voudrais qu'elle apprenne ma présence dans cette ville. Je l'ai juste suivie pour m'assurer qu'il ne lui était rien arrivé. Elle a l'âge, après tout, de vivre sa vie comme elle l'entend. Mais je n'aimerais pas m'immiscer dans son existence. Elle a le droit, après tout, de choisir elle-même sa voie.

Mason acquiesça, comme pour l'engager à poursuivre.

– Voyez-vous, Mr Mason, continua Mrs Dale, j'estime que c'est le meilleur moyen pour les adolescents d'acquérir de l'expérience. C'est la façon dont j'ai appris la vie. Moi aussi, j'ai été indépendante très jeune. Seulement, moi, j'aurais souhaité qu'une mère guidât mes premiers pas... Bah! c'est de l'histoire ancienne. Les souvenirs et les regrets sont vains. La réalité quotidienne est déjà suffisamment triste, n'est-ce pas votre avis, Mr Mason?

L'avocat acquiesça une fois de plus.

– Et j'ai l'impression, poursuivit-elle, que Veronica saura se débrouiller dans la vie. Elle a trouvé un emploi dans un grand magasin, à trente dollars par semaine...

— Je vois que vous êtes très bien renseignée, remarqua Mason.

— Bien sûr! Je ne l'ai pas perdue de vue depuis que je suis ici. C'est une drôle de fille. Pas méfiante pour un sou. Elle s'ouvre à toute personne qui, croit-elle, lui veut du bien. Prenez la femme de chambre, par exemple. Elle dira tout, même à une femme de chambre, si celle-ci lui est sympathique. Mais cet agent... Quand je pense à la façon dont il l'a traitée! Savez-vous, Mr Mason, qu'elle ne lui aurait rien dit, même s'il l'avait torturée?

— Vous avez l'intention de rester ici? demanda l'avocat.

— Mon Dieu! J'ai une petite affaire à moi... un restaurant que je dirige dans une petite ville de l'Indiana, un endroit dont vous n'avez jamais entendu parler. Maintenant que je suis rassurée sur le sort de Veronica, je vais repartir. Mais avant, Mr Mason, je voudrais vous régler ce que je vous dois. Jamais je ne pourrai assez vous remercier pour ce que vous avez fait.

Mason fronça les sourcils, réfléchit un instant, puis déclara :

— Eh bien! si vous voulez réellement me dédommager de mon dérangement, je crois que cinquante dollars suffiraient.

— Absurde, Mr Mason! Vous avez avancé l'argent de la caution. Vous êtes un avocat très cher. Vous...

— Mais non, mais non. La caution me sera remboursée. L'affaire est classée.

— Mais, Mr Mason, il est absurde de penser que vous auriez fait tout cela pour cinquante misérables dollars. Cinq cents me paraîtraient un chiffre plus raisonnable.

– Non, dit fermement Mason. Etant donné les circonstances, la somme de cinquante dollars est tout ce que je demande.

Mrs Dale ouvrit son sac, en tira un carnet de chèques, ainsi qu'un stylo.

– Où pourrais-je écrire? s'enquit-elle.

– Par ici, dit Della Street, qui l'installa à sa propre table.

Mrs Dale inscrivit le nom de la banque – la *Second Mechanics National Bank of Indianapolis* – puis remplit un chèque de cent cinquante dollars payable à Mr Perry Mason et le signa d'une main ferme. Après quoi, elle le retourna et, au verso, ajouta les mots : « En règlement complet pour services rendus à ma fille Veronica Dale. »

– Voilà qui est fait, dit-elle, séchant l'encre. C'est beaucoup plus raisonnable. Ma conscience ne m'aurait jamais permis de vous remettre cinquante dollars. Cinquante dollars à Perry Mason! Absurde!

Elle inclina sa tête de côté, examina le chèque, puis le tendit à Della Street. Celle-ci, à son tour, le remit à Perry Mason.

– Et maintenant, dit Mrs Dale, pourrais-je avoir un reçu?

– La façon dont vous avez endossé le chèque constitue un reçu.

– Mais je pense que ce serait plus régulier que vous me fassiez un reçu. Sincèrement, je préfère...

– Rédigez un reçu, Della, dit Perry Mason à sa secrétaire. Indiquez que nous avons reçu un chèque, sur la *Second Mechanics National Bank* d'un montant de cent cinquante dollars, et que ce chèque, *quand* il aura été payé, constituera un reçu pour tout service rendu à ce jour à Veronica Dale.

Della fit signe qu'elle avait compris, s'installa

devant sa machine, prit deux reçus en blanc, et allait commencer à taper quand le téléphone sonna.

Elle décrocha, dit : « Allô! », écouta quelques instants, fronça les sourcils, jeta un coup d'œil au patron, puis à Mrs Dale, et déclara enfin :

— Absolument impossible pour l'instant. Nous vous rappellerons d'ici quelques minutes... Oui, quelques minutes... Oui, oui, tout de suite.

Elle raccrocha, inscrivit quelques mots sur un morceau de papier, puis rédigea le reçu. Lorsqu'elle remit ce dernier à Mason, elle lui glissa en même temps le billet : *Addison veut vous voir sur-le-champ. Il est dans tous ses états.*

Mason jeta un coup d'œil à sa secrétaire, froissa le morceau de papier, le jeta au panier, signa le reçu et le tendit à Mrs Dale.

— Je crois que c'est ce que vous vouliez, dit-il. Et maintenant, je vous prierai de m'excuser. J'ai terriblement à faire et je dois me mettre en rapport avec un client.

— Oh! je comprends très bien! déclara-t-elle en se levant. Et, encore une fois, merci, Mr Mason.

— Vous feriez bien de me laisser votre adresse...

— Oh! mais c'est déjà fait. Je l'ai donnée à votre standardiste.

— Très bien, merci.

Et Mason se leva.

— Et vous ne parlerez de ma visite à personne, l'arrêta-t-elle.

— Même pas à Veronica?

— Bon Dieu, non! Je ne veux pas que ma petite fille apprenne que je l'ai suivie dans cette ville. Si elle savait... elle penserait que je suis venue l'espionner. Elle a des idées très arrêtées.

— Supposons, dit Mason, que Veronica vienne chez moi pour me payer?

Mrs Dale réfléchit.

— Dites-lui qu'un ami vous a réglé, Mr Mason, suggéra-t-elle enfin. Vous n'avez pas à lui en dire davantage. Simplement : un ami. Et maintenant, Mr Mason, je vais me retirer.

Elle inclina la tête, sourit à Della Street et quitta la pièce.

— Pour être bien renseignée, elle l'était on ne peut mieux, déclara Mason, songeur. Et en un temps record! Paul Drake devrait l'engager comme détective.

— Je suppose qu'elle a fait parler la femme de chambre, dit Della Street. Voulez-vous que j'appelle John Addison?

Mason acquiesça.

Quelques secondes plus tard, elle lui tendit le récepteur.

— Vous m'avez demandé, Mr Addison? demanda Mason.

— Oui, oui. Il faut que je vous voie! Tout de suite! Sur-le-champ!

— Vous ne pouvez pas me dire de quoi il s'agit?

— Non, pas au téléphone. Je suis à mon bureau, ne l'oubliez pas. Sacré nom de... J'ai besoin de vous *voir*! Et surtout, quand j'arriverai, ne me faites pas poireauter! Je pars!

— Je vous attends, dit Mason. Incidemment, il s'est passé quelque chose de curieux concernant votre amie, la petite Veronica.

— Sacré nom de...! hurla Addison. Allez-vous cesser de l'appeler « mon amie »?

— Ne l'est-elle pas?

— Non! glapit Addison. Je pars aussitôt! Et je veux être introduit dès mon arrivée!

Et il raccrocha furieusement, sans même une formule de politesse.

4

Gertie, la téléphoniste, pénétra dans le bureau de Mason sur la pointe des pieds.

– Bon Dieu! Mr Mason, murmura-t-elle d'une voix effrayée, Mr Addison est dans la salle d'attente. On dirait qu'il est atteint de la danse de Saint-Guy.

Mason sourit.

– Quatre-vingt-dix-neuf fois sur cent, il obtient ce qu'il veut, déclara-t-il. Dites-lui de s'asseoir et d'attendre.

– Il refuse, Mr Mason. Il marche de long en large et me jette des regards furieux. Il m'a ordonné d'aller vous annoncer qu'il était là et qu'il voulait vous voir sur-le-champ.

– Faites-le attendre une ou deux minutes, Gertie, juste pour le principe. Après, vous pourrez lui dire d'entrer.

Lorsque, trois minutes plus tard, John Racer Addison pénétra dans le bureau, il offrait un spectacle saisissant. Il semblait avoir perdu toute la dignité qu'il arborait d'habitude et sautilla plutôt qu'il ne vint vers l'avocat.

C'était un homme massif, presque trop fort, vêtu avec recherche. Habitué à être sollicité, il paraissait gêné d'être lui-même rabaissé au rang de solliciteur.

– 'jour, Addison.

Mason contourna sa table de travail et tendit la main.

Addison l'effleura à peine.

– Mason, bredouilla-t-il, je suis dans le pétrin! Dans un drôle de pétrin!

– Asseyez-vous quand même... Là... Allez-y.

Addison jeta un regard à Della Street.

— Vous connaissez miss Street, ma secrétaire! dit Mason. Elle assiste à tous les entretiens, prend les notes et est en quelque sorte mon bras droit. Vous pouvez avoir en elle une confiance absolue.

— Je n'ai confiance en personne, grogna Addison. J'ai été payé pour le savoir.

Mason sourit et reprit sa place devant la table.

Le silence qui suivit parut intenable à Addison.

— Bon, bon, fit-il, découragé. Vous avez gagné. Et j'ai l'impression que le monde entier se ligue contre moi depuis quelque temps.

Della Street, crayon en main, prit un air innocent.

— De quoi s'agit-il au juste? s'enquit Mason.

— Mason, on me fait chanter!

— Qui ça? La somme? Le motif?

— Un homme dont je n'ai jamais entendu parler : un type du nom de Dundas, George W. Dundas.

Mason sourit.

— George W., hein? Je suppose que la mère de Mr Dundas l'avait baptisé George Washington dans l'espoir d'en faire un second père de la patrie. Au lieu de quoi, le petit George est devenu maître chanteur.

— En réalité, déclara Addison, son second prénom est Whittley. Il est titulaire, dans un journal, d'une rubrique de « potins », qu'il signe George Whittley Dundas. Un journal de basse classe. J'ai découpé son article dans un des derniers numéros. Le voici.

De ses doigts manucurés, Addison tira son portefeuille, en sortit une coupure de presse pliée en deux et la posa devant l'avocat.

— Ah! oui, fit Mason, après y avoir jeté un coup d'œil. Un de ces « journalistes » qui travaillent dans l'insinuation et le sous-entendu. C'est ce qui explique leur succès, sans doute. (Il choisit au hasard un passage et lut :) « Quelle est donc cette charmante jeune femme qui a été aperçue, ces temps derniers, dans un certain nombre de night-clubs en compagnie d'un « ami de la famille »? Le pauvre mari sait-il seulement que l'on a déjà consulté un avocat de Reno (1)? » (L'avocat leva la tête et regarda son vis-à-vis.) Ce genre de littérature plaît à une certaine catégorie de lecteurs, fit-il. Impossible de dire si telle chose est vraie ou non. Si vous connaissez quelqu'un à qui la situation peut s'appliquer, c'est peut-être vrai. Sinon... cette « charmante jeune femme » dont l'auteur de l'écho tait pudiquement le nom pourrait fort bien n'être que le fruit de son imagination. Qu'est-ce qu'il vous veut, ce Dundas?

— Je ne traite pas directement avec lui, expliqua Addison, mais avec un certain Eric Hansell, qui prétend être l'informateur et le bras droit de Dundas.

— Ça m'a tout l'air d'une gentille petite entreprise de chantage, dit Mason. Seulement, si on va au fond des choses, vous n'avez aucune preuve contre Dundas. Il peut démentir et désavouer Hansell à n'importe quel moment.

— Possible, possible, glapit Addison d'une voix de fausset. Le mécanisme de la chose ne m'intéresse pas. Pour moi, c'est du chantage pur et simple.

— Donnez-moi donc quelques détails.

Plus nerveux que jamais, Addison croisa ses jambes, les décroisa, les recroisa.

— Sacré nom de..., dit-il. Je ne sais par où commencer.

— Racontez-moi d'abord les circonstances dans lesquelles vous avez fait la connaissance de votre vierge.

---

(1) La ville des divorces.

Addison tressaillit.
- Hein ? Quoi ? fit-il faiblement.
- Vous m'avez bien compris !
- Comment savez-vous qu'elle a quelque chose à voir avec ça ?

Mason sourit.

- Mon Dieu, fit Addison, essayant de prendre une contenance, pourquoi pas, après tout ? C'était mardi soir, vers les 9 heures. J'aperçus cette jeune personne, une petite mallette à la main, sur le bord de la route. Elle ne levait pas son pouce, mais tout, dans son attitude, indiquait clairement qu'elle cherchait quelqu'un de compatissant, susceptible de lui offrir une place dans sa voiture.
- Vous vous êtes arrêté ?
- Pas sur-le-champ. Je me suis dit : « C'est une professionnelle de l'auto-stop. » Je n'aime pas ce genre de femmes. Je poursuivis ma route, mais, en passant à côté d'elle, je tournai la tête et m'aperçus qu'elle était toute jeune et qu'elle paraissait désemparée. Je ne pouvais tout de même pas la laisser là ; elle aurait pu devenir la proie d'un automobiliste sans scrupules. Je m'arrêtai et la fis monter.
- Vous a-t-elle remercié ?
- Elle s'est montrée charmante.
- Continuez, dit sèchement Mason.
- Bien entendu, poursuivit Addison, lorsqu'on vient en aide à une jeune fille comme Veronica, on finit par engager la conversation...
- Je vous écoute.
- Tout d'abord, elle manifesta une certaine réserve. On aurait dit qu'elle me jaugeait. Elle fit preuve d'une certaine méfiance et me parut même quelque peu gênée. Mais je me hâtai de la rassurer et de lui faire comprendre que l'intérêt que je pouvais lui porter était purement paternel.

— Purement, répéta Mason, comme se parlant à lui-même.

— Hein? Qu'est-ce que vous dites?

— Rien. Continuez.

— Elle ne fut pas longue à s'ouvrir à moi, à me raconter son histoire. Elle avait une mère qu'elle aimait beaucoup, mais cette enfant n'en pouvait plus de végéter dans la petite ville où elles vivaient. Et, dit-elle, chaque jour elle avait de plus en plus l'impression qu'à moins de faire quelque chose, elle resterait dans ce patelin jusqu'à la fin de ses jours.

— Vous a-t-elle parlé de sa famille?

— Oui. Le père est mort. La mère dirige un petit restaurant, une espèce de snack. Le village est situé à une centaine de kilomètres d'Indianapolis. Un endroit désert et morne qui, de jour en jour, se meurt un peu plus. Elle m'a raconté très franchement la vie qu'elle menait. Elle servait les clients, lavait la vaisselle, aidait à la cuisine. Une existence intenable, quoi! Les jeunes gens avec qui elle aurait pu faire sa vie étaient tous partis. Les grandes villes offrent bien plus de possibilités. Etaient seuls demeurés les fainéants, les paresseux et les faibles d'esprit. Personne avec qui sortir, personne avec qui danser...

— Je vois que vous avez été fort impressionné par votre vierge.

— Qu'est-ce qui vous le fait croire? aboya Addison.

— On dirait que vous la citez textuellement : personne avec qui sortir, personne avec qui danser.

Addison le foudroya du regard.

— Quel âge a-t-elle? demanda Mason.

— Dix-huit ans.

— Vous en êtes sûr?

— Bon Dieu, non! Comment pourrais-je l'être? Je n'ai pas assisté à sa naissance, ni...

— Vous avez vu son permis de conduire?

— Non! Allons, Mason, je n'aurais jamais... Bref, elle aurait pu aussi bien avoir seize ans que vingt-cinq...

— Compris. Ensuite?

— Eh bien! Elle m'avoua très franchement qu'elle avait décidé de chercher fortune ailleurs, d'essayer de trouver un emploi et de devenir indépendante. C'est seulement ensuite qu'elle aurait écrit à sa mère pour l'informer de ce qu'elle était devenue.

— Vous a-t-elle donné le nom de sa mère?

— Non, je ne me suis pas préoccupé des détails. Nous n'avons roulé ensemble que peu de temps, une quarantaine de kilomètres au maximum, et ce qui m'intéressait davantage, c'était de savoir quelles étaient ses intentions immédiates : où elle voulait s'arrêter, où elle voulait chercher du travail.

— Vous a-t-elle dit quelque chose à ce sujet?

— Elle a reconnu qu'elle n'avait pas beaucoup d'argent sur elle et que ses projets étaient encore vagues. Elle n'avait aucune expérience de la vie et m'a fait l'impression d'une enfant égarée dans la forêt. J'avais peur pour elle. J'ai travaillé dur, toute ma vie, pour arriver à une position assise, et voilà que je me trouvais en présence d'une jeune fille que j'allais abandonner dans une ville inconnue, hostile, avec peut-être trop peu d'argent pour trouver une chambre où passer la nuit...

— Alors, vous lui avez donné de l'argent?

— Le problème était beaucoup plus compliqué, répondit Addison. Il s'agissait tout d'abord de lui trouver une chambre dans un hôtel décent. Vous n'ignorez certainement pas, Mason, que de nos jours il ne suffit pas d'entrer dans un hôtel et de demander une chambre. En premier lieu, les hôtels n'aiment pas les femmes seules, à moins qu'on ne sache d'où elles viennent. Par ailleurs, il faut réserver une chambre plusieurs jours, et quelquefois plusieurs semaines à l'avance, sans quoi vous vous exposez à coucher dans une salle de bains, et encore...

— Bref, qu'avez-vous fait?
— Je me suis arrêté à l'entrée de la ville pour téléphoner à un de mes amis, qui est le directeur du *Rockaway*. Je lui annonçai que je lui envoyais une jeune femme du nom de Veronica Dale et le priai de faire le nécessaire pour la loger. Il me promit tout ce que je demandais. Bien entendu, je lui déclarai que je me portais garant.

— Ensuite?
— Je remontai en voiture, la conduisis au *Rockaway*, et lui dis d'y louer une chambre. Je demeurai devant la porte le temps qu'elle remplisse sa fiche, puis, certain qu'elle savait où dormir, maintenant, je mis le moteur en marche. Vous savez, Mason, que la plupart des hôtels disposent toujours d'une ou deux chambres vides en cas de nécessité, que survienne un client important ou autre chose...

— Oui, oui. Ensuite?
— Eh bien! je m'en retournai chez moi, persuadé que j'avais fait tout ce qui était en mon pouvoir pour l'aider.

— Comment avez-vous appris qu'elle avait été arrêtée pour vagabondage?
— La surveillante de la prison m'a téléphoné le lendemain matin. Veronica n'avait pas voulu qu'on me dérange au milieu de la nuit! Vous vous rendez compte! Elle a préféré coucher en prison plutôt que de me...

— Comment savait-elle votre nom? Vous lui aviez donné votre carte?
— Pour être franc, Mason, non. J'en éprouvais

quelques remords, c'est vrai, mais il est des précautions qu'un homme dans ma situation se doit de prendre. Je présume qu'elle a satisfait une curiosité très naturelle et a dû consulter la plaque sur le tableau de bord pendant que je téléphonais à l'hôtel. C'est seulement, disais-je, le lendemain matin qu'elle permit à la surveillante de me téléphoner.

— Quelle heure était-il ?

— Juste avant que je vous appelle.

— Bon, me voilà fixé, dit Mason. Je suppose que vous ne l'avez pas revue depuis que je l'ai fait relâcher ?

— Oh ! mais si ! Je lui ai trouvé du travail ! Je lui ai téléphoné au *Rockaway* et lui ai conseillé d'aller voir le chef du personnel des « Grands Magasins ».

— Quand était-ce ?

— Peu après son retour à l'hôtel. Vous m'avez téléphoné de la cabine du *Rockaway*, et je l'ai appelée presque aussitôt.

— Vous ne me l'avez pas signalé.

— Je ne vous ai pas parlé depuis.

— Je veux dire que vous ne m'avez pas mis au courant de vos intentions.

— Bon Dieu, Mason, dois-je vous demander la permission pour chaque petite chose que je décide ?

— Il est parfois sage de se montrer franc avec son avocat.

— Sacré nom de..., Mason. A vous entendre, on croirait que c'est une aventurière, voire pire !

— M'est avis que vous éprouvez de la difficulté à vous en débarrasser.

— Ne dites pas de sottises. Je vous répète que c'est une charmante enfant, pure et innocente.

— Ce chantage, dont vous me parliez, n'est, je présume, qu'une simple coïncidence ?

— Et comment! grogna Addison. Attendez que je vous raconte la suite.

— C'est la moindre des choses.

— Eh bien! commença Addison, lorsque, après mon coup de téléphone, Veronica vint me voir, je lui parlai à cœur ouvert, comme si elle avait été ma propre fille. Je lui dis qu'il n'était pas raisonnable de se promener dans la rue en pleine nuit. Je l'avertis que, si elle le faisait, elle finirait par s'attirer de sérieux ennuis. Je lui rappelai qu'on avait commis, ces temps derniers, des crimes sadiques, et qu'elle devait se montrer prudente. Après quoi, je l'envoyai chez mon chef du personnel.

— Et vous lui avez offert un emploi?

— Je suppose qu'elle a effectivement été engagée. Je lui avais donné ma carte, et ce simple fait aura dû lui assurer la bienveillance du chef du personnel. Je ne me suis pas donné la peine de vérifier.

— Ainsi, à votre connaissance, elle travaille actuellement aux « Grands Magasins »?

— Je le crois.

— Bon. Et Dundas?

— Eh bien! cet homme, ce Hansell, m'a téléphoné et a demandé à me voir. Il voulait, disait-il, m'interviewer, publier un « profil » dans le journal. Vous comprenez, Mr Mason, qu'un homme comme moi ne peut se permettre d'offenser la presse. Je ne suis pas adversaire de la publicité et ne ne l'ai jamais été.

— Bien sûr, fit sèchement Mason.

— En fait, poursuivit Addison, notre entrevue fut fort différente de ce que je m'étais imaginé. Mr Hansell se révéla être un rouquin à l'air insolent, beaucoup plus l'allure d'un habitué des champs de courses que celle d'un respectable journaliste. Je le jugeai sur-le-champ à sa juste valeur : dégoûtant et impudent. Il commença par me poser

un certain nomb...
mon associé et mes a...
tinentes et personnelles...
arrogant au possible. J'étais sur...
dehors, quand il me demanda ce que...
représentait pour moi.

» Je vous avoue, Mason, que j'en restai pan...
Cet homme paraissait savoir des tas de choses. Il avait apparemment eu vent de mon coup de téléphone au directeur du *Rockaway* et il m'annonça que George Dundas allait me consacrer une partie de ses « potins ». Il me demanda ensuite ce qu'il y avait de vrai dans les rumeurs selon lesquelles j'aurais pris la décision d'épouser une jeune femme du nom de Veronica Dale qui, la nuit précédente, avait été arrêtée pour vagabondage.

» A ce moment, Mason, je perdis tout contrôle de moi-même. Je me mis à hurler. Je lui dis d'aller au diable. Lui, il se contenta de gratter une allumette sur mon bureau, alluma sa cigarette et me dit d'un air protecteur : « *O.K.!* tas de lard, on va la publier votre histoire... » Imaginez un peu, Mason! Ce petit saligaud me traitant de « tas de lard » dans mon propre bureau!

– C'était, en effet, vous manquer quelque peu de respect, déclara Mason, évitant soigneusement de regarder du côté de Della Street.

– Manquer de respect! s'exclama Addison. C'est le summum de l'insolence!

– Après ça, je suppose, vous l'avez mis à la porte?

– Euh!... La situation s'était passablement compliquée. Si Dundas publiait un « potin » de ce genre...

– Vous le poursuivriez en diffamation, acheva Mason.

– Mais c'est qu'il existe un certain nombre de

accord, s que la déformer, es intentions. ...arquer, j'*avais* ...te et l'*avais* ame- ...phoné au directeur ...ner une chambre; je ...De son côté, elle avait ...gabondage, et moi j'avais ... ...ir mon avocat pour la faire libe... ...avais trouvé un emploi dans mon ... ...utile de dire que je n'aimerais pas voir... ...noir sur blanc. C'est innocent, oui, mais il y a ... ...urs des gens cyniques, de mauvaises langues, qui cherchent à tout des raisons qui ne sont pas. Tout ça est très, très fâcheux.

– C'est bien mon opinion, déclara Mason.

– C'est pourquoi, fit Addison, il faut agir, et agir vite.

– Combien ce Hansell vous a-t-il demandé?

– Il n'a rien dit. C'est un malin, ce blanc-bec. A aucun moment nous n'avons fait allusion à de l'argent. Hansell s'est contenté de dire qu'il recueillait des « tuyaux » pour son ami Dundas. Il était, vous ai-je dit, son informateur. Sa visite chez moi n'avait d'autre but que de vérifier certains faits, et de savoir s'ils étaient vrais ou non.

– Que lui avez-vous déclaré?

– Je lui ai franchement affirmé que, s'il croyait que l'intérêt que je portais à Veronica Dale était autre chose que paternel et désintéressé, il se trompait lourdement. Puis, quand il me demanda de lui confirmer ou de lui démentir certains faits précis, je me rendis compte que je m'engageais là sur un terrain dangereux. Je lui déclarai que je n'avais pas plus de temps à lui consacrer et le mis à la porte.

— Et après? demanda Mason. Vous m'avez téléphoné dès qu'il est parti?

— Non, Mason.

— Pourquoi?

— Je ne savais trop que faire, reconnut Addison d'un air gêné. J'ai marché de long en large dans mon bureau pendant peut-être — je ne sais pas — une heure. J'avais honte de venir vous trouver pour une chose de ce genre. J'ai l'impression que vous vous retenez pour ne pas éclater de rire. Je me demande pourquoi, d'ailleurs. A ma place, vous auriez agi exactement de même. Vous l'auriez fait, et vous le savez!

— Quand a eu lieu votre entrevue avec Hansell?

— Il y a environ une heure et demie.

— Vous a-t-il laissé une carte?

— Non, il m'a donné un numéro de téléphone. Voyez-vous, Mason, c'est indubitablement du chantage, mais exercé si habilement qu'il n'y aura jamais moyen de le prouver. Voici ce numéro.

Mason prit le morceau de papier qu'Addison tirait de sa poche, puis il le tourna et le retourna entre les doigts.

— Il y a des chances, dit-il enfin, si c'est vraiment du chantage, que Hansell ne soit pas précisément un enfant de chœur. Il sait comment s'y prendre. Certainement un cheval de retour. Il doit avoir un casier judiciaire chargé.

— Mais, objecta Addison, j'ai les mains et les pieds liés, Mason. Je suis dans une impasse. Il serait trop risqué de me lancer dans une polémique. Les faits seraient déformés par les concurrents, et ce serait terrible. Mon associé, par exemple, en ferait une jaunisse.

— Votre associé?

— Edgar Z. Ferrell.
— Où est-il actuellement?
— En vacances, heureusement. Ferrell est l'élément conservateur de l'entreprise. Il est... je dirais que ses idées ne sont ni larges ni compréhensives.
— Un vieux raseur, quoi?
— Je n'ai pas dit ça.
— Non, mais vous l'avez pensé. Souvenez-vous que vous parlez avec votre avocat.
— Une espèce de raseur, si vous voulez, reconnut Addison avec ressentiment. Une vieille carcasse! Une vieille carcasse démodée, desséchée, mitée, bouffée par les vers. Un épouvantail dont les corbeaux eux-mêmes auraient peur. Quant à sa présence dans notre compagnie, je l'ai péniblement supportée pendant cinq ans. Pas foutu d'avoir une idée constructive, une seule!

» Il est comptable et passe son temps à vérifier les écritures, à tracer des diagrammes, à éplucher les factures, comptant, recomptant, additionnant, soustrayant, multipliant, divisant. Une vraie peste!

» Dans une affaire comme la nôtre, s'occuper de tout ça, c'est perdre son temps et celui des autres. Il est théoriquement intéressant de savoir quels services ont rapporté et quels autres ont coûté de l'argent. Mais un homme occupant ces fonctions devrait participer à la direction de l'entreprise, avoir des idées et ne pas disséquer les bilans de l'exercice précédent.

Mason sourit.
— Si j'ai bien compris, fit-il, votre associé vous soumet, de temps en temps, des chiffres, des bilans et des graphiques indiquant celles de vos idées qui ont coûté de l'argent à la firme?

Addison rougit violemment.
— Il se rue sur la moindre petite erreur comme

un vautour sur sa proie. Mais lui-même se garde bien d'assumer la moindre responsabilité. Ah! zut! à quoi bon discuter de tout ça? Cet homme est un bon à rien, un parasite, une épine dans ma chair. Je ne peux plus le blairer! Mais je ne veux pas, malgré tout, qu'il voie mon nom figurer dans la rubrique des scandales d'une feuille de chantage. Il serait capable de s'introduire chez moi, la coupure à la main, pour me déclarer : « Je vous l'avais bien dit! » Non, je suis prêt à payer.

– Comment se fait-il qu'il soit votre associé?

– Il a hérité des parts de son père. A l'époque, j'aurais pu les lui racheter, mais j'avais besoin d'un associé plus jeune. Car il est plus jeune que moi. J'espérais trouver en lui un collaborateur intelligent, compréhensif, énergique, prenant des initiatives...

– Et au lieu de ça...

– C'est un crétin. Bigot, refoulé et le reste.

– Pourquoi ne lui rachetez-vous pas ses parts maintenant?

– Malheureusement, dit Addison, l'affaire est en plein essor, et ça continue. Vous savez ce qui s'est passé ces dernières années, Mason. Les gens sont devenus fous. Ils paient n'importe quel prix pour n'importe quoi. Je frémis à l'idée de la réaction qui ne va pas manquer de se produire un jour ou l'autre, mais, à l'heure actuelle, nos rayons sont encombrés de marchandises de médiocre qualité et d'un prix élevé, mais les gens s'en moquent. Ils achètent! L'argent ne signifie plus rien. Lorsque quelqu'un veut quelque chose, il le veut, un point, c'est tout. Toute notre économie est faussée, Mason.

– Ferrell est-il marié?

– Oui.

– Et sa femme est avec lui en vacances?

— Non, Mr Mason. Il est allé dans le nord-ouest, soi-disant en voyage d'affaires, mais il a emmené son attirail de pêche. Il adore pêcher la truite et m'a dit que, puisqu'il allait dans cette région, il s'accorderait quelques jours de congé. La pêche, c'est son passe-temps favori.

— Il voyage par rail ou par route?

— Par route. Vous auriez dû voir sa voiture! Pliant sous le poids des objets qu'il y avait entassés : une tente, des couvertures, du matériel de campeur et Dieu sait quoi! A l'heure actuelle, il doit se trouver quelque part entre Las Vegas et Reno. Il doit rentrer d'ici une quinzaine pour l'assemblée annuelle des actionnaires. Je n'ai que ces quinze jours pour mettre de l'ordre dans les affaires. Si jamais il a vent de la plus petite rumeur, il remuera ciel et terre. Et je ne voudrais pas que ça arrive, car je me propose de lui racheter ses parts d'ici quelque temps. J'ai mis de l'argent de côté à cet effet, Mason, et dès que le volume des ventes commencera à fléchir, dès que nous aurons l'impression que la crise s'installe, je rachèterai ses parts! Certains signes annonciateurs me font penser que je n'aurai plus longtemps à attendre. Nous sommes en mars. En juillet, je pense, je pourrai conclure le marché.

— Eh bien! dit Mason, je crois que le plus raisonnable serait de charger une bonne agence de police privée de s'occuper de Hansell, d'essayer de découvrir quelque chose...

— Non, non! s'écria Addison. Ce serait aller au-devant du désastre! Les faits paraîtraient éloquents aux plus obtus. Je ne veux pas que ce qui s'est passé soit donné en pâture au public. Je préfère payer.

Mason tambourina sur son bureau, puis demanda, songeur :

— Vous m'avez *tout* dit, n'est-ce pas?

— Oui.
— Vous l'avez pelotée un peu, votre pucelle?
— Mr Mason!
— Oui ou non?
— Non!
— Je vous rappelle, dit patiemment Mason, que je suis votre avocat. L'avez-vous touchée, d'une façon ou d'une autre? L'avez-vous embrassée pour lui souhaiter bonne nuit ou quelque chose de la sorte?
— Eh bien! il n'y a eu aucun pelotage, comme vous dites, fit Addison le plus dignement qu'il put. Incidemment, permettez-moi de vous faire observer que ce mot est hautement vulgaire. Elle m'a embrassé au moment de me quitter, mais ce n'était qu'un simple baiser de reconnaissance, donné par une enfant – je n'ose même pas l'appeler jeune fille – à un homme n'ayant pour elle que du respect paternel.
— Oui, dit Mason, après quoi elle s'est arrangée pour se faire arrêter pour vagabondage.
— Quel langage! s'écria Addison. Bon Dieu! Mason, vous rendez-vous compte de ce que vous insinuez?
— Certainement.
— Vous voulez vraiment dire qu'elle a fait *exprès* de se faire arrêter?
— Addison, déclara Mason avec force, en ma qualité d'avocat, en tant que *votre* avocat, je vais vous résumer un certain nombre de faits. Vous ramassez une jeune fille qui prétend avoir dix-huit ans. Cette jeune fille va à l'hôtel. Là, vous lui trouvez une chambre. Elle est arrêtée pour vagabondage. Vous faites appel à moi pour la faire sortir de prison. Je m'exécute. Sa mère arrive sur ces entrefaites. La mère dit que sa fille n'a que dix-huit ans. Elle...
— Sa mère? interrompit Addison. C'est impossi-

ble. Sa mère est à plus de trois mille kilomètres d'ici!

— Sa mère a quitté ce bureau il y a quelques instants à peine.

— Qu'est-ce qu'elle vous voulait?

— Me remercier de ce que j'avais fait pour Veronica et me régler. Je lui ai demandé cent cinquante dollars, elle m'a donné un chèque, et je lui ai fait remettre un reçu disant que, quand ce chèque serait payé, j'estimerais avoir été réglé. Vous pouvez me donner maintenant un chèque nominatif et, quand vous aurez réintégré votre bureau, vous n'aurez qu'à détruire mon relevé. Puis, si quelqu'un venait à parler de ce relevé, je pourrais dire que la mère m'a versé cent cinquante dollars et j'aurais les écritures de la banque et la copie de mon reçu pour le prouver. Dès que le chèque aura été encaissé, je vous rembourserai cent cinquante dollars en espèces. De cette façon, personne ne pourra jamais prouver que vous m'avez payé pour services rendus à Veronica Dale.

Addison toussota.

— Euh! fit-il, ça changerait évidemment la situation... Mais pas complètement. Je demeure mêlé à l'histoire et je payerai, car je ne peux pas faire autrement. Ce maudit Ferrell, et certains autres actionnaires... Et avec l'assemblée annuelle dans quinze jours! Non, Mason, je suis bon. Faites le moins de bruit possible, mais payez. Débarrassez-vous de cette vermine. Surtout que mon nom ne paraisse pas dans le journal.

— Je suis fatigué de discuter avec vous, dit Mason d'un ton las. N'y pensez plus. Laissez-moi m'occuper de la question.

— Mais, Mason, je *veux* payer. Si je ne paie pas, mon nom paraîtra dans le journal et...

— Que se passe-t-il d'habitude quand vous payez un maître chanteur?

— Comment le saurais-je? Ça ne m'était jamais arrivé.

— Je le constate, en effet.

— Qu'est-ce que vous voulez dire?

— Le maître chanteur prend l'argent, le dépense, et revient pour en toucher davantage. La plus grosse faute qu'on puisse commettre dans ce genre d'affaire, c'est de payer le maître chanteur la première fois. Si vous le faites, vous ne pourrez plus vous en débarrasser. Tôt ou tard, il vous faudra réagir, à moins que vous n'acceptiez d'être saigné à blanc. Quand les gens savent que vous avez cédé à un maître chanteur, vous pouvez bien protester de votre innocence jusqu'au jugement dernier, personne ne vous croit. Le seul moyen de faire face à un maître chanteur, c'est de refuser de casquer.

— Mason, c'est impossible!

— Bon, bon, dit l'avocat. Laissez-moi m'occuper de tout ça.

— Mais je *veux* payer.

— Non-sens! fit Mason. Vous n'avez aucune envie de payer. Vous voulez simplement éviter que votre nom paraisse dans un journal de chantage et que l'on vous soupçonne d'avoir eu une intrigue amoureuse avec une délinquante mineure. Voilà ce que vous voulez vraiment.

— Délinquante mineure! Je n'admets pas! s'écria Addison.

— Laissons tomber ce sujet, proposa Mason. Quelle est votre banque?

— La *Farmers and Mechanics Second National Bank*.

— Vous me devez cinq cents dollars pour cette affaire de vagabondage. Comme je l'ai déjà dit, je vous ai envoyé un relevé.

47

— Ajoutez cette somme au prochain relevé, demanda Addison. Ces cinq cents dollars ne seront qu'une goutte d'eau à côté de ce que va me coûter cette autre histoire.
— Je veux votre chèque maintenant, insista Mason. Dès que vous aurez réintégré votre bureau, vous déchirerez mon relevé.

Addison rougit.

— Bon Dieu! fit Mason d'un ton irrité, vous ne comprenez donc pas? Je ne veux pas que ce relevé et ce chèque passent par votre comptabilité. Della, passez-moi un chèque en blanc sur la *Farmers and Mechanics Second National Bank.*

Della Street ouvrit un tiroir dans lequel elle gardait des carnets de chèques de toutes les banques de la région et lui tendit celui de la *Farmers and Mechanics.*

Mason posa le carnet devant Addison.

— Faites-moi un chèque de cinq cents dollars, commanda-t-il.

Addison s'exécuta.

— Bon, dit l'avocat. Et maintenant, ne pensez plus à cette affaire de vagabondage. Je vais m'occuper de l'autre histoire et vous enverrai un relevé plus tard. Celui-là pourra passer par la comptabilité. Ah! ne parlez pas avec Hansell! Si quelqu'un, quel qu'il soit, vous demande si vous connaissez cet individu, dites que ce nom ne vous rappelle rien. Si Hansell se présentait en personne, faites-lui dire que vous êtes occupé. Ne répondez pas davantage s'il vous téléphone.

— Mais ce serait trop dangereux pour moi d'adopter une telle attitude, Mason. Après tout, cet homme connaît trop de choses sur mon compte. Je...

— Faites-lui savoir que vous êtes occupé, fit Mason en martelant les mots. A partir de maintenant, c'est *moi* qui règle cette question. Rentrez à votre bureau, déchirez mon relevé et n'y pensez plus.

Addison poussa un soupir de soulagement.

– J'ai enfin compris, Mason. Bon Dieu! vous êtes rudement malin! Payez-leur ce que vous aurez à leur payer, mais n'allez pas au delà de dix mille dollars sans me consulter – je veux dire ne leur en donnez pas trop! Faites en sorte qu'ils se tiennent dans des limites raisonnables. Je suis bon comme la romaine... Il est vrai qu'un homme de mon importance doit s'attendre à attirer les sangsues...

– Si vous lui payez dix mille dollars aujourd'hui, dit Mason, vous en payerez dix mille autres à celui qui se présentera en son nom d'ici un mois. De fil en aiguille, toute votre fortune y passera, à coups de dix mille dollars. On n'a pas le droit de payer un maître chanteur, et vous devriez le savoir, Addison!

– Bonté divine, Mason, mais il *faut* que je paie.

– Je vais m'occuper de Hansell.

– Vous le payerez?

– Peut-être. Si je le fais, je m'arrangerai pour qu'il ne revienne pas à la charge.

Addison se leva péniblement de son fauteuil.

– D'accord. C'est d'ailleurs pour cela que je vous ai choisi comme avocat. Vous êtes un homme habile. Vous me donnez le frisson, mais faites à votre guise. Au revoir, Mason.

A peine Addison fut-il sorti que Mason se tourna vers Della Street.

– Della, voulez-vous mettre vos gants, s'il vous plaît?

– Mes gants?

– Oui.

Della Street ouvrit un des tiroirs de sa table, y prit une paire de gants et l'enfila.

De son côté, Mason prit ses gants dans la poche de son pardessus, les mit, puis dit :
— Et maintenant, passez-moi le carnet de chèques de la *Farmers and Mechanics*.

Della obéit. Mason détacha un chèque au milieu du carnet.
— J'espère qu'il n'y a pas d'empreintes là-dessus, fit-il à mi-voix.

A la suite de quoi, sincèrement surprise, Della assista à un spectacle peu banal. Mason alla à la fenêtre, plaça contre la vitre le chèque que venait de lui donner John Racer Addison, posa dessus le chèque en blanc, puis, avec un crayon soigneusement taillé, reproduisit la signature.

Il revint vers son bureau, chercha un instant dans les tiroirs, sortit un flacon d'encre noire indélébile et, à l'aide d'une plume, repassa sur la signature à l'encre.
— Alors, Della? demanda-t-il en lui montrant le fruit de son travail.

La secrétaire examina soigneusement le chèque, puis hocha la tête.
— Loin d'être parfait, décida-t-elle.
— Mais encore?
— On dirait que l'écriture est tremblée, expliqua-t-elle. Addison a une écriture ferme, volontaire. De plus il a signé rapidement. Vous, vous avez imité sa signature lentement, et votre imitation est – comment dire? – raide... Bon Dieu! patron, je n'aime pas critiquer ce que vous faites, mais votre faux est minable.

Mason sourit.
— Parfait, dit-il. Remarquez aussi, Della, que je n'ai pas fini de tracer le second *d*. Même sans l'examiner à la loupe, on peut voir le dessin au crayon juste au-dessus.
— Effectivement, convint Della.

— *O.K.!* fit l'avocat en lui tendant le chèque. Faites bien attention de ne pas le toucher avec vos mains nues. Descendez, rendez-vous dans un magasin de machines à écrire, demandez à essayer un des derniers modèles, retenez le vendeur jusqu'à ce qu'il soit obligé d'aller s'occuper d'un autre client, puis glissez ce chèque dans une des machines d'exposition, inscrivez dessus la somme de deux mille dollars et le nom d'Eric Hansell, puis rapportez-le-moi. Et gare aux empreintes!

Della Street ouvrit de grands yeux.

— Vous voulez dire, patron...?

— Faites exactement ce que je vous ai dit, déclara froidement Mason, et ne cherchez pas à deviner les raisons qui me font agir de la sorte.

La jeune femme essaya de comprendre.

— Vous voulez dire qu'au cas où il arriverait quelque chose, vous...

— Je répète que je vous demande de faire ça et de ne pas vous occuper du reste.

Elle hésitait encore.

— N'est-ce pas dangereux, patron? dit-elle enfin.

— Pour qui?

— Pour nous deux.

— Pas pour vous, répliqua Mason. Vous n'êtes que ma secrétaire. Descendez et faites-moi un chèque au nom d'Eric Hansell pour deux mille dollars. Au fait, Della, quand Mr Hansell viendra me voir cet après-midi, défilez-vous discrètement. Notre conversation sera confidentielle.

Elle le fixa un instant, puis prit le chèque et quitta le bureau.

Della sortie, Mason décrocha le téléphone.

— Passez-moi l'agence Drake, Gertie, dit-il. Je veux parler personnellement à Paul Drake.

Il obtint la communication quelques secondes plus tard.

— Paul, dit-il, je vais vous passer un tuyau. Téléphonez à toutes les banques de la ville, dites qui vous êtes, soulignez bien les mots *agence de police privée Drake*, puis mettez-les en garde contre un habile faussaire. Dites qu'un jeune homme présente des chèques nominatifs, pour des sommes assez importantes, et portant la signature des citoyens les plus éminents de la communauté. Ces chèques sont faux. Les signatures sont tracées au crayon d'après une signature authentique, puis repassées à l'encre noire.

» Vous pouvez ajouter qu'il se sert de cette couleur parce qu'elle recouvre complètement les traces de crayon. Dites-leur de surveiller particulièrement les chèques à l'encre noire, sinon elles risquent de se faire escroquer.

— Merci, dit Drake. Pour un tuyau, c'est un tuyau. J'aime rendre ce genre de service aux banques. Elles ne l'oublient pas. Merci, Perry.

— De rien, de rien.

Puis Mason raccrocha.

Il prit le papier que lui avait laissé John Racer Addison et qui portait le numéro d'Eric Hansell, puis décrocha de nouveau.

— Gertie, dit-il, demandez-moi Westmore 69832. Je désire parler à un certain Mr Hansell.

5

Vêtu de son pardessus, coiffé et ganté, Mason s'arrêta un instant près du standard.

— Je vais rendre visite à Paul Drake, Gertie, dit-il à la téléphoniste. Un certain Mr Eric Hansell va se présenter d'ici peu. Dès qu'il arrivera, prévenez

Della. Qu'elle le fasse entrer dans mon bureau privé. Une fois qu'il y sera installé, vous m'appellerez chez Paul Drake. Compris?
— Compris!
— *O.K.!* Je compte sur vous.
Mason sortit et suivit le couloir jusqu'à la porte de l'agence Drake où il entra.
— Où est Paul? demanda-t-il à la secrétaire.
— Dans son bureau.
— Seul?
— Oui.
— Dites-lui que j'arrive.
Puis, passant devant quelques petits bureaux, il se dirigea vers une porte portant l'inscription : Direction — Privé.
— Entrez, Perry, lança la voix de Drake.
Mason entra.
Le bureau de Paul Drake était encombré de dossiers. Il regarda l'avocat d'un air interrogateur. C'était un homme de la taille de Mason, mais bâti d'une façon disproportionnée; aussi chacun de ses mouvements donnait-il une étrange impression de pantin désarticulé.
— Qu'est-ce que c'est? s'enquit-il.
— Je me prépare à jouer un bon tour à un escroc, dit Mason.
— Besoin de mon aide?
— Non. Je viens juste vous demander l'hospitalité pour une dizaine de minutes, Paul. Continuez à travailler.
— Du tout, je vais m'accorder un petit repos. Toujours amusant de parler avec vous. De plus, vous êtes un client.
— Pas encore, dit Mason en souriant.
— Du boulot plus tard, peut-être?
— Peut-être.
— Quel genre d'affaire?

— Un chantage.
— Ne pouvons-nous pas...
Mason l'interrompit d'un hochement de tête.
— Ce n'est pas un chantage ordinaire, Paul, expliqua-t-il. En premier lieu, nous n'avons pas le temps. Ensuite, le gars est un petit futé. Mais ne désespérez pas, il y aura sans doute du pain sur la planche pour vous également. Plus tard. Comment ça va, les affaires?
— Je ne me plains pas.
— Vous avez assez d'hommes en ce moment?
— En ce moment, oui. Pendant la guerre, c'était plus dur, mais maintenant j'ai de nouveau d'excellents collaborateurs.
— Vous avez téléphoné aux banques?
— Sûr. D'où tenez-vous ce tuyau, Paul?
— D'un petit oiseau.
— Aucune des banques n'était au courant. Un nouveau dans la ville, sans doute?
— Vous avez deviné.
— Petit malin!
Mason sourit.
Le téléphone sonna.
Drake décrocha.
— Allô! dit-il. Oui, il est ici. Il... *O.K.!* Je le lui dirai.
Il raccrocha.
— Gertie annonce que votre visiteur vous attend.
Mason se leva.
— *O.K.!* Paul. Merci, c'est tout.
— C'est votre maître chanteur qui vous attend?
L'avocat acquiesça silencieusement.
— Pas besoin d'un témoin? demanda Drake.
Une fois de plus, Mason sourit.
— Dans cette affaire-là, je ne veux pas de témoins.

— Si grave que ça?
— Pire.

Et, quittant le bureau de Drake, il s'engagea dans le couloir.

Il réintégra ses propres locaux par la salle d'attente, fit un signe de tête à Gertie, puis ouvrit la porte de son bureau privé.

Della Street avait suivi ses instructions à la lettre. Eric Hansell était installé dans le moelleux fauteuil habituellement réservé aux clients. Il avait posé son chapeau, retourné, sur le coin de la table de travail de l'avocat. Au moment où il entrait, Mason entendit sa secrétaire dire au visiteur :

— Mr Mason sera là dans une minute. Il a dû s'absenter quelques instants... Ah! le voilà!

Mason adressa un signe de tête à Della, puis jeta un regard interrogateur à l'homme installé dans le fauteuil.

— Eric Hansell? demanda-t-il.
— Lui-même, fit l'autre sans bouger.

Mason tira le chèque de deux mille dollars de sa poche. Franchissant l'espace qui séparait sa table du fauteuil, il tourna un instant le dos au maître chanteur. Il avait gardé ses gants. Glisser le chèque à l'intérieur du chapeau ne lui demanda qu'une seconde, puis il se débarrassa de ses affaires, les accrocha soigneusement dans le placard et, se tournant vers Hansell, déclara :

— Je crois savoir que vous avez quelque chose à me dire.

Hansell toisa Mason de ses impudents yeux verts, puis lança un regard en biais à Della. Après quoi, il tira longuement sur la cigarette qu'il tenait entre ses doigts et dit :

— Pas encore.
— Ce sera tout, Della, merci, fit Mason.

Della Street quitta le bureau.

Mason alla s'installer dans son fauteuil, cependant que Hansell le suivait des yeux.
– Qu'est-ce que vous voulez? demanda l'avocat.
– Rien.
– Vous avez rendu visite à un des mes clients.
– Vraiment?
– Comme si vous ne le saviez pas!
– Je fais pas mal de visites tous les jours. Et les gens que je vois, eh bien! je ne leur demande pas chez qui ils se font soigner, ni par qui ils se font défendre. Je m'en fiche et m'en contrefiche.

Le visage de Mason était de granit.
– Donc, dit-il froidement, vous avez rendu visite à un des mes clients.
– Et alors?
– Alors je vous ai appelé.
– Dans quel but?
– Sans aucun but.
– Je ne suis pas venu ici jouer aux devinettes.
– Vous préférez jouer à autre chose?
– Je préférerais une petite explication franche et nette.
– Quel est votre jeu? dit Mason.
– Comme si vous ne le saviez pas! Carré d'as! Et si vous avez un dictaphone installé dans votre taule, tant pis pour vous...
– Pas de dictaphone ici.
– J'ai pas confiance dans les « bavards ».
– Je vous répète que je n'ai pas de dictaphone.
– Bon, bon, si vous mentez, tant pis pour vous. C'est votre client qui s'en mordra les doigts.
– Vous travaillez avec George Whittley Dundas?
– Je travaille *pour* lui.
– Au mois?
– Nos arrangements financiers, ça nous regarde tous les deux. On s'en contente l'un et l'autre. Il me

paie, et moi, je lui fournis des faits – ceux qu'il me plaît de lui fournir.
— Et les autres?
— Ils se perdent en route.
— Quand vous donnez vos tuyaux à Dundas, il les publie, n'est-ce pas?
— Exact.
— Quand vous ne les donnez pas, il ne les publie pas?
— Encore exact.
— Quels sont les motifs qui influencent votre choix?
— Ils sont nombreux et variés.
— L'argent, peut-être?
— Qu'est-ce que vous croyez?
— Je ne crois rien : je vous pose une question.
— Et, moi, j'y réponds pas, à votre question.
— On n'arrivera à rien de cette façon, fit observer Mason.
— Vous n'êtes pas un enfant, dit Hansell. Vous avez étudié votre droit au séminaire, ou quoi?
— Combien?
Hansell hocha la tête d'un air dégoûté.
— Pouah! fit-il.
— Je vous croyais réaliste, dit l'avocat.
— Justement.
— Alors?
— Alors rien.
Un silence suivit. Ce fut Mason qui le rompit.
— Je pense, déclara-t-il, que les faits en votre possession sont précis?
— Toujours. Résumons-nous. Votre client a ramassé une petite qui faisait de l'auto-stop. Il a usé de son influence pour lui trouver de la place dans un hôtel bondé dont il connaissait le directeur. Il pouvait lui rendre visite là-bas, mais il s'est bien gardé de le faire. La môme s'est fait ramasser pour

vagabondage. L'avocat d'Addison, le plus cher de la ville, s'est précipité à la rescousse. Imaginez un peu ce que ça donnerait dans un journal! Une manchette sur huit colonnes, mon vieux, une manchette sur huit colonnes! Ça me fendrait le cœur de ne pas donner à Dundas une histoire comme ça.

— Vous est-il déjà arrivé d'avoir le cœur fendu?
— La vie est pleine de déceptions.
— Bon, fit Mason, je me mettrai en rapport avec vous.
— Vous l'êtes déjà.
— Je me mettrai en rapport avec vous *plus tard*.
Hansell rougit de colère.
— Je n'ai pas l'habitude de faire le pied de grue, moi. La prochaine fois, c'est *vous* qui viendrez me voir. (Il se leva de son fauteuil, jeta son mégot en direction de la corbeille à papier, qu'il manqua, et le laissa se consumer sur le plancher.) Vous avez mon adresse, dit-il d'une voix traînante. Si jamais l'envie vous prend de me voir, vous n'avez qu'à me téléphoner, prendre rendez-vous et me rendre visite. Si votre client a un peu de matière grise, c'est ce soir *avant* 7 heures que je vous verrai, car c'est à 10 heures que Dundas doit remettre sa copie, et il n'aura pas trop de trois heures pour rédiger son article...

— Payerait-il plus qu'Addison, et de combien?
— Combien payerait Addison?
— Combien payerait Dundas?

Un éclair de rage brilla dans le regard de Hansell et, lorsqu'il parla, ce fut avec une drôle voix de fausset.

— Entendons-nous bien, Mason. Dundas publie les tuyaux que je lui refile, parce qu'ils sont intéressants. Je figure sur la liste de paie parce qu'il a intérêt à me payer. Autrement dit, mes tuyaux doivent être sensationnels.

– Et alors? demanda Mason.
– Si je n'avais pas Dundas, où est-ce que je me ferais imprimer? (Sa voix devenait de plus en plus rageuse.) Pour l'amour de Dieu, faut-il que je vous fasse un dessin! Ah! là! là! Pour un avocat, vous êtes bien l'homme le plus...

Il venait de prendre son chapeau quand, soudain, il s'immobilisa. Un instant plus tard, il prit le chèque, l'étudia, regarda Mason.

– Que je sois damné! dit-il.

L'avocat se taisait.

Hansell examina une fois encore le chèque, alla à l'endroit où son mégot était tombé, le ramassa et le déposa soigneusement dans un cendrier.

– Navré, fit-il.

Mason continuait de se taire.

– Navré, répéta Hansell.

– De rien, de rien.

– Vous savez, Mason, dans ce business, on rencontre toutes sortes de gens.

L'avocat acquiesça sans un mot.

– Mais, poursuivit Hansell, on n'aime pas les chèques, nous autres.

– Nous, déclara froidement Mason, on n'aime pas les maîtres chanteurs.

– *O.K.!* dit Hansell avec un ricanement qui mit à nu ses dents jaunies. Vous avez acheté le droit d'être insolent. C'est vous le mécène. Vous avez payé, c'est vous le patron. Seulement, souvenez-vous que si ce chèque est mauvais, ou si vous avez fait enregistrer notre conversation, j'en connais un qui se mordra les doigts... J'ai ma carte de journaliste. Je suis tombé sur un scandale impliquant John Racer Addison. Je suis allé le voir pour qu'il confirme les faits. Vous essayez de m'acheter. Je ne prends ce chèque que pour pouvoir me défendre plus tard, le cas échéant.

Mason se taisait toujours.

— Cette vieille baderne! continua Hansell. Papa John Racer Addison qui ramasse une fillette sur la route, qui lui trouve une chambre d'hôtel, qui mobilise un grand avocat pour la tirer du pétrin. Papa Addison! Il me fait marrer avec ses sentiments paternels, ce vieux martyr. Et si vous avez un dictaphone dans cette pièce, vous pourrez lui passer le cylindre ou le disque. Je vous y autorise!

» Et je vais vous dire autre chose. Toute l'histoire est couchée noir sur blanc dans une enveloppe. S'il m'arrive quelque chose, Dundas recevra la lettre à temps pour qu'elle paraisse demain matin. Bon Dieu! mais il donnerait son œil droit pour la publier, cette histoire, et avec tous les noms!

— Je vous ai déjà dit qu'il n'y avait pas de dictaphone ici, déclara Mason d'un ton las.

— N'oubliez pas ce que je vous ai dit!

Mason bâilla.

— Bon Dieu! on n'aime pas les chèques, nous autres, dit Hansell après quelques instants de silence.

— Je sais, fit Mason. Vous me l'avez déjà dit. Vous auriez voulu l'argent en petites coupures. Vous les mettriez dans votre poche et vous vous en iriez. Puis, dans un mois, vous reviendriez, et le mois d'après, et ainsi de suite. Seulement, le chèque, vous devrez l'endosser et le toucher à la banque. Si vous voulez remettre ça, les choses commenceront à se gâter.

Hansell découvrit ses gencives.

— Vous vous croyez malin, hein! en me payant par chèque? Je le pense pas, moi.

Mason étouffa un nouveau bâillement.

— Je vais pas mâcher mes mots, grogna Hansell. J'ai franchi le Rubicon, moi. Votre client n'a pas voulu régler l'affaire lui-même parce qu'il avait peur que je revienne. Il vous a chargé de l'arranger parce qu'il espérait que vous trouveriez un moyen quelconque de m'empêcher de revenir à la charge. Il m'aurait payé cinq mille dollars! Seulement, vous, vous lui avez dit que vous étiez un gros malin : alors il n'a fait son chèque que pour deux mille. Ah! si vous croyez que vous m'empêcherez de poursuivre mon petit bonhomme de chemin, vous vous mettez le doigt dans l'œil. (Il plia le chèque, le glissa dans sa poche.) *O.K.!* Gros malin. Je voudrais bien voir la tête de votre client... dans quelques temps.

Mason bâilla.

D'une chiquenaude, Hansell repoussa son chapeau sur la nuque.

– Sortez par *cette* porte, voulez-vous? demanda Mason.

Hansell s'approcha de la porte donnant directement sur le couloir, l'ouvrit, s'arrêta un instant sur le seuil, se retourna et fixa Mason, l'air plus insolent que jamais.

– Gros malin! fit-il d'une voix sarcastique.

Il sortit, refermant violemment le battant.

6

Il était près de 6 heures quand le téléphone sonna sur la table de Della Street.

Elle décrocha, écouta, et dit :

– Un instant, Gertie. (Puis, se tournant vers Mason, annonça :) John Racer Addison, patron.

– A l'appareil?

– Non, dans la salle d'attente.

Mason fronça les sourcils.

– *O.K.!* Faites-le entrer.

Quelques instants plus tard, John Racer Addison pénétrait dans le bureau de l'avocat, suivi de près par Della.

— 'jour, Addison, dit Mason. L'affaire dont vous m'avez chargé se développe selon mes prévisions, mais rien ne justifiait votre venue et...

— Non, non, fit Addison, ce n'est pas ça!

— Asseyez-vous.

— Je ne tiens pas en place, déclara l'autre, marchant nerveusement de long en large.

Il écrasait ses mains l'une contre l'autre et, brusquement, commença à faire craquer ses jointures.

La grimace expressive de Della Street indiquait que ses nerfs ne résisteraient pas longtemps à ce bruit, mais Addison ne s'en aperçut même pas.

— Qu'est-ce que c'est? demanda Mason.

— Le déluge!

— Encore votre petite vierge?

— Ma petite vierge?

— La vierge vagabonde.

— Oh! fit Addison d'un ton distrait, comme s'il avait tout oublié, comment avez-vous arrangé cette histoire?

— Comme je l'entendais, répliqua l'avocat. Et rappelez-vous que, si jamais on vous demande si vous connaissez Eric Hansell, vous ne vous souvenez pas de ce nom. Et vous êtes certain, *absolument* certain, vous entendez, que vous n'avez jamais traité aucune affaire avec lui.

— Bien sûr! bien sûr! fit Addison d'une voix impatiente. Bon Dieu! Mason, je vous ai donné carte blanche en la matière et je suis persuadé que vous avez agi pour le mieux. Peu importe la somme, pourvu que vous me sortiez de là. J'irai jusqu'à dix mille, s'il le faut. Mais ne parlons pas de ça, voulez-vous? J'ai suffisamment d'ennuis comme ça.

— Si je comprends bien, s'enquit l'avocat, il y a autre chose?

— Quelque chose de nouveau, oui, reconnut Addison en jetant un regard furibond du côté de Della.

— Ne vous énervez pas, conseilla Mason. *Della restera ici*. Et cessez de tourner autour du pot. Qu'est-ce que c'est?

— Mon associé, Edgar Z. Ferrell! Je vous en ai déjà parlé.

— C'est ça. Il est allé en voyage d'affaires dans le nord-ouest et en a profité pour prendre des vacances et taquiner la truite.

— Mason, déclara solennellement Addison, ce que je vais vous dire est strictement confidentiel.

— Vous avez eu à vous plaindre de mon indiscrétion jusqu'à présent?

— Non, mais cette fois, c'est différent. Une vraie catastrophe!

— Je vous écoute.

— Ferrell est un drôle de moineau. Il est l'époux d'une très jolie femme. Ce que Lorraine Ferrell a pu trouver d'attirant dans Edgar demeurera à jamais un mystère pour moi. C'est une femme jeune, ravissante, élégante, spirituelle, du sex-appeal comme dix...

— Alors qu'Edgar, lui, ne possède aucune de ces qualités? demanda Mason en retenant un sourire.

— C'est un épouvantail à la tête vide, une vieille momie desséchée, voilà ce qu'il est! Et d'une bêtise!...

— Continuez.

— Il faudra que je vous raconte tout ça en commençant par le commencement.

— C'est bien mon avis, dit froidement Mason. On a perdu assez de temps comme ça.

— Il y a environ trois semaines, commença Addison, j'ai eu l'occasion d'acheter une propriété à une quarantaine de kilomètres de la ville. A l'origine, les terrains dont elle se composait s'étendaient sur quelque sept cents hectares, mais personne n'en voulait, alors on l'a morcelée. Ce qu'on m'a proposé, c'était une trentaine d'hectares et un vieux ranch.

— Continuez, continuez, dit Mason, voyant l'autre s'arrêter. Et soyez gentil : asseyez-vous, je vous entendrai mieux.

Addison hésita un instant, puis s'approcha du fauteuil et s'y laissa tomber. Le fauteuil était profond et confortable.

— Je vous écoute, fit l'avocat, non sans impatience.

— Je suis allé visiter l'endroit. Ferrell était avec moi. C'est une gentille bicoque, à condition de savoir quoi en faire. Moi, elle ne m'aurait servi à rien. Ce n'était même pas une affaire. La maison, à étage, était construite à l'ancienne mode, dans un cadre romantique. Etable, garage, ruisseau, chèvres et tout le tremblement; suffisamment loin de la route pour que personne ne vienne vous embêter. De plus, le prix n'était pas exagéré...

— Bref, vous l'avez achetée, conclut Mason.

— Non!

— Et alors?

— Eh bien! deux jours après, Ferrell a acheté cette propriété pour lui. En secret!

— Sans vous le dire?

— Sans m'en souffler mot! Je n'ai appris la transaction que mardi dernier, et encore par le plus grand des hasards.

— Il pouvait bien l'acheter, lui, dit Mason, puisque vous n'en vouliez pas. Il est vrai que vous auriez pu prétendre que l'affaire ne vous intéressait pas dans l'espoir que le vendeur baisserait encore son prix. Alors la conduite de Ferrell serait plus curieuse, parce que, après tout, c'est votre associé. Il ne vous en a pas du tout parlé? Il ne vous a pas dit qu'il voulait l'acheter?

— Non! s'écria Addison. Et cela vous prouve à quel point ce Ferrell est cachottier!

— Pourquoi a-t-il acheté cette maison?

— Je n'en sais pas plus que vous.

— Soupçonnez-vous au moins une raison?

— Et vous?

— Etant donné ce que vous m'avez dit du ménage Ferrell, je n'en vois aucune, reconnut Mason.

— Moi, fit Addison, je ne peux vous dire que ce que je sais.

— Est-ce pour me parler des transactions immobilières de votre associé que vous êtes venu me voir? s'enquit l'avocat.

— Je voulais vous expliquer comment il s'est trouvé que j'avais été là-bas.

— Quand ça?

— Le soir où j'ai trouvé Veronica au bord de la route, mardi.

— Oh!

— Pourquoi dites-vous « Oh! » avec cette intonation dans la voix? glapit Addison d'un ton indigné.

— Que le diable m'emporte si je le sais. Continuez.

— Vous n'avez aucune raison de faire des suppositions! D'abord vous mettez la charrue devant les bœufs et...

— Terminez donc votre histoire, conseilla Mason. Dès que j'aurai un tableau d'ensemble, je n'aurai plus besoin de faire des suppositions.

— Voilà, voilà, j'y viens. J'avais été voir la propriété il y a trois semaines. Puis, j'ai dit à l'agent immobilier que je n'en voulais pas. Mardi après-midi, l'agent m'a téléphoné pour me proposer autre chose. Nous avons bavardé au téléphone, puis il m'a demandé si mon associé était content de son achat. Tout d'abord, je ne compris rien, mais il m'expliqua ce qui était arrivé. Il me dit même que Ferrell avait fait des pieds et des mains pour faire enregistrer et transcrire l'acte de vente aussi vite que possible, afin d'entrer sur-le-champ en possession de sa propriété.

— Je ne vois rien d'extraordinaire à cela, dit Mason.

— Attendez donc. Rappelez-vous que cette conversation avait lieu mardi. L'agent m'expliqua que, si Ferrell était si pressé, c'est qu'il lui avait déclaré vouloir entrer en jouissance de la propriété ce même jour, comptant y passer deux ou trois semaines à partir de mardi matin.

Mason fronça les sourcils.

— Je me mis à réfléchir, continua Addison. Je me demandai si Ferrell n'essayait pas de me faire quelque entourloupette, ou si, des fois, il ne voulait pas faire quelque chose en cachette de sa femme. Alors, mardi soir, je pris la décision d'y aller.

— Qu'est-ce que vous avez fait?

— J'ai pris ma voiture et j'y suis allé.

— Qu'avez-vous découvert?

— Rien. Il n'y avait personne là-bas, mais une chose m'a frappé.

— Quoi?

— Quelqu'un était venu la veille. Oui, c'est ça, lundi. Il avait plu lundi soir, et le sol était détrempé. Il y avait des traces de pneus. Je ne sais pas si les traces appartenaient à une seule voiture ou à deux, mais il y en avait.

— Autre chose?

— Non. Ça continuait de m'intriguer, sans plus. Je finis par me dire que Ferrell avait acheté la maison dans un but spéculatif, qu'il avait quelqu'un en vue à qui il croyait pouvoir la revendre, qu'il avait emmené cette personne là-bas, qu'il lui avait fait les honneurs de la maison, et que la personne avait marché. C'est pour cela que Ferrell aurait pu insister au sujet de l'enregistrement. Comme ça, il pouvait la revendre sans plus attendre.

– Votre conclusion me paraît fort logique, dit Mason.

– C'est ce que je pensais sur le moment. Ferrell voulait partir en vacances mardi à midi. Il était donc naturel qu'il voulût conclure son affaire le jour même. Il a quitté le bureau avant le déjeuner. Je me suis dit qu'il avait dû emmener son acheteur peu après, que l'autre lui avait remis un chèque en échange des titres de propriété et que Ferrell était parti.

– Et alors?

De sa poche, Addison tira un papier tout froissé.

– Voici, dit-il, un télégramme expédié mercredi soir qui semble confirmer mes suppositions.

Il remit le télégramme à Mason.

Celui-ci le prit, mais, avant même d'y jeter un coup d'œil, il regarda son client d'un air étonné.

– Où voulez-vous en venir, Addison? demanda-t-il. Apparemment, vous savez *autre chose* encore.

Addison acquiesça, puis dit :

– Lisez le télégramme.

Mason déplia le papier :

Bien arrivé Las Vegas. Espère être Reno demain soir, et Alturas le surlendemain. Passerai bureau Western Union demander si télégrammes, mais prière pas en envoyer à moins développements importants. Me déplace par petites journées. Très agréable. Meilleurs vœux. – Ferrell.

Mason replia le télégramme et regarda Addison.
— Et alors? demanda-t-il. Auriez-vous reçu un autre télégramme de lui?
— Non, répliqua Addison, mais sa femme, Lorraine Ferrell, a aperçu la voiture de son mari dans la rue, aujourd'hui, au début de l'après-midi.

Mason manifesta un certain étonnement.
— Elle faisait ses courses, expliqua Addison. Elle essaya de la suivre, mais la perdit de vue. Elle m'a dit qu'il y avait une belle rouquine au volant. Et elle est furieuse, ça se comprend.
— Est-elle bien certaine que c'était la voiture de son mari?
— Absolument certaine. Elle a reconnu non seulement le véhicule, mais encore le numéro.
— Qu'a-t-elle fait?
— Elle prit un taxi pour tenter de rattraper l'autre voiture, mais celle-ci avait tourné le coin, et elle ne put la retrouver.

Mason fit une moue significative.
— M'est avis, Addison, déclara-t-il au bout d'un instant, que, si votre associé veut jouer au pigeon-qui-roucoule, personne n'y peut rien.

Addison fit craquer ses jointures.
— Non? insista l'avocat.
— Si, dit Addison.
— Mais encore?
— Ça m'intéresse prodigieusement, toute cette histoire, Mason!
— Expliquez-vous.
— Si Edgar file le parfait amour dans ce ranch, je veux le surprendre sur le fait.
— Pour quoi faire?
— Parce qu'alors Lorraine pourrait demander le divorce et, moi, j'obligerais Edgar à me vendre sa part dans notre affaire.

— Quel est mon rôle là-dedans? s'enquit Mason.
— Je veux que vous veniez avec moi là-bas ce soir. J'aurai sans doute besoin d'un avocat. Si nous y trouvons Edgar, nous aurons une explication franche et nette. Vous serez mon témoin. Et j'emporterai mon carnet de chèques.
— En parlant de Ferrell, vous employez constamment le mot « associé ». Je croyais que votre entreprise était une société anonyme.
— Elle l'est actuellement, pour mon malheur. Avant, c'était une association pure et simple. Le père de Ferrell et moi-même l'avions créée et développée. Peu avant la mort de Frank Ferrell, nous avions décidé de la transformer en société anonyme. Nous avons pris chacun quarante pour cent des actions.
— Et les autres vingt pour cent?
— Nous avons estimé plus équitable de les répartir entre les employés les plus anciens, tous des gens en qui nous pouvions avoir confiance. A de rares exceptions près, ils n'assistent jamais aux assemblées d'actionnaires. Ils signent des procurations et encaissent les dividendes. Ils n'en demandent pas plus, d'ailleurs. Il est néanmoins prévu que, si, pour une raison ou pour une autre, ils quittent la maison, ils doivent céder les actions qu'ils détiennent... Edgar a donc hérité des actions de son père et, depuis, c'est un véritable boulet pour les autres.
— Somme toute, Edgar ne possède aucune des qualités de son père?
— Frank Giles Ferrell, déclara solennellement Addison, n'a commis qu'une seule bêtise dans sa vie. Cette bêtise s'appelle Edgar. Frank n'était pas un homme instruit. Il a travaillé dur, en commençant tout petit. A l'époque, Edgar n'était qu'un enfant, et Frank décida que son fils ne passerait

jamais par où lui-même était passé. Il le gâta. Edgar posséda une voiture dès qu'il eut atteint l'âge de conduire. On lui donna une instruction supérieure, en lui faisant entendre qu'il n'aurait jamais à payer de sa personne.

— Pourquoi ne l'avez-vous pas empêché de s'immiscer dans l'affaire?

— Quand Frank mourut, expliqua Addison, les actions devinrent propriété du jeune Edgar. Il refusa de les vendre, malgré des offres substantielles. C'est là que je commis une grosse erreur. Je pensais que, si je l'obligeais à venir au bureau et à travailler, il se lasserait vite et me vendrait ses actions.

— Et ce plan a échoué?

— Complètement. *Primo*, il ne vient pas régulièrement au bureau. *Secundo*, quand il y vient, il se plonge dans ses chiffres, enquiquine tout le monde et s'en va sans avoir rien fait d'utile... A quoi bon prolonger mes explications, Mason? Il me tape sur le système, ce type-là!

— Bon. Alors vous voudriez que la femme de Ferrell demande le divorce?

— Pour des raisons commerciales, uniquement.

— Sûr qu'il n'y en a pas d'autres?

— Ne recommencez pas à faire des suppositions, Mason! Je suis un homme d'affaires. Sur ce plan, j'ai la tête solide. Si Edgar a acheté le ranch pour y loger une petite amie, Lorraine demandera le divorce, et il y aura un partage de la communauté. Vous me suivez?

— Plus ou moins.

— Lorraine touchera une bonne part des actions d'Edgar. Je les lui rachèterai au-dessus de leur valeur. Alors j'aurai plus de cinquante pour cent du capital, et Edgar ne m'embêtera plus. Il se tiendra tranquille ou me vendra ce qui lui restera d'actions. En tout cas, ce sera moi le patron!

— Vous n'avez pas beaucoup de sympathie pour votre associé.

— De la sympathie? Il me fait mal au ventre!

— Et Mrs Ferrell?

— C'est une femme très bien, dit Addison. Extrêmement jolie. Ne souriez pas, Mason. Et puis elle a le sens des affaires, elle accepterait mes propositions, parce qu'elles seraient intéressantes. Ce serait bien, évidemment, si elle recevait la moitié des actions d'Edgar, mais onze pour cent me suffiraient. Je n'en demande pas plus. Et, si vraiment Edgar entretient une petite amie, je l'aurai comme je veux. Je lui dirai que je ne veux pas de scandale et je sortirai mon carnet de chèques. Comme vous serez présent, il ne pourra rien faire! Absolument rien!

— Quand est-ce qu'on y va? demanda Mason.

— Ce soir, après dîner.

Mason consulta sa montre.

— D'accord. Et maintenant, un dernier conseil : ne rentrez pas à votre bureau. Allez quelque part où *personne* ne puisse vous atteindre. Rendez-vous au *Stag* à 7 heures. Jusque-là, n'appelez ni votre bureau, ni la police.

— La *police?*

— C'est cela même.

— Qu'est-ce que la police vient faire là-dedans?

— J'ai tendu un piège à votre maître chanteur, expliqua l'avocat, mais j'ignore s'il va s'y laisser prendre. Faites ce que je vous dis et ne posez pas de questions.

— La police, Mason? Je n'aime pas du tout ça.

— Personne n'aime ça! déclara calmement Mason en se levant et en se dirigeant vers le placard où il rangeait ses affaires.

7

— Ralentissez, dit Addison. C'est juste après le petit pont. Il y a une route qui tourne à gauche... Faites attention... Le tournant est brusque... Là! Le voilà! Vous n'avez qu'à suivre ce chemin.

Mason vira, le pied sur le frein. La voiture descendit une pente assez raide.

— C'est près d'ici que vous avez rencontré Veronica? demanda-t-il.

— Elle était sur la route, près du pont.

— Parfait. Je voulais juste connaître la topographie des lieux.

Le chemin s'incurvait vers un ruisseau desséché qu'enjambait une passerelle tout juste assez large pour laisser passer une voiture. Mason franchit le ruisseau, puis stoppa.

— On dirait qu'il n'y a pas de lumière, déclara Addison, essayant de voir à travers le pare-brise. J'ai l'impression que la maison est déserte... Je crains que Lorraine ne se soit trompée. Il ne songerait jamais à passer ses vacances ici.

— Puisque nous sommes sur place, conseilla Mason, autant nous en assurer. Nous allons frapper à la porte.

— Qu'est-ce que je dirai, s'il est là?

— Vous ne direz rien. C'est moi qui parlerai.

Ouvrant la portière, Mason mit pied à terre, puis se dirigea vers la maison. Addison resta dans la voiture. Il paraissait réfléchir. Au bout de quelques secondes, il descendit à son tour et suivit l'avocat.

Mason essayait de scruter l'obscurité.

— J'ai une lampe électrique dans la voiture, dit-il enfin. Je crois qu'on en aura besoin.

Addison avait escaladé quelques marches menant à une petite véranda.

– Il y a un marteau sur la porte, déclara-t-il.

– Eh bien! frappez, dit l'avocat. Moi, je vais chercher la torche.

Il se dirigea vers la voiture, y prit la lampe, puis revint vers la maison.

– Alors? demanda-t-il.

– Rien, fit Addison. J'ai tapé comme un sourd, mais on dirait qu'il n'y a personne à l'intérieur.

– On va faire le tour de la maison, proposa l'avocat.

Ils se dirigèrent vers l'arrière du cottage, sans se hâter. A la lueur de sa lampe, Mason examinait les fenêtres. Celles du rez-de-chaussée étaient fermées, et les volets intérieurs tirés. L'avocat leva sa torche de façon à voir les fenêtres du premier étage. Tout à coup, il s'immobilisa.

– Qu'est-ce que c'est? s'enquit Addison.

– Qu'est-ce que vous voyez là-haut? demanda Mason.

Addison plissa les yeux.

– On dirait que la vitre est brisée, dit-il.

– Oui, un tout petit trou rond, confirma Mason, et le verre, tout autour, est fêlé.

– Eh bien! alors! s'exclama Addison.

Mason agita sa torche. Les fêlures, en forme d'étoile, étaient nettement visibles.

– Est-ce que vous pensez... commença Addison.

– Je ne sais rien encore, dit Mason, soudain très sérieux.

– Mais c'est...

On aurait dit qu'Addison avait peur d'exprimer sa pensée.

– ... un trou fait par une balle, acheva l'avocat.

– On va pénétrer à l'intérieur et voir ce qui s'y passe.

Ils suivirent un sentier menant vers l'arrière de la maison. Mason frappa vigoureusement à la porte de service, puis essaya de manœuvrer le loquet. En vain. Il refit le tour de la maison, essayant d'ouvrir une fenêtre. Là aussi, échec complet.

– Ça ne me plaît pas du tout, murmura Addison. Quelle solitude! Je me sens coupable comme un cambrioleur. Et si quelqu'un nous surprenait ici?

– Je veux savoir ce qui se passe dans cette maison avant d'entreprendre quoi que ce soit, dit Mason. Il y a une clé dans la serrure de la porte de service, et toutes les fenêtres sont fermées. La serrure de la porte de devant est-elle à ressort?

– Je l'ignore.

– Y a-t-il l'électricité dans cette maison?

– Non, pas quand je l'ai visitée.

Ils revinrent vers la porte de service.

– Oui, il y a bien une clé à l'intérieur, déclara Mason après avoir étudié la serrure. Le dernier qui est sorti d'ici est passé par la porte principale.

A nouveau, il essaya de tourner le loquet. A sa grande surprise, celui-ci céda tout à coup, et la porte s'ouvrit.

Une odeur de renfermé frappa leurs narines.

– On va jeter un coup d'œil, dit Mason.

– Mais, fit Addison, n'est-ce pas dangereux?

– Et comment que c'est dangereux! Gardez vos mains dans les poches. Je vais monter là-haut.

– Je ne pense pas que Ferrell aimera ça, s'il l'apprend un jour.

– La police non plus. N'oubliez pas : les mains dans les poches, c'est...

Addison fit un faux pas, faillit tomber, s'agrippa à la rampe de l'escalier menant au premier, puis atterrit, à quatre pattes, sur les marches.

– Félicitations, dit sèchement Mason.

– Pourquoi?

— Vos empreintes! Je vous avais demandé de garder les mains dans les poches.

— Bah! ce que vous êtes mélodramatique, Mason! Qui va s'amuser à relever mes empreintes ici?

— La police, déclara l'avocat, commençant l'ascension. (Il s'arrêta un instant sur le palier du premier.) Notre pièce est située à l'arrière de la maison. Voyons, il y a quatre portes à gauche. Ce doit être la troisième.

S'éclairant toujours de sa torche électrique, il fit quelques pas, s'arrêta devant la troisième porte, hésita un instant, puis prit son mouchoir, s'en entoura la main et tourna le bouton.

La porte s'ouvrit. Une odeur de cadavre en décomposition frappa leurs narines.

Mason dirigea le faisceau de sa lampe vers le sol. Un homme était étendu sur le plancher, sur le dos, un œil à moitié fermé, l'autre ouvert, fixant le plafond.

Addison se recula brusquement, comme s'il avait reçu un coup de poing à l'estomac.

Mason ne se retourna même pas et se contenta de dire :

— Regardez par-dessus mon épaule. Ne touchez à rien. Qui est-ce?

Addison hésita, fit un pas en avant, tendit la tête.

— C'est Edgar Ferrell, articula-t-il avec peine.

— Maintenant vous savez pourquoi je vous avais demandé de tenir vos mains dans les poches, dit froidement l'avocat.

Addison poussa un léger gémissement.

Mason referma doucement la porte, fit demi-tour et, suivi par son client, descendit au rez-de-chaussée. L'avocat s'arrêta un instant devant la porte de service, essuya soigneusement la poignée, aussi bien à l'intérieur qu'à l'extérieur, puis, le mouchoir protégeant toujours ses doigts, il referma la porte.

— Après tout, déclara Addison, quelle importance que nous ayons laissé une empreinte ou deux? Nous devons signaler à la police...

— Nous discuterons de ça tout à l'heure, dit Mason, se dirigeant vers la voiture.

— Qu'est-ce que vous voulez dire? protesta Addison. C'est un crime que de ne pas signaler à la police la découverte d'un corps. Je ne suis pas juriste, mais même moi je sais ça.

Mason mit le moteur en marche.

— J'ai dit qu'on en discuterait tout à l'heure.

— Eh bien! commencez, s'écria Addison qui s'énervait.

Sans répondre, l'avocat franchit la passerelle, remonta le chemin en pente.

— Allez, parlez! parlez! s'écria Addison, lorsqu'ils eurent rejoint la route. Mais je vous préviens, Mason, que, quels que soient vos arguments, je m'arrête à la première cabine publique et j'appelle le bureau du shérif.

— A en juger par l'état du corps, déclara enfin l'avocat, Ferrell doit être mort depuis trois ou quatre jours.

— Et alors?

— Le décès remonterait donc à mardi soir. C'est d'ailleurs logique : Ferrell était parti en vacances. Pour une raison ou pour une autre, il s'est arrêté dans cette maison.

— Bien sûr, déclara Addison d'un ton légèrement méprisant. Il n'y a pas besoin d'être avocat ou détective pour trouver ça.

Mason ralentit la voiture.

— Oui, fit-il, seulement vous êtes venu ici mardi soir.

— Personne ne le sait, excepté vous et moi.

— Vous n'avez pas l'intention de le dire à la police ?

— Je ne suis pas bête à ce point !

Mason ralentit encore.

— N'oubliez pas que vous avez ramassé Veronica mardi soir.

— Veronica n'a rien à voir avec tout ça, et vice versa.

— Espérons-le, soupira Mason. Indiquez-moi l'endroit *exact* où elle se tenait.

— Elle était sur le côté droit de la route, juste près du petit pont dont nous approchons.

Mason vira vers le bas-côté de la route et freina.

— Qu'est-ce qui vous prend ? s'exclama Addison. Revenons en ville. Il faut signaler notre découverte à la police.

Sans répondre, Mason sauta à terre et se dirigea vers le pont, où Addison le rejoignit quelques instants plus tard.

— La maison est à environ deux cents mètres d'ici à vol d'oiseau, déclara l'avocat.

— Où diable voulez-vous en venir ?

— Supposons que vous alliez trouver la police. Votre visage est celui d'un enfant qui vient de naître. Vous êtes à la fois surpris et peiné de la mort de votre associé. La police se met à vous poser des questions. On commence par vous demander si vous connaissiez l'existence de cette maison. Vous répondez : « Oui, j'avais l'intention de l'acheter. Ferrell était avec moi et il a dû décider de l'acquérir pour son propre compte. »

Addison acquiesça.

— Ensuite, poursuivit Mason, la police vous demandera si vous êtes revenu dans cette maison. Que répondrez-vous ?

– Je n'ai aucune raison de les mettre au courant de mes affaires privées.

– Autrement dit, vous allez leur faire croire que vous n'y avez jamais remis les pieds.

Addison acquiesça.

– Et c'est là, continua Mason, que les choses commenceront à se gâter. Si vous dites que vous y êtes revenu mardi soir, on vous demandera quelques petites explications. Si vous dites non, la police se livrera à quelques vérifications, retrouvera les traces de vos pneus, interrogera Veronica, lui demandera à quel endroit elle vous a rencontré et...

– Mais non, je pouvais tout simplement revenir d'une autre ville. J'emprunte souvent cette route...

– L'ennui, dit Mason, est qu'il y a une passerelle au-dessus de ce ruisseau desséché et que le chemin menant à la grand-route est plutôt raide. De l'endroit où elle se tenait, c'est-à-dire d'ici, Veronica a très certainement entendu le bruit de la voiture franchissant la passerelle et vos passages de seconde en première lorsque vous remontiez la pente.

Addison se taisait.

– Il y a autre chose encore, poursuivit l'avocat. Quand vous m'avez rendu visite, cet après-midi, au bureau, vous étiez à bout de nerfs, incapable de vous asseoir...

– Et alors? Quoi d'étonnant à cela? Avec tous ces ennuis qui m'assaillent tout à coup...

– Vous êtes un homme d'affaires, l'interrompit Mason. Il vous arrive des pépins et des ennuis tous les jours...

– Pour l'amour du ciel, où voulez-vous en venir? A quoi ça nous mène, votre blablabla? J'ai froid, moi. Je remonte en voiture.

– A quelle heure, demanda Mason, Lorraine Ferrell vous a-t-elle annoncé avoir vu la voiture de son mari?

– Comment diable pourrais-je m'en souvenir?

– A quelle heure? répéta l'avocat. Et n'oubliez pas que la police posera la même question à Lorraine Ferrell.

– Je ne sais pas. Peu après le déjeuner, je suppose.

– C'est bien ce que je pensais.

– Qu'est-ce que vous voulez dire?

– Vous étiez beaucoup *trop* ému, lors de votre visite, Addison. Après que Lorraine Ferrell vous eut annoncé avoir vu l'auto de son mari, vous vous êtes douté que quelque chose clochait. Vous êtes venu ici. Vous n'êtes pas allé jusqu'au ranch, non, vous avez parqué votre voiture sur la grand-route, peut-être loin d'ici. Vous avez fait le restant du chemin à pied, à travers le pré. Vous avez trouvé la maison silencieuse, alors, votre curiosité piquée au vif, vous avez voulu savoir si Ferrell y était venu. Vous...

– Non, non, balbutia Addison.

– Vous avez ouvert la porte et vous êtes entré. Vous avez ensuite trouvé le corps de Ferrell. C'est alors que, au comble de la panique, vous êtes accouru chez moi.

– Mason, vous ne savez pas ce que vous dites!

– Ah! vous croyez? Ce que je veux vous faire comprendre, Addison, c'est que, si vraiment les choses se sont passées comme je le crois, on relèvera vos empreintes dans cette maison, on les relèvera à la douzaine! Si les choses se sont passées comme je le crois, vous avez signé votre arrêt de mort, et la chambre à gaz vous attend.

A la lumière des phares de la voiture, Mason vit le visage d'Addison prendre une teinte blafarde.

– Et maintenant, déclara-t-il, faisant demi-tour et

se dirigeant vers la voiture, n'oubliez pas que vous parlez à votre avocat.

Il atteignit l'automobile, s'installa au volant. L'autre portière s'ouvrit péniblement, et Addison s'affaissa plutôt qu'il ne s'assit à côté de lui.

— Vous tenez toujours à avertir la police? demanda Mason.

— Non, non, gémit Addison d'une voix blanche.

— Addison, dit l'avocat, écoutez-moi bien. Je suis prêt à courir certains risques pour vous. C'est bête de ma part, et je le sais, mais c'est le seul moyen pour vous tirer d'affaire. Nous ne signalerons pas à la police la découverte du corps.

— Mais mes empreintes, mes...

— Ecoutez-moi bien, l'interrompit Mason. Voilà ce que vous allez faire. Vous allez téléphoner à Lorraine Ferrell. Vous lui demanderez si elle a eu d'autres nouvelles de son mari. Vous lui direz incidemment que, selon vous, Ferrell espérait revendre la maison de campagne qu'il venait d'acheter. Vous expliquerez que l'agent immobilier vous a parlé de son insistance à faire enregistrer l'acte de vente mardi à la première heure...

Addison écoutait attentivement. Il acquiesça.

— Vous êtes sûr qu'elle n'est pas au courant de l'affaire? demanda Mason.

— Certain, sans quoi elle m'en aurait parlé.

— Très bien. Vous lui parlerez comme un homme qui la croit au courant.

— Mais, si je lui dis qu'Edgar a acheté une maison de campagne, elle voudra aussitôt y aller.

— Justement. Vous irez avec elle.

— Vous voulez dire qu'il faut que j'y retourne?

— Précisément. Le plus tôt sera le mieux.

— Oui, mais après?

— Eh bien! vous « découvrirez » le corps. Dès que la police en aura fini avec vous deux, vous vous rendrez, Lorraine Ferrell et vous, à votre bureau et vous m'y attendrez. Dites au veilleur de nuit de me laisser entrer. Je frapperai à la porte donnant sur Broadway.

– Mais en quoi tout ceci peut-il changer la situation ?

– Vous ne comprenez toujours pas ? Lorsque vous irez là-bas avec Mrs Ferrell, vous laisserez des empreintes *partout* – en bas, en haut, sur la rampe. Mais ces empreintes-là seront logiques, naturelles, faites en présence d'un témoin.

– Et alors ? demanda Addison.

– Alors, expliqua sèchement Mason, lorsque la police relèvera ces empreintes, elle ne pourra pas dire si elles ont été faites ce soir à 10 heures, ce soir à 8 heures, ou bien...

– Ou bien quand ? fit Addison, voyant l'avocat s'arrêter.

– Ou bien mardi soir, lorsque le meurtre a été commis, acheva Mason à mi-voix.

8

Mason gara sa voiture non loin de son bureau, prit l'ascenseur, et se dirigeait vers son cabinet de travail particulier quand, passant devant la porte éclairée de l'agence Drake, il s'arrêta.

L'agence restait ouverte jour et nuit, et Drake lui-même travaillait souvent jusqu'aux premières heures du matin.

L'avocat poussa la porte. La standardiste leva la tête.

– Drake est là ? demanda l'avocat.

Elle fit oui de la tête et allait ajouter quelque

chose quand une lumière rouge s'alluma devant elle. Elle enfonça la fiche et dit :
– Agence de police Drake.

Mason suivit le couloir et entra dans le bureau de Drake. Celui-ci était plongé dans une conversation téléphonique.

– Ce n'était qu'un tuyau, sergent, disait-il. Vous savez bien que je ne peux pas vous révéler la source de mes tuyaux... Non, ce n'est pas la victime qui me l'a donné. Je le tiens d'un de mes détectives... Bon Dieu, je le sais, que vous êtes de la police, mais vous, vous semblez oublier que je dirige une agence de police privée. Si je devais vous donner les noms de ceux qui me refilent des tuyaux, autant me retirer ma licence. Qu'est-ce que vous diriez si je vous demandais de me nommer vos indicateurs, hein?... Quoi? Si, c'est absolument la même chose, à mon avis!... Perry Mason? Je n'en sais rien! Vous n'avez qu'à appeler son bureau. O.K.! si je le vois, je lui dirai que vous désirez le voir. Bonsoir! (Il raccrocha, puis, se tournant vers l'avocat, il demanda :) Qu'est-ce que c'est que cette histoire de faux chèques, Perry?

– Pourquoi?

– C'était le sergent Holcomb qui téléphonait. Ils ont arrêté, en fin d'après-midi, un certain Eric Hansell. Il venait de présenter à l'encaissement un chèque de deux mille dollars signé John Racer Addison. La banque aurait sans doute payé la somme, mais l'employé s'est souvenu de la signature à l'encre noire. Il a examiné le chèque de plus près et s'est aperçu que la signature était fausse. La banque a essayé d'atteindre Addison, mais on ne le trouvait nulle part. Alors on a prévenu la police. Les flics sont venus, et Hansell leur a raconté une histoire tellement étrange qu'ils l'ont embarqué. On l'a interrogé. A la fin, il s'est effondré et a avoué que c'est vous qui lui aviez donné le chèque. Chaque fois qu'il entend votre nom, Holcomb voit rouge. Alors il m'a appelé, après avoir vainement tenté de vous joindre.

– Je lui téléphonerai tout à l'heure, fit Mason d'un ton nonchalant. Mobilisez une demi-douzaine de vos détectives, Paul, et dites-leur de se tenir prêts à passer à l'action d'ici quelques heures.

– Qu'est-ce qui se passe ?

Mason s'enfonça confortablement dans un fauteuil.

– C'est une histoire quelque peu bizarre, Paul, mais je vais tout vous di...

Drake l'arrêta d'un geste de la main.

– *Nix*, Perry. Rien à faire. Je ne veux pas vous écouter. Quand je travaille pour vous, moins j'en sais et mieux ça vaut.

– C'est ce que je me disais, lança Mason, en retenant un sourire. Vous êtes copain avec le shérif ?

– Couci-couça. Pourquoi ?

– Faites donc un petit saut chez lui. Oh ! une simple visite amicale. Dites-lui que vous êtes sur une affaire intéressant Edgar Z. Ferrell, l'associé de John Racer Addison...

– Ah ! fit Drake en plissant les yeux.

– Plus exactement, précisa Mason, vous travaillez pour moi, en ma qualité de représentant de Mrs Ferrell. Voilà l'histoire : mardi à midi, Ferrell est parti en vacances. Il a pris sa voiture, après y avoir entassé une tente, des couvertures, tout un attirail de pêche, un poêle à essence... enfin, vous voyez... Eh bien ! cet après-midi, sa femme, Lorraine Ferrell, a vu sa voiture dans la rue. Elle n'a fait que l'entrevoir, mais a eu l'impression qu'il y avait une femme au volant. Elle n'en est pas certaine, d'ailleurs.

» Alors, poursuivit-il de son air le plus innocent, je vous ai chargé d'enquêter sur cette histoire. Vous direz que vous allez procéder à des vérifications dans les hôpitaux, dans les commissariats, partout où l'on peut trouver des corps non identifiés. On ne sait jamais, Ferrell a pu être victime d'un accident. Il a pu se faire attaquer par des gangsters. On a pu lui voler son automobile après l'avoir assommé. Bref, Dieu sait ce qui a pu lui arriver...

– Quand est-ce que je commence? s'enquit Drake.

– D'ici cinq ou dix minutes... Passez-moi donc le téléphone, je vais appeler Holcomb.

– Voilà... Ça fera toujours un souci de moins en ce qui me concerne. Holcomb verra que j'ai fait la commission.

Mason, lui, appelait la préfecture.

– Perry Mason à l'appareil, dit-il d'un ton détaché, après avoir obtenu le sergent Holcomb. J'arrive chez Paul Drake, et il m'annonce que vous voulez me parler.

– Chaque fois que vous vous trouvez mêlé à une affaire, Mason, répondit le sergent, il y a anguille sous roche.

– De quelle affaire parlez-vous, sergent? Et quelle est cette histoire d'anguille?

– J'ai un homme, dans mon bureau, arrêté alors qu'il essayait d'encaisser un faux chèque. Il dit que vous êtes au courant de ce chèque.

– Vous êtes sûr qu'il est faux?

– Pardi! La signature a été imitée. C'est celle de John Racer Addison, le patron des « Grands Magasins ».

– Et Addison, qu'est-ce qu'il dit de tout cela?

– Jusqu'à présent, nous n'avons même pas réussi à le contacter. La banque a pu arrêter le chèque grâce à un tuyau de l'agence Drake...

Mason adressa un clin d'œil à Paul Drake.

– Et Drake, demanda l'avocat, qu'est-ce qu'il dit? D'où est-ce qu'il tient le tuyau?

– Drake la ferme, grogna Holcomb, mais nous savons que la plupart de ses affaires, c'est de vous qu'il les tient. Alors, quand le gars qu'on a embarqué a déclaré que vous étiez au courant du chèque, je me suis dit : « On va toujours vérifier. »

– J'arrive, dit Mason. Je parlerai avec lui, puis je m'entretiendrai avec vous.

– Quand ça?

Holcomb ne chercha pas à cacher sa surprise.

– Sur-le-champ!

– *O.K.!* soupira le sergent. Et moi qui croyais que vous alliez vous défiler!

Mason raccrocha.

– Cet homme vous déteste, Perry, déclara Drake.

– Il y a de sacrés bons policiers dans cette ville, répliqua l'avocat, mais il se trouve que notre ami Holcomb n'entre pas dans cette catégorie. Le lieutenant Tragg, lui, est un être régulier et intelligent. Holcomb n'est qu'un simple d'esprit qui n'hésite pas à accabler un homme s'il pense qu'il est coupable. Malheureusement, il pense souvent faux. Il s'imagine qu'il aide la justice et que c'est à lui d'inventer ou de fabriquer au besoin les preuves qui manquent...

– Et, acheva Drake, il pense également que vous lui ôtez le pain de la bouche en l'empêchant de faire juger ses suspects.

– C'est mon métier, non?

– Discutez de ça avec Holcomb.

– Inutile de discuter avec cet oiseau-là. Il est tellement bouché que si vous lui fourriez une cartouche de dynamite dans la narine et que vous la fassiez sauter, il n'éternuerait même pas. Bon, sur ce, je vous quitte.

Moins d'un quart d'heure plus tard, Mason frappait à la porte de Holcomb.

– Entrez, dit le sergent.

L'avocat entra.

Le sergent, le front plissé, mâchonnait un cigare. En face de lui, de l'autre côté de la table, Eric Hansell paraissait avoir beaucoup rabattu de sa superbe.

– Salut! Mason, dit Holcomb. Asseyez-vous donc.

– Que diable comptez-vous faire maintenant? graillonna Hansell. Qu'est-ce que vous comptez me mettre sur le dos, cette fois? Est-ce que vous croyez avoir le dr...

– Ta gueule, interrompit aimablement le sergent. C'est moi qui parle! Compris? Toi, la ferme!

Hansell ne pipa pas. Apparemment, il avait compris que la police ne plaisantait pas.

– Hansell, expliqua Holcomb, a été arrêté alors qu'il essayait d'encaisser un chèque d'un montant de deux mille dollars, soi-disant signé par John Addison. La signature avait été tracée au crayon, puis repassée à l'encre. Nous n'avons pas réussi à contacter Addison. Pendant un bon bout de temps, Hansell a essayé de jouer au plus malin, menaçant la police des foudres de son ami George Whittley Dundas. Nous avons appelé ce dernier. Il nous a écoutés en silence, a avalé une ou deux fois sa salive, puis nous a dit qu'il croyait avoir rencontré Hansell, qu'il le connaissait un peu, mais qu'il ne comprenait pas l'outrecuidance de ce personnage qui osait le citer, lui, Dundas, comme référence.

– Le salaud! s'écria Hansell. Il essaie de sauver sa propre peau!

– Ta gueule! aboya le sergent.

Hansell se fit tout petit, et son manteau aux épaules rembourrées parut soudain trop grand pour lui.

Holcomb mâchonnait furieusement son cigare. Il était, selon toute apparence, impatient de s'en prendre à quelqu'un.

— Et alors? demanda Mason.

— Dundas refusant de se porter garant de lui, Hansell nous a sorti une autre histoire. Il a déclaré qu'il était allé chez vous, qu'il était en affaires avec Addison et que c'est vous qui lui aviez donné ce chèque de la part d'Addison.

— Quel genre d'affaires prétend-il avoir avec Addison?

— Il ne nous l'a pas dit.

— Est-ce qu'il est en état d'arrestation?

— Oui, pour faux et usage de faux.

— Alors, suggéra l'avocat, pourquoi ne pas prendre ses empreintes digitales? C'est la première chose à faire, si l'on veut savoir à qui l'on a affaire. S'il continue à changer son histoire chaque fois qu'il ouvre la bouche et...

Hansell bondit sur ses pieds.

— Espèce d'avocat marron! hurla-t-il. Espèce de...

Holcomb fut presque aussi rapide que lui. Son poing se détendit et vint frapper Hansell à la mâchoire.

— J'ai dit : ta gueule! grogna le sergent. Assieds-toi!

— Après tout, continua Mason, aussi calme que si rien ne s'était passé, nous ne savons rien de cet homme.

Holcomb le fixa pendant quelques instants.

— Vous n'avez pas encore démenti ses assertions.

— J'ignore ce qu'il a dit.

— Je viens de vous le dire.

Mason se tourna vers Hansell.

— Vous avez été à mon bureau?

— Comme si vous ne le saviez pas! dit l'autre d'une voix rauque.

— Et c'est moi qui vous ai donné ce chèque?

— Comme si vous ne le saviez pas!

— Un chèque soi-disant signé par John Addison?

— Oui.

— Pourquoi vous aurais-je donné ce chèque?

— Vous le savez fort bien. Vous voulez que je parle?

— C'est exactement ce que je veux, déclara Mason. C'est d'ailleurs pour cette raison que je viens de vous poser toute une série de questions. Si vous avez un chèque de deux mille dollars de John Addison, c'est que vous lui avez rendu service; en tout cas, vous avez dû gagner cette somme d'une façon ou d'une autre.

— Si vous continuez à me houspiller, je vais me mettre à table, menaça Hansell.

— Bonté divine, c'est ce que je veux, justement!

Hansell haussa les épaules.

— Bon, fit-il. Je sais qu'Addison vous avait engagé...

Mason leva les sourcils dans un mouvement si significatif que l'autre s'arrêta au milieu de sa phrase.

— Vous voulez dire, corrigea l'avocat, qu'Addison vous donnait de l'argent parce que vous saviez quelque chose à son sujet et au mien?

— Pourquoi pas?

Mason sourit d'un air protecteur.

— On paie un avocat pour ce qu'il sait. Mais, si vous voulez nous faire croire qu'Addison vous payait pour quelque chose que, vous, vous saviez, alors, jeune homme, permettez-moi de vous dire que vous tombez de Charybde en Scylla. Même si vous réussissiez à établir votre innocence dans l'affaire du chèque, vous seriez inculpé pour tentative d'extorsion de fonds.

Un lourd silence s'abattit dans la pièce.

— Dans ces conditions, acheva Mason, si vous voulez continuer de mentir, trouvez au moins quelque chose qui tienne debout.

Holcomb réduisait patiemment son cigare en charpie.

— Du diable, dit-il entre les dents, si je ne commence pas à voir clair.

— Mais encore? s'enquit l'avocat.

— Ce type-là essayait de faire chanter quelqu'un, déclara le sergent. Ne sachant comment le faire prendre, vous avez combiné cette affaire de faux chèque. Comme ça, il ne peut rien dire, sous peine de se voir inculpé pour chantage.

— Avez-vous des preuves à l'appui de vos dires? demanda Mason d'un ton froid.

— Non, mais c'est forcément cela.

L'avocat se tourna vers Hansell.

— C'est vrai, ça, Hansell?

L'autre se passa la langue sur ses lèvres sèches.

— Vas-y, grogna Holcomb. Réponds!

— Non, articula péniblement Hansell.

— Alors, fit Mason d'un ton suave, d'où vous vient ce chèque?

— Je voulais trouver quelqu'un susceptible de financer un projet que j'avais conçu. Je m'en ouvris à Addison. Il me dit d'aller voir son avocat. J'expliquai l'affaire à Mason. Il me dit qu'elle était intéressante, ajoutant qu'Addison me donnerait deux mille dollars. Puis il me remit ce chèque...

— Que j'avais, sans doute, tiré de mon chapeau comme un magicien? acheva aimablement Mason.

— De *mon* chapeau! s'exclama Hansell.

Mason sourit.

– Pour l'amour de Dieu, gémit Holcomb. Qu'est-ce que c'est que cette histoire? Tu essaies de faire de l'esprit, Hansell? De *ton* chapeau? Tu te paies ma tête!

Hansell remua sur sa chaise.

– Allez-y, l'encouragea Mason. Parlez-nous du chapeau.

– Que le diable vous emporte!

– Oui, mais ce chapeau? intervint le sergent.

– Rien. C'était une plaisanterie.

– Vous maintenez ce que vous avez dit? demanda Mason.

– Oui.

– Et vous n'avez rien à ajouter?

– Non.

– En quoi consistait cette affaire?

– Il s'agissait de financer un industriel désireux de devenir le fournisseur d'Addison.

– Qui était cet industriel?

– Je ne peux vous donner son nom.

– Quel article voulait-il vendre à Addison?

– C'est un secret.

– Me l'avez-vous dit lors de notre « entrevue »?

– Vous savez bien que oui.

– L'avez-vous dit à Addison?

– Oui.

Mason sourit, puis se tourna vers Holcomb.

– Pourquoi ne pas vérifier ses antécédents, sergent?

Holcomb décrocha le téléphone.

– Je vous ai envoyé des empreintes digitales, il y a plusieurs heures, déclara-t-il, lorsqu'on lui eut répondu. Qu'est-ce que vous avez trouvé? Oui, le gars s'appelle Hansell... Bon, je reste en ligne... Vous avez le fichier... *O.K.!* J'attends.

Holcomb porta alternativement son regard de Mason à Hansell.

— Du diable si je n'ai pas pigé! Si c'est pas une façon pratique de se débarrasser d'un maître chanteur! grogna-t-il.

Personne ne répondit. Soudain Holcomb se crispa.

— Quoi? dit-il dans le récepteur.

Il écouta, sans rien dire, pendant une dizaine de secondes, puis tira vers lui un bloc, un crayon et prit quelques notes.

— Bon, dit-il. Je pige. A quand remonte cette seconde arrestation? *O.K.!* Merci, Mac.

Il raccrocha et, repoussant l'appareil, retira le cigare de sa bouche, l'écrasa entre ses doigts et se tourna vers Hansell.

— Alors, j'avais raison, dit-il.

L'autre ne bougea pas.

— Vous avez un drôle de casier judiciaire, Mr Hansell, alias Hanover, alias Handwig.

Hansell fixait un des coins de la table.

— Mais, poursuivit le sergent, s'adressant cette fois à Mason, c'est bien ce que je pensais. Du chantage! Il n'a jamais fait de faux de sa vie. Tout n'est qu'extorsion ou tentative d'extorsion de fonds. Sincèrement, Mason, vous voulez me faire croire qu'il a présenté un faux chèque à l'encaissement?

— Ne l'a-t-il pas fait? demanda Mason d'un air sincèrement étonné.

— Si, admit Holcomb, comme à contrecœur. Si. Incontestablement.

— Quelle banque?

— La banque d'Addison. La banque sur laquelle le chèque avait été tiré. Hansell avait sur lui des papiers d'identité : permis de conduire, carte d'assurances sociales, certificat de son banquier.

— Et il a un casier chargé?

– Aussi chargé qu'un B-36! Rien que du chantage! Que le diable m'emporte, Mason, j'ai l'impression que vous nous faites tous marcher, lui et la police.

– Comment ça?

– J'ai pas envie d'inculper ce gars-là pour faux et usage de faux. Ça sent plutôt le chantage.

– *O.K.!* dit Mason. Interrogez donc Hansell. Qu'il vous dise à quel titre il a reçu le chèque. Si c'est du chantage, vous n'avez qu'à le poursuivre pour chantage.

– Je vous ai déjà tout dit, murmura faiblement Hansell.

– Non, vous n'avez rien dit du tout, déclara l'avocat. Vous n'avez pas cité un seul nom. Vous vous êtes contenté de parler de généralités. Quel est ce mystérieux fournisseur? Qui était...

– Bon, bon, interrompit Hansell. Je vais tout vous dire. J'ai téléphoné à Mr Addison pour lui demander de me prêter deux mille dollars. Je lui ai dit que j'avais besoin de cet argent, et Mr Addison m'a répondu que, si j'allais voir Mason, ce dernier me donnerait le chèque.

– Addison ne vous a pas donné le chèque lui-même? s'enquit l'avocat.

– Non, il m'a dit que c'est vous qui me le donneriez.

Mason sourit.

– Ainsi, dit-il, vous êtes allé voir Addison, vous lui avez demandé de vous prêter de l'argent, et lui, il vous aurait dit de venir chez moi prendre le chèque?

Hansell réfléchit longuement – une bonne minute. A la fin, il déclara :

– Laissez-moi téléphoner à Mr Addison et je vous prouverai que je dis vrai.

– Ce que vous venez de nous raconter?

— Oui.
— Alors, votre autre histoire, c'était de la frime?
— Euh... oui!

Mason se tourna vers Holcomb.

— Vous voyez, sergent? Il reconnaît maintenant avoir menti. A mon avis, il a plus d'un tour dans son sac. Je le soupçonne même d'avoir mis sur pied un plan extrêmement subtil. Voilà, je crois, son raisonnement : il pensait que, s'il réussissait à encaisser un faux chèque soi-disant signé par Addison, il pourrait faire chanter ce dernier...

— Mais c'est une idée de fou! s'effraya Holcomb.

— Possible, admit l'avocat. N'empêche, ça fait trois histoires différentes qu'il nous raconte au sujet de ce chèque. Donc, il s'agit certainement d'une tentative de chantage.

— Vous avez de drôles de méthodes pour vous débarrasser des maîtres chanteurs, grogna le sergent. Je n'aime pas du tout ça.

— Je me moque éperdument de ce que vous aimez, fit Mason d'une voix irritée. Vous me faites venir chez vous sur la foi des déclarations d'un repris de justice. Le type a un casier judiciaire, de quoi remplir un roman-fleuve. Il reconnaît maintenant que tout ce qu'il vous avait raconté est faux. Allons, allons, sergent...

Et il repoussa sa chaise.

Hansell le fixa, le regard rempli de haine.

— Vous vous croyez très malin, Mr Perry Mason, dit-il entre ses dents, mais je vous promets que vous le regretterez amèrement un jour!

— Moi? fit Mason, l'air innocent.
— Vous-même!
— Mais tout ce que vous aviez raconté au sergent n'était-il pas faux?

Hansell ne répondit pas.

— Si vous voulez une déposition écrite d'Addison,

essayez de le joindre avant que Hansell ne le contacte, conseilla l'avocat à Holcomb.

— Vous n'avez pas le droit de faire ça! s'écria Hansell, se redressant à demi. J'ai le droit, moi, de téléphoner à Addison. Après tout, c'est sa signature à lui qui figure sur le chèque.

— Je crois savoir, fit froidement l'avocat, que sa signature a été imitée.

— Je n'aime pas du tout ça, répéta Holcomb d'un ton maussade.

— Même si vos suppositions étaient vraies, lui dit Mason, je ne pense pas que la police remettrait en circulation un monsieur dont le métier est de faire chanter ses semblables.

— Si vous aviez fait preuve d'un peu plus de franchise, répliqua le sergent, j'aurais pris le gars à part et je lui aurais fait un massage facial qui lui aurait fait perdre toute envie de recommencer. Mais, de la façon dont les choses se présentent, du diable si je sais ce que je dois faire.

Mason se tourna vers Hansell.

— Etait-ce du chantage? demanda-t-il d'une voix faussement affligée.

— Allez au diable!

— Le sergent Holcomb finira par vous tirer les vers du nez, l'avertit l'avocat. Il a l'habitude d'aller au fond des choses.

— Je vous ai dit : allez au diable!

— D'accord!

L'air satisfait, Mason fit un pas vers la porte.

Le téléphone sonna sur le bureau de Holcomb. Le sergent décrocha :

— Oui... Allô... Oui, Holcomb à l'appareil... Quoi?... Hé! Mason, attendez un instant... Mason!

L'avocat était déjà dans le couloir. Il se tourna et, la main sur la poignée de la porte, demanda :

— Oui... Qu'est-ce qu'il y a, sergent?

— Quelque chose qui vous intéresse, dit Holcomb. Qui vous intéressera beaucoup, je pense.

— Mais encore?

— C'est la brigade criminelle, dit le sergent. Les gars savaient que je cherchais à atteindre Addison. Ils viennent, à l'instant, d'apprendre, par la voiture-radio, qu'Edgar Z. Ferrell, l'associé d'Addison, a été trouvé mort dans un vieux ranch abandonné, à une quarantaine de kilomètres de la ville. Selon toutes les apparences, le type a été assassiné par quelqu'un qui s'était embusqué à l'extérieur et qui a tiré par la fenêtre.

Mason leva les sourcils.

— Sait-on *quand* le crime a été commis? demanda-t-il.

— Un instant... (Puis, parlant dans le récepteur, il demanda :) Quand est-ce que ce crime a été commis?... Mardi soir? *O.K.!* Ne quittez pas. (Il posa la paume sur le micro de l'écouteur.) Probablement mardi soir, dit-il.

Mason hocha la tête, puis fixa Hansell.

— Où étiez-vous mardi soir? s'enquit-il.

Hansell bondit de son siège.

— Bon Dieu! Si vous croyez que vous allez me coincer pour *ça* aussi, espèce de salaud, espèce d'avocat véreux, vous...

— Tss... tss!... Quel langage, Hansell. Evidemment, je ne sais pas grand-chose de votre passé, mais, si *vraiment* vous avez vécu de chantage, je vous conseille de suivre le droit chemin à l'avenir... c'est-à-dire, si vous parvenez à démontrer que vous n'êtes pour rien dans ce meurtre...

— Je ne suis pas accusé de meurtre! hurla Hansell. Vous m'avez mis dans le pétrin en me refilant un chèque falsifié, et quand j'ai voulu dire la vérité...

Holcomb raccrocha brutalement.

— J'ai été très ému d'apprendre la mort de Ferrell, sergent, déclara l'avocat. Je ne le connaissais pas, mais je m'occupe, de temps à autre, des affaires de John Racer Addison. Je présume qu'il doit être bouleversé par cette mort tragique. Et maintenant, si vous permettez, je vais réintégrer mon bureau.

Holcomb donnait l'impression de ne pas l'écouter. L'air songeur, il fixait Hansell.

— Qu'est-ce que vous savez de cet assassinat? demanda-t-il enfin.

— Pour l'amour de Dieu! hurla Hansell, à bout de forces, ce damné avocat va-t-il maintenant vous suggérer vos pensées? Est-ce que vous êtes...

Holcomb se pencha par-dessus son bureau, prit son élan et écrasa son poing sur la figure du jeune homme.

— Je n'aime pas que les maîtres chanteurs me parlent sur ce ton-là, déclara-t-il.

Mason tira doucement la porte sur lui et s'éloigna dans le couloir.

9

Le gardien de nuit des « Grands Magasins » attendait devant l'entrée principale.

Mason lui montra sa carte à travers la porte vitrée. L'autre acquiesça, puis le laissa entrer.

— Mrs Ferrell vous attend, dit-il.

— Et Mr Addison également, déclara en souriant l'avocat.

Le gardien hocha la tête.

— Il n'est pas encore arrivé. La police voulait le voir.

— Le voir?

— Pour lui demander quelque chose.
— Quoi?
— Eh bien! monsieur, vous savez certainement ce qui est arrivé... Un accident. La police désirait que Mr Addison lui explique quelque chose au sujet du revolver... Je m'excuse, mais je crois que Mrs Ferrell pourra vous donner tous les détails.
— Allons-y.

Le gardien le précéda entre les comptoirs recouverts de housses; ils prirent l'ascenseur qui les mena au cinquième.

Les bureaux, en haut, étaient somptueux. Il y avait de la lumière dans celui dont la porte au verre dépoli indiquait : « Mr Addison ». Il y en avait également dans le bureau voisin qui portait l'inscription : « Mr Ferrell ».

Le gardien fit un pas en avant, frappa, entrouvrit la porte et dit :

— Mr Perry Mason.

— Entrez, Mr Mason. Entrez donc, dit une voix de femme.

Mason poussa la porte et entra.

Lorraine Ferrell se reposait sur un divan installé au fond de la pièce. Au moment où l'avocat entra, elle venait de rejeter la légère couverture qui lui recouvrait le bas du corps.

— Bonjour, Mrs Ferrell, dit Mason.

Il entrevit, l'espace d'une seconde, de ravissantes jambes. Puis elle rejeta complètement la couverture et s'assit, en tirant sur sa jupe.

— Gentil à vous d'être venu, dit-elle. Je me reposais un peu. Où est le gardien?

Mason regarda par-dessus son épaule.

— Il est déjà dans l'ascenseur.

— Merci. Fermez la porte, voulez-vous. Approchez-vous, Mr Mason, et asseyez-vous dans ce fauteuil à côté du divan.

Mason s'exécuta.

– Figurez-vous, poursuivit-elle, que j'ai trouvé la couverture dans un des tiroirs du placard, là-bas. Apparemment, mon époux aimait bien faire une petite sieste après déjeuner. Je n'ai jamais pu l'avoir au téléphone avant 3 heures.

Mason sourit d'un air neutre, pendant qu'elle l'étudiait. Il lui rendit son regard, remarquant notamment ses vêtements élégants, ses grands yeux expressifs, ses lèvres charnues, la jolie courbe de son cou et de sa gorge.

– Mr Mason, dit-elle tout à coup, dois-je ou non me conduire en hypocrite?

– Pourquoi ne pas être *vous-même*?

Elle rit nerveusement.

– Votre façon de me regarder m'a bouleversée. Nous nous rencontrons pour la première fois, et j'ai déjà l'impression que vous m'avez cataloguée.

– Simple habitude, répondit l'avocat, en sortant son porte-cigarettes.

– Qu'est-ce que vous voulez dire?

– Le « coup d'œil ». Les clients n'aiment pas qu'on les fixe, et les témoins se trouvent parfois déconcertés.

– Ne préférez-vous pas un témoin « déconcerté »?

– Les témoins de la partie adverse, seulement. Et j'ajoute : au tribunal uniquement.

– J'espère que je ne me trouverai jamais de l'autre côté de la barricade, avec vous en face.

– Je l'espère aussi.

– Pouvez-vous « jauger » une personne en un coup d'œil?

– J'essaie toujours.

– Et ça vous réussit?

– Ça dépend. Un avocat qui plaide est obligé de procéder de la sorte. L'huissier appelle un citoyen qui doit siéger au jury. La personne se lève et va prendre place dans l'enceinte des jurés. Vous n'avez que six ou sept secondes pour la « jauger », et il faut que vous sachiez de quel genre d'individu il s'agit, s'il a l'esprit ouvert ou non, s'il a des préjugés, s'il est favorable ou hostile à votre client. Bien sûr, vous pouvez toujours lui poser une question ou deux, mais souvent ça ne sert à rien. Une fois qu'il a pris place parmi les autres jurés, vous n'en voyez plus que le masque. Il va essayer de vous démontrer qu'il est intelligent et compréhensif. Il sent d'innombrables regards fixés sur lui et il essaie de se convaincre qu'il est la justice incarnée. Le seul moment où vous pouvez le juger à sa juste valeur est cet espace de six ou sept secondes dont je parlais.

Elle se mit à rire.

– Allez-vous me demander de faire quelques pas devant vous?

Alors Mason la fixa et dit :

– Oui!

Cette réponse monosyllabique parut la déconcerter un instant. Puis elle redressa la tête, sourit, se leva et s'éloigna de l'avocat. Sa démarche indiquait assez qu'elle était consciente de la beauté de son corps, du caractère provocant de ses hanches. Arrivée au bout de la pièce, elle fit demi-tour, revint vers Mason et se rassit.

– Mon mari me rasait à un point que vous ne pouvez imaginer, dit-elle.

– Je m'en doutais un peu.

– Je regrette qu'il ait trouvé une mort aussi dramatique, aussi... gênante... N'ayez aucune crainte, Mr Mason; en public, je serai moins sincère. En fait, j'ai l'impression qu'un lourd fardeau est tombé de mes épaules. M'en blâmez-vous?

– Vous êtes sincère?

– Absolument.

— Dans ce cas, il vaut mieux être franche avec moi.

— C'est ce que je me suis dit.

— Est-ce que vous aimiez votre mari lorsque vous l'avez épousé?

— Mr Mason, répondit-elle, j'ai commis la plus grave faute qu'une femme puisse commettre. Je l'ai épousé pour son argent. Je suppose que, si j'avais été moins... comment dire... moins désirable, ce ne serait pas tellement important. Mais j'avais le choix entre bon nombre d'hommes. Je ne pense pas en avoir aimé aucun, mais j'avoue qu'un ou deux me plaisaient. Malheureusement, ils n'avaient pas d'argent.

» Edgar Ferrell, lui, commença à me faire une cour discrète, mais méthodique. Il y avait des moments où je ne pouvais pas tenir, mais, au moins, il a toujours été franc avec moi. Il me promit de l'argent. Il a tenu parole. Je devins une femme respectable, riche... et malheureuse.

» Au début, je ne me rendis pas compte à quel point j'allais être malheureuse par la suite. Ça m'aurait été égal si nous nous étions disputés. Au contraire, s'il avait essayé de me briser, j'aurais pu l'aimer ou le haïr. Mais non. Il se contentait d'être lui-même, un bourgeois respectable, conventionnel, et le reste. Parfois, je l'aurais étranglé.

» Et puis, comme pour me pousser à bout, quelques-uns de mes ex-prétendants, parmi ceux qui m'avaient plu, se lancèrent dans les affaires et firent fortune.

— Pourquoi n'avez-vous pas divorcé?

— En premier lieu, je n'avais aucune raison valable pour demander le divorce. Ensuite, si j'avais essayé de divorcer malgré tout, les tribunaux ne m'auraient pas accordé la pension dont j'aurais eu besoin. Bon Dieu! Mr Mason, si seulement il avait essayé de me tromper, j'aurais peut-être eu un certain respect pour lui, mais, même ça, il ne le faisait pas! C'était le mari le plus fidèle, le plus ennuyeux, le moins imaginatif, le plus digne, le plus dénué du sens de l'humour qu'on puisse imaginer.

— C'est pourquoi, dit tranquillement Mason, comme il était incapable de réactions émotives, c'est vous qui avez fait le premier pas, n'est-ce pas?

Son visage se figea, soit qu'elle voulût feindre l'indignation, soit qu'elle se mît sur ses gardes.

— Non? insista l'avocat sur le même ton, en allumant une cigarette.

— Non, répondit-elle. Je n'avais que ce que j'avais voulu.

— N'avez-vous jamais eu envie de faire quelque chose?

— Si, bien sûr! Après tout, je suis une femme. J'aurais adoré qu'on me fasse la cour, qu'on me conte fleurette, qu'on me fasse des compliments. Je déteste ce genre de vie où le mari vous considère comme un objet personnel. Comme mari, Edgar avait la mentalité d'un comptable... Bon Dieu! ce que j'aurais voulu voir cette « autre femme » qu'il devait rencontrer dans son ranch! Ce que j'aurais voulu lui parler! Je me demande si elle voyait en lui un don Juan un peu âgé ou si leurs relations étaient aussi commerciales que les nôtres.

— Cigarette? demanda Mason.

— Non, merci.

Un silence complet régna pendant quelques instants. Ce fut Lorraine Ferrell qui le rompit.

— Oui, Mr Mason, mariée, j'ai été fidèle à Edgar. Veuve, je vais être fidèle à moi-même.

— Vous comptez vous remarier?

— Jamais de la vie! Tout à fait entre nous, Mr Mason, j'en ai jusque-là de la vie conjugale. J'ai de l'argent ou, plus exactement, je vais en avoir. Je serai libre et indépendante. Je pourrai fréquenter des gens cultivés et spirituels. J'ai l'intention de voyager. J'ai l'intention – vous voyez si je suis franche – d'exciter le désir des hommes. Puis je toiserai du haut de mon mépris tous ceux qui prétendront m'aimer à la folie. Bien entendu, si, pour employer une banale métaphore, un prince charmant, monté sur son cheval blanc, manifeste la volonté de m'emmener dans son royaume, je me laisserai peut-être faire... si j'en ai envie.

Son visage avait pris une expression rêveuse. Elle regardait le plafond, comme si elle vivait déjà l'expérience dont elle parlait. Mason eut même l'impression qu'elle ne s'adressait pas à lui, mais qu'elle se parlait à elle-même.

– Mais, continua-t-elle, je ne l'épouserai pas – à moins qu'il ne possède certaines qualités. Je ne voudrai jamais d'un homme qui me considérera comme un *objet* une fois qu'il m'aura eue, Mr Mason. Un homme qui continue de faire la cour à une femme qu'il a possédée est quelque chose de très, très rare. Un tel homme n'a pas de prix.

– Peut-être n'en trouverez-vous jamais, dit l'avocat.

– Dans ce cas, je continuerai de chercher, plutôt que d'épouser le premier venu.

– Jeunesse et beauté ne sont pas éternelles.

– Raison de plus pour en profiter tant que l'on est jeune et belle. Après tout on vieillit, qu'on soit mariée ou non. Au fait, comment la conversation a-t-elle dévié à ce point?

– Je vous avais posé quelques questions.

– Des questions très personnelles et très indiscrètes, Mr Mason.

– L'affaire qui nous réunit ne l'est pas moins.

– C'est vrai. Parlons de ce crime, maintenant.
– Ce n'était pas un suicide ? demanda l'avocat.
– Non, apparemment. C'est un assassinat. La police a déjà procédé à sa reconstitution. Il n'y avait pas de courant électrique dans ce ranch. Edgar se servait de lampes à pétrole au rez-de-chaussée et emportait une lampe à essence lorsqu'il montait au premier.

» Il venait juste de remplir sa lampe et était monté au premier, où il avait laissé sa valise. Les volets étaient fermés en bas, mais non en haut, dans la chambre à coucher.

» Il venait de pénétrer dans cette dernière pièce lorsque le meurtrier, qui attendait dehors, visa soigneusement et l'abattit d'une balle de calibre 9,5. Lorsqu'elle a procédé à la reconstitution du crime, la police a pu, compte tenu de l'emplacement du trou dans la vitre, de l'endroit où se trouvait le corps et de la taille d'Edgar, déterminer avec précision la place où se tenait l'assassin : juste à côté d'une voiture en stationnement dont on voyait encore les traces de pneus.

– La lampe à essence a-t-elle brûlé jusqu'au bout ?

Lorraine Ferrell fronça les sourcils.

– Non, on a dû l'éteindre. Elle était encore pleine. Mais c'est la seule façon dont le crime a pu être commis. L'assassin n'aurait pu voir ce qui se passait au premier, que ce soit de jour ou de nuit, si la pièce n'avait pas été éclairée de l'intérieur.

– Vous ignoriez que votre mari avait acheté cette propriété ?

– Absolument. Quand je l'appris, je n'en voulus pas croire mes oreilles. Ceci prouve d'ailleurs que même un bourgeois conventionnel comme Edgar possède certains des instincts propres aux mâles.

- Vous pensez qu'il voulait en faire un « nid d'amoureux »?

La jeune femme se mit à rire, sans répondre.

- Avez-vous des preuves? demanda Mason.

- C'est la police qui va réunir les preuves. On a déjà trouvé des empreintes dans toute la maison et, apparemment, ce sont celles d'une femme.

- Est-ce que vous avez une idée de l'identité de cette femme?

Lorraine Ferrell hocha la tête.

- Non, mais ça ne m'étonnerait pas que ce soit une employée des « Magasins ». J'ai dit à la police que, si elle relevait les empreintes de tout le personnel, elle trouverait cette personne, aussi sûr que je suis là.

- Qu'est-ce qui vous le fait croire?

- Je connais Edgar, Mr Mason. Il n'aurait jamais su faire une touche à l'extérieur. Il n'avait ni esprit d'initiative, ni courage. C'est sûrement quelque fille qu'il employait et qui a vu dans cette aventure le moyen de réaliser ses ambitions.

- Vous croyez qu'elle est tombée amoureuse de votre mari?

Lorraine Ferrell éclata de rire.

- Mr Mason, voyons! C'est tout simplement une fille qui en avait après l'argent d'Edgar.

- Si elle avait réussi à le séduire, déclara Mason, il est peu probable qu'elle eût continué à travailler.

- Je crois que vous avez raison.

Elle sourit, l'air ravi.

- Dans ce cas, nous pouvons restreindre nos recherches à une femme jeune, pas mal physiquement, qui avait travaillé ici et qui a quitté son emploi il y a peu de temps.

- Je pense, dit l'avocat, que mettre une jeune

femme dans ses meubles est ce qu'on appelle la
« procédure usuelle »?

— Je n'en sais rien.

Le ton était un peu méprisant.

— Pourtant, continua-t-il, il est difficile d'imaginer qu'une jeune femme, quelque ambitieuse qu'elle soit et quelles que soient les promesses qu'on lui fasse, accepte d'aller vivre dans un vieux ranch sans aucun confort et même sans électricité.

— C'est ma foi vrai, fit-elle en fronçant les sourcils.

— Raisonnons logiquement, poursuivit Mason. Puisque aucune jeune femme n'aurait accepté de vivre là-bas, c'est que le ranch ne servait que de lieu de rendez-vous.

— Vous êtes terriblement logique, Mr Mason, dit Lorraine Ferrell. Terriblement logique... Vous avez, sans doute, raison. En y réfléchissant, je me demande si ce n'était pas une femme mariée, qui ne pouvait fréquenter Edgar qu'occasionnellement et qui n'aurait pas voulu qu'on les voie, tous deux, en ville. C'est certainement ça.

— Donc, nous avons une étrange série de pistes contradictoires.

Lorraine Ferrell croisa les jambes, posa ses mains sur son genou, puis fixa le dessin du tapis.

— Vous aussi, dit-elle, vous procédez à une véritable reconstitution. Qu'est-ce qui entre en scène maintenant? Un mari fou de rage?

— Pourquoi pas? Un mari qui aurait suivi le couple jusqu'au ranch, qui serait demeuré dehors pour tout voir, qui aurait aperçu sa femme à côté de son amant et qui n'aurait pu résister à la tentation d'appuyer sur la gâchette.

» Ceci nous laisse la femme infidèle aux côtés du cadavre de son amant. Elle essaie de se débrouiller de son mieux. Elle commence par éteindre la lampe, puis cherche à s'enfuir. Comment? Eh bien! elle n'a qu'un seul moyen de locomotion à sa disposition : la voiture d'Edgar Ferrell, dans laquelle elle était venue.

Lorraine Ferrell acquiesça, pensive.

– Tout ceci, évidemment, est conditionné par une seule chose, reprit Mason.

– Laquelle?

– C'est que vous me dites la vérité.

Elle ne leva même pas les yeux et, lorsqu'elle parla, il n'y avait, dans sa voix, ni colère, ni ressentiment.

– Je ne suis pas une menteuse, Mr Mason, déclara-t-elle simplement. J'ai évidemment menti à l'occasion, mais je ne sais pas mentir et je déteste le faire. Je vous ai dit toute la vérité. C'est plus simple – on s'évite des complications. De toute façon, étant avocat, vous m'auriez percée à jour si j'avais essayé de vous déguiser la vérité. Vous êtes probablement la seule personne au monde à savoir que je ne suis pas une veuve éplorée et prostrée. Oui, Mr Mason, je joue cartes sur table. Je...

Quelqu'un frappa à la porte, puis celle-ci s'ouvrit, et John Racer Addison, l'air hagard et soucieux, parut sur le seuil.

– Ah! vous êtes là, Mason? Dieu soit loué! fit-il.

– Que se passe-t-il? demanda Lorraine Ferrell.

– Des tas d'ennuis, répondit Addison. Dites, si nous passions dans mon bureau? Je n'ai jamais aimé celui-là. Et puis je boirais bien quelque chose.

Il les précéda dans son propre bureau, ouvrit la porte vitrée de la bibliothèque, appuya sur un bouton, et apparut un petit bar avec quelques bouteilles, des verres et une minuscule glacière électrique.

– Qu'est-ce que vous prenez? demanda-t-il.

— Scotch et soda, dit Lorraine Ferrell.

Mason se contenta d'acquiescer d'un signe de tête.

Addison posa trois verres sur son bureau, y versa, d'une main tremblante, deux doigts de whisky, puis ajouta de la glace et du soda.

— Cette lumière électrique me tape sur le système, fit-il d'une voix irritée. Il fait suffisamment jour dehors pour que...

Il n'acheva pas, alla à la fenêtre, tira brutalement les épais rideaux, puis revint et éteignit l'électricité.

Le soleil ne s'était pas encore levé, mais l'aube naissante jetait dans la pièce une pâle lueur.

Addison leva son verre.

— Je bois à la chance, dit-il. Nous en aurons drôlement besoin.

Puis il vida une bonne moitié de son verre.

— Qu'est-ce qui s'est passé? demanda Mason.

Addison se laissa tomber dans son fauteuil, prit un cigare, l'alluma, tira une profonde bouffée.

— Edgar Ferrell, dit-il enfin, a été tué avec *mon* revolver.

— *Votre* revolver! s'exclama Lorraine Ferrell.

Addison acquiesça, l'air lugubre.

— Comment ça? fit Mason, imperturbable.

Addison avait les yeux fixés sur le bout de son cigare, évitant le regard de l'avocat et celui de la veuve de son associé.

Mason demeurait immobile.

Mrs Ferrell se pencha en avant, comme si elle allait parler, puis elle vit l'expression de Mason, se rejeta en arrière et attendit.

Addison tira quelques bouffées du cigare, avala une bonne rasade de whisky.

— C'est, déclara-t-il, une de ces petites choses, un de ces petits riens auxquels on n'attache pas d'importance... (Il attendit que quelqu'un parle. Personne ne se manifesta.) ... Mais, poursuivit-il, ils en acquièrent, de l'importance, lorsqu'un crime est commis!

Nouveau silence.

– Vous, Mason, continua-t-il, regardant enfin l'avocat droit dans les yeux, vous vous occupez d'assassinats, comme moi je m'occupe de vendre des marchandises. Vous allez me dire que j'aurais dû vous en parler plus tôt. Vous allez me reprocher mon silence, parce que vous ne voyez tout que du point de vue légal. Mais, moi, je n'y avais pas attaché la moindre importance.

– Mais parlez donc, bon Dieu! au lieu de tourner autour du sujet! s'écria Mason.

– Quand Edgar partit en voyage, il voulut emporter un revolver et me pria de lui donner le mien.

– Pourquoi n'en a-t-il pas acheté un?

– Comment le saurais-je? fit Addison d'un ton amer. Il y a trois mois environ, Edgar et moi étions allés en excursion. J'avais emporté mon revolver et j'ai fait quelques cartons, histoire de m'entretenir la main. Je ne crois pas qu'Edgar ait jamais appris à tirer. Il s'intéressa vivement à ce que je faisais. Je lui expliquai comment on tirait, comment on chargeait une arme, et il se révéla un tireur assez adroit. En partant en voyage, il me supplia de lui prêter mon revolver.

– Vous lui avez donc montré comment on tirait? demanda Mason.

– Oui.

– Dans ce cas, fit l'avocat, vous n'êtes pas mauvais tireur vous-même.

– J'ai été membre de l'équipe qui remporta le championnat de l'ouest il y a quelques années, déclara fièrement l'autre.

– Bon, bon. Racontez-nous la suite.

— Eh bien! la police a retrouvé l'arme dans le lit desséché du petit ruisseau. Tout à fait par hasard, d'ailleurs. Je ne crois pas qu'on l'aurait retrouvée en plein jour, mais, la nuit, avec leurs lampes de poche, il était facile d'apercevoir un objet métallique.

— Et c'est avec *votre* revolver qu'Edgar aurait été tué? demanda l'avocat.

— C'est ce que la police semble croire.

— Combien de cartouches contenait-il, lorsqu'on l'a retrouvé?

— Aucune. Il n'y avait pas d'empreintes dessus, mais la police affirme qu'on s'en est servi très récemment. C'est également mon avis. J'ai toujours nettoyé mon revolver après usage. Or la dernière personne à s'en être servi ne l'a pas fait. Il y avait des traces de poudre dans le canon.

— C'est fort ennuyeux, Addison, dit lentement Mason.

— Fort ennuyeux?

— Je dirais même *très* ennuyeux.

— Voyons, Mr Mason, intervint Mrs Ferrell, vous ne croyez tout de même pas que John Addison aurait pu...

— Ce que je crois n'a aucune espèce d'importance, l'interrompit l'avocat. Ce qui compte, c'est ce que la police et le jury vont penser.

Un silence complet régna pendant quelques instants.

Mason se leva.

— Bon, dit-il, je ferai de mon mieux. Addison, mettez de l'ordre dans vos papiers. On vous arrêtera avant midi. Une fois entre les mains de la police, *taisez-vous. Ne dites rien, pas un mot!* Est-ce clair?

— Bon Dieu! Mason, il faudra que j'explique certaines choses!

— Dans ce cas, il faudra *tout* leur expliquer.

— Et alors?
— Estimez-vous pouvoir le faire?
Et Mason fixa son interlocuteur. Addison s'agita dans son fauteuil.
— N-n-non, dit-il enfin.
— Je m'en doutais.
Puis l'avocat sortit, laissant Addison et Mrs Ferrell en tête à tête.

10

Entrant dans le bureau de Paul Drake à 8 heures, Mason trouva le détective en train de lire les rapports de la nuit. Tout en lisant, Drake se rasait avec un rasoir électrique. Sur un coin de la table, l'avocat aperçut un plateau avec des restes d'œufs au bacon, des toasts et du café que Drake avait fait apporter d'un restaurant voisin.
Entendant la porte s'ouvrir, Drake leva les yeux.
— 'jour, Perry, dit-il, tout en continuant de se raser. Quoi de neuf?
— C'est ce que je voudrais savoir, répondit l'avocat.
Drake posa le rasoir, se passa un peu de lotion sur le visage, puis dit :
— Par où commence-t-on? Par Addison?
— Où en est-il, celui-là?
— Dans de sales draps, Perry. La police a trouvé un revolver et pense que c'est l'arme du crime. C'est un 9,5, et le revolver qui a tué Ferrell est également un 9,5. L'assassin, pense-t-on, a voulu s'en débarrasser aussitôt le crime commis et l'a jeté dans un

endroit plein de cailloux. Il l'a jeté avec une telle force qu'il a ébréché quelques-uns des cailloux.

— Et alors? demanda Mason.

— La police a vérifié le numéro. C'est le revolver d'Addison. C'est un tireur de classe, aussi la police a-t-elle procédé à un certain nombre de déductions...

— C'est vraiment avec un 9,5 que Ferrell a été tué?

— Oui. Les experts ont mesuré le diamètre du trou dans la vitre. C'est une preuve parfaite, en ce qui les concerne. Le verre n'a pas été pulvérisé.

— Qu'est-ce qu'ils ont fait avec la vitre?

— Ils l'ont démontée, puis ils l'ont collée entre des feuilles de cellophane, pour qu'elle ne s'émiette pas. L'accusation compte l'utiliser comme preuve à conviction.

— La balle qui a tué Ferrell a-t-elle été extraite?

— Je ne crois pas. On doit procéder à l'autopsie à l'heure qu'il est. La balle est toujours dans la tête du *de cujus*.

— Autre chose?

— J'ai eu un long, mais peu amical entretien avec le sergent Holcomb.

— Qu'est-ce qu'il vous voulait?

— Il m'a questionné sur le « tuyau » que j'avais transmis aux banques. Il a dit que Hansell était un maître chanteur, que cette histoire de chèque n'était que de la frime. Il pense que vous avez voulu vous débarrasser d'un gars qui faisait chanter un de vos clients et est persuadé que ce client n'est autre que John R. Addison.

— Qu'est-ce que vous lui avez dit?

— J'ai excipé de ma bonne foi en ce qui concerne le « tuyau » et j'ai ajouté que, s'il y avait quelque chose qui se tramait entre Addison et Hansell, je n'étais au courant de rien.

Mason opina du bonnet.

– Evidemment, poursuivit Paul Drake, avec cette affaire de meurtre, la question du chantage va revenir sur le tapis.

– Pas seulement cette question-là, fit Mason.

– Eh bien! ne m'en dites pas plus que je ne devrais savoir, déclara Drake d'un ton irrité. J'ai déjà fort à faire pour répondre aux questions qu'on me pose concernant ce que je sais.

– Mon vieux, vous ne faites que commencer. Mrs Laura Mae Dale est la mère de Veronica Dale, laquelle travaille présentement chez Addison. Je veux avoir le maximum de renseignements au sujet de cette Mrs Dale. Et ce que vous pourriez apprendre sur le compte de la petite Veronica ne ferait pas de mal non plus.

– *O.K.!* fit Drake, arborant une expression de fatigue. Quelques-uns de mes hommes vont arriver d'ici un quart d'heure. Je les mettrai aussitôt au travail.

– Surtout, dit Mason, qu'ils se montrent diplomates. Je ne veux pas que les deux femmes se doutent que nous enquêtons à leur sujet.

– Ne craignez rien. Je sais que nous faisons de l'équilibre sur une corde raide. Mes hommes sont des as.

– Parfait! Et maintenant, écoutez-moi bien, Paul. Il faut que vous vous rappeliez exactement tout ce que je vais vous dire.

– Et pourquoi donc?

– Pour que vous sachiez où nous en sommes.

– Allez-y.

– C'est – inutile de le préciser – strictement confidentiel, Paul. Addison a ramassé Veronica Dale alors qu'elle faisait de l'auto-stop. Il l'a ramenée en ville. Elle lui a faire croire qu'elle était une jeune vierge, comme on en voyait dans les romans écrits vers 1890 – un mélange de chérubin et de Cendrillon...

– Quand est-ce qu'il l'a ramassée? demanda Drake.

– Dans la soirée de mardi.

– Où ça?

– Quelque part à l'est de la ville, répondit l'avocat avec un geste vague de la main.

– Continuez.

– Addison a voulu jouer les pères nobles et s'est cru obligé de la mettre en garde contre les pièges de l'existence.

– Etant détective et homme pratique, dit Drake, je me demande ce qu'il a laissé intact de l'innocence de la petite Veronica.

– Elle lui avait brossé un tableau attendrissant, Paul. Tellement attendrissant qu'il n'est certainement pas allé aussi loin que vous semblez le croire. Il a usé de son influence auprès de la direction de l'hôtel *Rockaway* pour lui faire obtenir une chambre. Il l'a escortée jusqu'à l'hôtel, puis il a essayé de se retirer de sa vie.

– Mais il s'est sans doute ravisé?

– La petite a été arrêtée dans la rue pour vagabondage.

– Dans la rue?

– Oui.

– Pour l'amour de Dieu! Perry, la police n'arrête pas les jeunes filles dans la rue, à moins qu'elles ne fassent certaine chose! Et encore, il faut qu'elles le fassent bien ouvertement.

– Je sais, dit Mason, mais il se peut que Veronica ait cherché à se faire arrêter.

– Vous voulez dire qu'elle n'a...

– Peut-être n'a-t-elle fait que semblant...

– Mais pourquoi?

– J'ai été la voir en prison, dit Mason, sans

répondre à la question. J'ai versé une caution et j'ai fait classer l'affaire.
- Quand ça?
- Le lendemain matin.
- Et après?
- Puis sa mère, Laura Mae Dale, m'a rendu visite et m'a donné une fausse adresse.
- Qu'est-ce qu'elle voulait?
- Me verser des honoraires.
- Vous les a-t-elle versés?
- Oui.
- Combien?

Mason sourit.
- Cent cinquante dollars.
- Un acompte?
- Non.
- Dans ce cas, Addison a dû vous donner cinq cents dollars.
- Je vous ai déjà demandé, Paul, de m'écouter *attentivement*. Ainsi vous saurez également ce que je n'ai *pas* dit.
- Oh! oh! fit Drake.
- La mère, poursuivit l'avocat, venait d'une ville du Middle West, probablement d'une localité située à une centaine de kilomètres d'Indianapolis. Elle y tient un restaurant. Elle m'a laissé entendre qu'elle était préoccupée et inquiète de la fugue de sa fille. Cette dernière ignore que sa mère se trouve ici. La mère veut la surveiller, discrètement, pour être sûre qu'elle ne tournera pas mal.
- Et si elle tournait mal?
- C'est ce que je crains.

Drake perdit son sourire.
- En somme, Perry, vous craignez...
- ... qu'elle ne s'imagine avoir trouvé une mine d'or, Paul.

Drake le regarda avec intensité.

— Voilà ce que vous allez faire, Paul, poursuivit Mason. Vous irez trouver John Addison avant qu'on ne l'arrête. Il sait que vous travaillez pour moi. Dites-lui de faire venir Veronica et qu'il lui ordonne de vous accompagner.

— Et ensuite ?

— Ensuite, vous l'emmènerez chez Della qui se chargera d'elle.

— Pourquoi ne pas aller vous-même chez Addison ?

— Il se peut que, d'ici une heure ou deux, je n'aie plus toute ma liberté de mouvements, Paul.

Et Mason sortit, laissant Drake à ses pensées.

11

En entrant dans son cabinet de travail privé, Mason trouva le lieutenant Tragg confortablement installé dans le fauteuil réservé aux clients.

— Tiens, Tragg, fit-il, comment se fait-il que vous soyez ici ?

— Il s'est introduit ici sans autre forme de procès, déclara Della Street, d'une voix furieuse.

Mason fronça les sourcils.

— J'ai une salle d'attente, lança-t-il sèchement à Tragg.

— Je sais, répondit le lieutenant. Seulement, si c'est là que je vous avais attendu, vous auriez pu venir et repartir sans daigner me recevoir.

— J'ai beaucoup de rendez-vous aujourd'hui, lieutenant : aussi vous demanderai-je d'être bref, déclara l'avocat. Je présume que la police se considère comme une caste privilégiée et s'estime autorisée à s'introduire chez les gens sans se faire annoncer.

— Nous n'aimons pas perdre notre temps dans les salles d'attente, répondit Tragg. Et puis ça donnerait aux gens un complexe de supériorité.

— Chose que vous n'appréciez évidemment pas.

— Nous préférons les voir sur la défensive, Mason. Vous êtes psychologue et vous devriez le comprendre. Mais à quoi bon perdre du temps à discuter de nos mobiles ?

— Qu'est-ce qui vous amène ici, Tragg ?

— J'ai entendu dire que vous avez eu un petit échange d'aménités avec le sergent Holcomb.

— Moi ? s'étonna Mason. Première nouvelle.

— Le sergent n'est pas de cet avis.

— J'ignore ses pensées. J'ai cru, au contraire, que je lui avais rendu service.

— Vous avez mis Hansell dans une fureur noire.

— Vraiment ? s'étonna l'avocat, ne cherchant pas à cacher son ironie.

— C'était maladroit de votre part, Mason. Vous n'aviez pas franchi le seuil qu'il s'est mis à table et nous a tout raconté.

— *Tout* ?

— Oui.

— Je présume, fit Mason, toujours ironique, que, dans son désir de me mettre la main au collet, Holcomb a promis à Hansell de ne pas l'inquiéter s'il me mettait dans le bain ?

— J'ignore ce que Holcomb lui a promis, mais je sais qu'on désire vous voir au siège de la police.

— Qui ça ?

— Plusieurs personnes.

— A quel sujet ?

— On voudrait vous poser quelques questions au sujet d'un faux.

— Quel faux ?

— Le chèque que Hansell a présenté à la banque.

— Ah! ah! Donc ce chèque *était* un faux.

— La banque dit oui.

— Et alors?

— Hansell dit que cela est votre œuvre.

— *Mon* œuvre?

— Oui.

— Mais c'est énorme, ça! s'écria Mason.

— C'est ce que je pense également, déclara sèchement le lieutenant.

L'avocat contempla longuement son interlocuteur.

— Je vous croyais attaché à la brigade des homicides, Tragg.

— C'est exact.

— Comment se fait-il, alors, qu'un lieutenant de cette brigade vienne me prier de me rendre à la police afin d'y répondre d'une accusation de faux?

— Nous travaillons tous deux sur cette affaire, expliqua Tragg.

— Holcomb et vous?

— Oui.

— Holcomb ne fait plus partie de votre brigade.

— C'est juste, mais nous faisons parfois appel à ses services. Prenez votre chapeau, Mason. On va faire un petit tour.

— Et si je refuse?

— Je dirai : tant pis pour vous.

— C'est une menace?

— Et comment que c'est une menace! Ecoutez-moi bien, Mason. J'ai essayé d'être aimable avec vous. Nous pouvons vous inculper pour cette histoire de chèque où vous avez imité la signature et que vous avez donné à Hansell.

— Vous vous fiez à la parole d'un repris de justice, maintenant?

— Oui, car nous avons également d'autres preuves. Et ce n'est pas fini. En tout cas, nous avons déjà de quoi vous causer les pires ennuis. Vous avez voulu jouer au plus malin, mais il se trouve que cette affaire de chantage est liée à une autre, plus grave, une affaire d'assassinat. Sans celle-là, nous ne pouvions rien contre vous, mais il en va tout autrement aujourd'hui.

Mason jeta un coup d'œil en direction de Della Street et remarqua qu'elle prenait toute la conversation en sténo.

— Et Addison, demanda-t-il, qu'est-ce qu'il dit de ce chèque?

— Addison n'a rien dit. C'est de la banque que nous tenons nos informations. La signature a été imitée. Et j'ajoute : mal imitée. Quant à votre ami Addison, il est dans la panade jusqu'à la racine des cheveux.

— Comment ça?

— Nous sommes en mesure de prouver qu'il se trouvait, au moment même où le crime a été commis, en voiture, à quelques centaines de mètres du lieu du crime.

— *O.K.!* Tragg, dit Mason d'un air détaché, je vous accompagne.

Il prit son chapeau.

— Pas de messages? demanda Della Street.

— Pas de messages, répliqua l'avocat. Je reviens tout à l'heure.

— Il reviendra *peut-être* tout à l'heure, rectifia Tragg.

12

Le lieutenant Tragg ouvrit la porte et dit :
– Entrez, Mason.

L'avocat pénétra dans une grande pièce à l'ameublement spartiate.

Mâchant nerveusement un cigare éteint, le sergent Holcomb se tenait assis au bout d'une longue table de chêne, un sténo installé à l'autre bout. Entre eux deux, Hansell, cigarette aux lèvres, arborait son sourire le plus insolent.

Apercevant Mason, Holcomb grimaça un sourire.

– Asseyez-vous, Mason, déclara Tragg en fermant la porte.

– Maintenant, dit le sergent, s'adressant à Hansell, vous allez lui répéter tout ce que vous nous avez dit. La vérité, toute la vérité. Je désire que Mason l'entende, du commencement à la fin.

– J'avais menti, je le reconnais, dit Hansell.

– Continuez, l'encouragea le sergent.

Hansell alluma une autre cigarette.

– Rappelez-vous, Hansell, déclara Mason, que ces gens n'ont pas le droit de vous promettre l'impunité. Ils...

– Taisez-vous! hurla Holcomb. C'est nous qui décidons, ici, ce qu'il peut dire et ce qu'il ne peut pas dire! Et quand vous aurez entendu son histoire, Mr Perry Mason, vous rabattrez un peu de votre superbe!

Les yeux verts de Hansell fixèrent l'avocat avec une expression de haine.

– Gros malin! fit-il entre ses dents.

– Et vous, cria Tragg à l'adresse du jeune homme, vous la fermez, sauf lorsqu'on vous demande de parler, compris! Et vous ne dites que ce qu'on vous dit de dire! Allons, parlez!

Hansell tira une profonde bouffée de sa cigarette.

— Je suis journaliste, dit-il, et je suis évidemment à l'affût de nouvelles sensationnelles. Si c'est intéressant, je le communique à George Whittley Dundas, pour sa rubrique « Potins ». Il me paie peu, et ce qu'il me donne ne suffit pas à me faire vivre. Alors je touche un pourcentage sur la publicité que j'amène.

— On a compris, déclara Holcomb d'un ton sarcastique.

Hansell ne fit aucune remarque.

— Continuez, dit Tragg.

— Je me promène ici et là, à la préfecture et ailleurs, essayant de glaner des tuyaux — rien de bien sensationnel, — juste ce qu'on veut bien communiquer à la presse... Bref, voilà que j'apprends que Perry Mason est allé à la police pour s'occuper d'une jeune fille arrêtée sous l'inculpation de vagabondage. Ça m'a semblé étrange qu'un avocat de son importance s'occupe d'une fille comme ça. J'ai décidé de mener une petite enquête personnelle. J'ai parlé avec le gars qui avait procédé à l'arrestation. Il m'a raconté l'histoire, comme il l'aurait racontée à n'importe quel autre journaliste. Alors je suis allé à l'hôtel *Rockaway*, et là on m'a dit que la môme avait eu sa chambre sur un ordre du directeur.

» J'allai trouver celui-ci et lui demandai pourquoi il acceptait de louer une chambre à une petite blonde, alors que son hôtel affichait : « Complet ». Il me dit d'aller au diable. Sur ce, je lui appris que la petite avait été arrêtée pour vagabondage une heure à peine après son arrivée. Ça lui a foutu la tremblote. Il ne voulait évidemment pas que le nom de son hôtel fût mentionné dans un journal à l'occasion de cet incident et il ne voulait pas davantage que sa femme lui fasse une scène à propos d'une blonde qu'il ne connaissait même pas. Alors il m'a tout raconté, m'apprenant notamment que c'était John Racer Addison qui lui avait demandé, comme un service personnel, de louer une chambre à Veronica Dale dont il se portait garant.

» Je me frottai les mains. Pour une fois, j'étais tombé sur une information intéressante. Je décidai d'aller interviewer Veronica Dale. Elle s'est montrée plutôt réticente au sujet de Perry Mason, mais m'a longuement entretenu de John Racer Addison, l'homme le plus sympathique qu'on puisse imaginer, a-t-elle dit. J'appris ainsi qu'il l'avait ramassée sur la route, alors qu'elle faisait de l'auto-stop.

» Après, j'allai trouver Addison. En apprenant ce qui m'amenait chez lui, il faillit avoir une attaque. Je lui dis : « Réfléchissez bien », puis je le quittai, en lui laissant un numéro de téléphone.

» C'est Mason qui me téléphona. J'allai le voir à son bureau. Il était absent. Sa secrétaire prit mon chapeau et le posa sur un coin de la table. Mason arriva sur ces entrefaites et m'abreuva d'un tas de blablabla. J'étais furieux. Je me levai, pris mon chapeau, et qu'est-ce que j'y trouvai ? Un chèque de deux mille dollars, signé John Racer Addison ! Je ne pouvais m'imaginer que la signature était fausse, aussi décidai-je d'aller l'encaisser à la banque. Je n'avais rien à craindre – je n'avais jamais fait de faux, puisque ma spécialité, c'est le chantage...

– *O.K. !* l'interrompit Tragg, revenons à cette blonde.

– Je vous ai déjà dit tout ce que je savais.

Tragg jeta un coup d'œil significatif à Holcomb.

– Sait-il pourquoi nous nous intéressons à...?

Le sergent secoua la tête.

– Alors, parlez-nous de la blonde, dit Tragg.

– Où Addison l'a-t-il chargée? demanda Holcomb.

– Pas loin du Canyon Verde.

– Qu'est-ce que vous entendez par « pas loin »?

– Eh bien! d'après ce qu'elle m'a dit, sans doute à une vingtaine de kilomètres.

– Autrement dit, John Racer Addison se trouvait sur cette route mardi soir?

– Sûr, fit Hansell, sans quoi il n'aurait pas rencontré la petite.

– A quelle heure?

– Elle est arrivée à l'hôtel vers 9 h 45 et s'est fait arrêter trois quarts d'heure plus tard.

– Et où est-elle maintenant, cette jeune fille?

– Je l'ignore, mais je vous parie que vous pourrez la retrouver par John Addison. Quand ce genre de vieux satyre commence à porter un « intérêt paternel » à une petite blonde roulée comme elle l'est, il ne l'abandonne pas de sitôt. Il ne demande qu'à être entôlé. Vous n'avez qu'à faire savoir à Addison que la justice a besoin de Veronica, et il sera obligé de vous l'amener.

– C'est bien, Hansell, déclara Tragg. On va jouer franc jeu avec vous. Ne croyez surtout pas qu'on renonce à vous poursuivre pour tentative de chantage en raison de votre attachante personnalité, ou parce que nous voulons à tout prix impliquer Perry Mason. Vous n'êtes qu'un sale petit escroc, un ver que j'aimerais écraser personnellement sous mon talon. La seule raison pour laquelle on ne vous a pas cassé la gueule est que vous vous trouvez mêlé à une affaire d'assassinat. Edgar Ferrell, l'associé d'Addison, a été tué mardi soir dans une maison située à environ quatre cents mètres de la route du

Canyon Verde. Maintenant, dites-moi à quel endroit *précis* Addison a ramassé la petite.

— Je ne sais pas, dit Hansell, l'air songeur, et contemplant le bout de sa cigarette. A une vingtaine de kilomètres du Canyon Verde, m'a-t-elle dit.

— C'est-à-dire près de l'endroit où le crime a été commis, conclut Tragg.

— Puisque vous le dites, ça doit être ça.

— Ce n'est pas ce qu'il nous a dit tout à l'heure, intervint Holcomb. Qu'est-ce que vous nous aviez raconté il y a une heure, Hansell? Qu'est-ce que la môme a dit concernant l'homme qui l'avait chargée?

— Vous le savez! Elle a déclaré qu'elle repérait les voitures rupines et que, la nuit tombée, elle les reconnaissait au bruit du moteur.

— Oui, oui, continuez, dit Holcomb. Qu'est-ce qu'elle a dit à propos de la voiture d'Addison?

— Oh! ça! fit Hansell, dont le visage prit aussitôt une expression rusée qui n'échappa pas à Tragg.

— Souvenez-vous, Hansell, dit celui-ci, qu'on ne vous promet l'impunité qu'à condition que vous disiez *tout*, vous entendez, *tout*? Si vous nous taisez la moindre chose, on vous renverra devant la justice pour faux et usage de faux, et alors, gare à vous.

— Je n'ai pas l'intention de cacher quoi que ce soit, déclara Hansell. Je ne faisais que réfléchir.

— On se chargera de réfléchir, nous autres, fit Tragg, menaçant. Tout ce qu'on vous demande, à vous, c'est de parler.

— Je m'en souviens, maintenant. Sur l'instant, je n'y avais attaché aucune importance. Elle m'a dit qu'elle avait fait signe à Addison parce que sa voiture lui avait paru chic. Elle a expliqué qu'il venait d'une route latérale. La nuit était calme, et elle entendait le bruit du moteur de la voiture qui arrivait. Puis elle entendit cette auto franchir un pont en bois, après quoi elle dut escalader une pente, parce que la petite a distinctement entendu les changements de vitesse. Lorsque la voiture se rapprocha, elle eut l'impression que c'en était une dont on prenait soin. Le moteur ne faisait pas beaucoup de bruit, preuve qu'il était huilé régulièrement. Alors elle se leva et se plaça bien en vue, près du petit pont.

– Près d'un petit pont, hein? fit Tragg.
– C'est ça, près d'un petit pont.
– Et c'est Mason qui vous a donné ce chèque?
– C'est Mason qui m'a donné ce chèque. Il l'a mis dans mon chapeau.
– Et c'est la secrétaire de Mason qui avait posé votre chapeau sur le bord de la table?
– En personne.
– *O.K.!*

Tragg se tourna vers l'avocat.

– Vous voyez, Mason? Vous nous avez assez longtemps menés par le bout du nez. Je vais vous faire inculper pour faux. Et je ferai citer Della Street comme témoin.

– Sur la foi des déclarations de cet escroc? demanda Mason d'un ton méprisant.

– Et comment! dit Tragg. C'est effectivement un escroc, mais son histoire tient debout. Vous saviez que, si vous lui versiez de l'argent, vous ne pourriez plus jamais vous en débarrasser. Vous vous êtes dit qu'il devait avoir un casier judiciaire et qu'en vous livrant à une petite mise en scène vous le feriez arrêter et qu'il refuserait de parler. Dans les deux cas, il risquait la taule.

– Gros malin, grogna Hansell.
– Pour l'amour du ciel, fermez-la! s'écria Holcomb.

Le téléphone sonna.

Le sergent alla décrocher.

— Holcomb à l'appareil, dit-il. Qui ça?... Ouais... Et alors?

Soudain il retira son cigare de la bouche et le jeta dans le crachoir.

— Quoi? Quoi? Répétez...

Il fronça les sourcils et écouta son correspondant comme s'il ne le comprenait pas. A la fin, il dit : « O.K.! » et raccrocha si brutalement que la table en vibra.

— Lieutenant, dit-il en s'adressant à Tragg. Je voudrais vous parler en particulier.

— Bon, bon, fit l'interpellé. Retrouvons Addison d'abord, obligeons-le à nous indiquer où se trouve Veronica Dale et faisons-nous expliquer, par cette dernière, l'endroit précis où elle a rencontré « papa ».

Holcomb eut un geste vague.

— On l'emmènera, à la nuit tombée, sur la route du Canyon Verde, pour qu'elle puisse nous indiquer cet endroit.

— Dites donc, vous autres, intervint Mason. Pour me garder ici, vous auriez intérêt à trouver un motif d'inculpation et à vous faire délivrer un mandat d'arrêt!

— Vous, déclara Tragg d'une voix décidée, vous allez nous faire le plaisir de rester ici un petit quart d'heure. On s'occupera de vous plus tard.

— Dites, Tragg, commença Holcomb d'un air gêné, si nous procédions d'abord à quelques vérifications supplémentaires? Je veux dire à propos de l'histoire que nous a sortie Hansell.

— Pas la peine, pas la peine, dit Tragg. Je sais que Hansell a dit la vérité. C'est du Mason tout craché; tel que je le connais, il n'aurait pas agi autrement. Il tentait de protéger un client et, dans ces cas-là, Mason ne se laisse embarrasser par aucune considération. Il a essayé de mettre Hansell dans une

125

situation telle que celui-ci ne pouvait rien dire et ne pouvait même pas revenir sur les déclarations qu'il avait faites.

– Oui, mais j'ai quelque chose à vous dire avant, insista Holcomb, qui réussit enfin à croiser le regard du lieutenant et à lui faire un clin d'œil.

Mason repoussa sa chaise.

– Je n'ai pas l'intention de moisir ici pendant que vous discuterez, messieurs. Si vous avez besoin de moi, vous me trouverez à mon bureau.

– On viendra avec un mandat d'arrêt et on vous emmènera menottes aux poignets, menaça Tragg.

– Pourquoi pas? fit l'avocat. N'oubliez pas d'avertir la presse et d'inviter des photographes. Ce sera plus drôle.

– C'est exactement ce que nous allons faire, grogna le lieutenant.

– Pas d'objection, dit Mason en quittant la pièce.

Il prit un taxi pour rentrer à son bureau.

Pénétrant directement dans son cabinet privé, il y trouva Della Street.

– Della, dit-il, vous allez prendre la poudre d'escampette.

– Quoi? fit-elle, étonnée.

– La police va faire tout un plat avec cette histoire de chèque. Tragg a l'intention de vous traîner devant un grand jury et, cela, je ne le veux à aucun prix, car...

– Patron, dit Della d'une voix émue, le sergent Holcomb a-t-il reçu un coup de téléphone?

Mason se trouvait devant son bureau et avait ouvert le tiroir dans lequel il rangeait ses documents confidentiels. Il s'arrêta dans son travail et regarda sa secrétaire d'un air interrogateur.

– Alors, patron? insista-t-elle.
– Oui, Della.

— J'ai fait aussi vite que j'ai pu, expliqua-t-elle. C'était la banque qui lui téléphonait pour lui annoncer qu'une regrettable erreur avait été commise et qu'on s'était trompé en accusant Hansell de faux et usage de faux. John Addison a reconnu avoir signé ce chèque lui-même. Il a déclaré qu'il l'avait d'abord signé au crayon et, ne sachant pas si une telle chose était légale, avait repassé sur la signature avec l'encre.

Mason demeura immobile un instant, comme pour analyser la signification de l'incident, puis il remit les papiers dans le tiroir, referma celui-ci, vint vers Della et la prit dans ses bras.

— Comment diable avez-vous songé à cela? demanda-t-il.

Il la serrait si fort qu'elle ne put parler qu'à grand-peine.

— Elémentaire, mon cher Watson, dit-elle. On s'est tellement occupé de cet assassinat qu'on en avait oublié une chose, une seule, mais d'importance : Addison n'avait jamais nié avoir signé ce chèque. Aussi, à peine Tragg était-il parti avec vous que j'ai appelé Addison et lui ai demandé de téléphoner à la banque. Je lui ai dit ce qu'il fallait faire, expliquant que ce coup de téléphone lui coûterait deux mille dollars, mais que, s'il ne suivait pas mes instructions, son avocat se retrouverait en prison, ce qui lui coûterait infiniment plus cher.

Mason lâcha Della, revint à sa table, se laissa tomber dans son fauteuil et se mit à rire.

— Ai-je bien fait? demanda-t-elle.

— Bien fait? Vous avez été magnifique! Seulement, ce faisant, vous avez violé une bonne dizaine d'articles du code pénal.

— Et alors?

— Alors? On vous arrêtera si jamais on apprend

que vous avez donné ce coup de téléphone à Addison.

— *O.K.!* fit-elle d'un air de défi. Qu'ils essaient! Je savais qu'il y avait un certain risque à courir, mais une femme qui aurait refusé de courir ce risque ne serait qu'une mauviette! Et puis, si j'ai des ennuis, j'aurai le meilleur avocat de l'Etat pour me défendre, pas vrai?

— L'avocat, déclara Mason, ne serait pas tellement brillant s'il n'avait une secrétaire comme vous. Bon Dieu! Della! Pas étonnant que Holcomb ait eu l'air d'avoir avalé un cigare allumé. Vous ai-je augmentée récemment?

— Oui.

— Parfait, je vous augmente encore. Vous me devenez de jour en jour plus précieuse. Et maintenant, j'ai une autre mission à vous confier. Rentrez chez vous et attendez l'arrivée de Paul Drake. Il sera avec Veronica Dale. Trouvez un endroit où la cacher. Je viendrai vous voir dès que possible, mais je crains que ce ne soit un peu tard. Et que Dieu nous vienne en aide!

13

Perry Mason frappa doucement à la porte de l'appartement de Della Street.

La jeune femme entrouvrit, reconnut l'avocat, le laissa entrer, puis referma la porte.

— Tout va bien? demanda-t-il.
— Oui. Elle se trouve à l'appartement 13-B.
— Elle n'a pas fait d'histoires?
— Elle s'est montrée gentille comme un agneau.
— Est-elle restée longtemps ici?

— Pas très. J'avais peur que la police ne vienne la chercher chez moi. Et puis j'ai reçu une autre visite.
— Qui?
— Lorraine Ferrell!
— Quoi? fit-il, étonné.
Elle se contenta de confirmer d'un signe de tête.
— Qu'est-ce qu'elle voulait?
— Vous voir. N'obtenant pas de réponse satisfaisante au bureau, elle est venue ici. C'était peu avant l'arrivée de Veronica, aussi m'en suis-je débarrassée aussi vite que j'ai pu. Elle paraissait nerveuse et désirait vous voir à tout prix. Quelque chose de très important, m'a-t-elle dit. Patron, voulez-vous que je vous dise? Cette femme est amoureuse de John Addison!
— Non!
— Si!
— Je ne m'en suis pas rendu compte, lorsque je me trouvais avec eux deux.
— Vous ne l'avez pas remarqué, patron. Seule une femme peut s'apercevoir de ça.
— Nom de Dieu! Della! Voilà qui complique bien les choses. Si elle était au courant de l'histoire de Veronica, elle pourrait bien piquer une crise de jalousie!
— Je crois qu'elle *est* au courant, et je suis à peu près certaine qu'elle *est* jalouse!
— Et Addison? demanda l'avocat. Croyez-vous qu'il soit amoureux de Mrs Ferrell?
— Je l'ignore. Mais elle, je vous le répète, est *certainement* très amoureuse de lui.
Mason s'assit sur un coin de la table, une jambe pendante, le front soucieux.
— Je redoute des complications, Della, dit-il. Et Veronica?

— Rien à signaler. Addison lui a dit de suivre les instructions de Drake, et elle n'a pas pipé. Pas seulement posé une question. Elle est venue ici, je lui ai dit qu'on lui avait loué un appartement dans l'immeuble et qu'elle devrait y rester sans chercher à communiquer avec qui que ce soit.

— Lui avez-vous fourni des explications?

— C'était inutile, patron. Elle ne demandait rien. Ça me paraît louche.

— Pense-t-elle que c'est en relation avec l'assassinat de Ferrell?

— Si vous me demandez mon avis, je crois qu'elle est incapable de penser, et pourtant... Une jeune fille avec son physique attire certainement l'attention des hommes. Elle doit bien se douter de quelque chose. Raisonnons un peu : un type riche la ramasse sur la route, lui fait donner une chambre dans un hôtel de luxe, lui trouve du travail, puis, soudain, lui déclare qu'elle doit quitter son emploi et l'envoie dans un endroit où elle n'a pas le droit de communiquer avec qui que ce soit. Bon Dieu! patron, même une enfant se révolterait contre un pareil traitement!

— Et elle?

— Pas un geste, pas une parole de protestation. L'innocence personnifiée. Yeux ronds, bouche ronde, rien de plus!

— Aucune difficulté à lui faire quitter le *Rockaway*?

— Aucune. La police ne s'était pas encore présentée. Elle a emporté sa petite valise et a quitté l'hôtel.

— Vous voulez dire qu'elle n'avait rien d'autre que ce qu'elle possédait à son arrivée?

— Apparemment non et, ça, c'est encore quelque chose de suspect, à mon avis. Une autre femme, dans de pareilles circonstances, aurait acheté des vêtements et les aurait fait porter sur sa note. Pas elle! Elle m'a l'air bien maligne, patron. D'ailleurs, elle se débrouille à merveille avec le peu de choses qu'elle a. (Della réfléchit quelques instants.) Patron, plus j'y pense, et plus cette attitude me paraît inexplicable, et même lourde.

— Bon, décida Mason, je vais lui rendre visite. Appartement 13-B, disiez-vous?

— Oui.

— Pour combien de temps l'avez-vous loué?

— Huit jours. La jeune femme qui l'occupe d'habitude partait pour Salt Lake City. Je lui ai dit qu'on avait besoin de son appartement pour une jeune fille seule et qu'on le lui payerait vingt dollars par jour. Inutile de dire qu'elle a accepté.

— *O.K.!* fit Mason. Je vais voir ce que Veronica fait dans ses nouveaux quartiers. Elle nous soupçonne peut-être de vouloir la retirer de la circulation à cause de l'assassinat. Qu'en pensez-vous, Della?

— Peut-être, patron, mais je me demande si elle ne joue pas la comédie. On ne peut pas être bête *à ce point!*

— Peut-être les hommes de sa ville natale sont-ils d'une autre trempe que les grands méchants loups d'ici?

— Elle allait tout de même au cinéma, elle lisait des magazines, elle écoutait la radio. Et je ne crois pas que les loups de là-bas soient tellement différents des nôtres.

— Bon! fit Mason, je vais jeter un coup d'œil à notre petit agneau.

— Le petit agneau qui veut bien en être un et qui erre dans les rues à la recherche du grand méchant loup. Dieu! ce que je peux être mauvaise langue, mais c'est plus fort que moi.

Mason sourit.

— J'y vais de ce pas, dit-il.

— Si vous voulez un conseil, allez-y avec un témoin.
— Un témoin ou un chaperon?
— Les deux.
— J'en apprendrai plus si je suis seul.
— Oui, mais si, après, elle se met à raconter des histoires sur votre compte et sur la façon dont vous vous êtes jeté sur elle, c'est elle qu'on croira, avec sa petite frimousse de chérubin au chômage.
— Vous m'avez convaincu, déclara l'avocat. Prenez votre calepin et venez avec moi.

Arrivé devant la porte de l'appartement 13-B, Mason frappa à la porte. Veronica Dale l'ouvrit en grand. Une espèce d'étonnement marqua, l'espace d'une seconde, ses traits. Déception ou surprise, Mason n'aurait pu le dire.

— Oh! Mr Mason, fit-elle, comme c'est gentil à vous de me rendre visite! Quel appartement magnifique! Je ne sais comment je pourrais jamais remercier Mr Addison...

Mason la poussa à l'intérieur et ferma la porte.
— Je veux me rendre compte personnellement si vous ne manquez de rien, dit-il.
— C'est merveilleux ici. J'ai tout ce qu'il me faut, répondit-elle.

Della Street s'assit discrètement dans un coin, son carnet posé sur les genoux.

— Savez-vous *pourquoi* vous êtes ici, Veronica? s'enquit l'avocat.
— Mr Addison m'a dit qu'il allait faire quelque chose pour moi, répliqua-t-elle. Il m'a expliqué que je ne pouvais continuer à travailler et à vivre dans un hôtel. Il m'a promis de me trouver un appartement. Puis j'ai reçu un mot de lui, me demandant de suivre le porteur de la lettre et de faire tout ce qu'il me dirait de faire. La teneur de ce mot m'a paru étrange, mais j'ai mis ça sur le compte de son

émotion; il m'avait semblé préoccupé lors de notre dernière rencontre. Mais je me doutais que ce déménagement avait quelque chose à voir avec un appartement.

— Vous ne saviez pas, Veronica, qu'il est difficile de trouver un appartement?

Elle sourit.

— Si, mais Mr Addison a beaucoup d'influence dans cette ville. Et, vous voyez, je ne me trompais pas...

— Veronica, dit Mason, je voudrais vous parler, vous poser quelques questions.

— Certainement, Mr Mason, certainement. Tout ce que vous voudrez.

Mason lui avança une chaise de façon qu'elle fasse face à Della, puis s'installa lui-même sur une autre, croisa les jambes et alluma une cigarette.

— Qu'est-ce que vous vouliez me demander? fit-elle, voyant qu'il la regardait d'un air scrutateur.

— Veronica, commença l'avocat, je suppose que vous éprouvez de la reconnaissance envers Mr Addison?

— De la reconnaissance? s'exclama-t-elle. Je ferais n'importe quoi pour lui! C'est l'être le plus gentil que j'aie jamais rencontré!

— Très bien. Veronica, je suis l'avocat de Mr Addison.

Elle acquiesça de la tête.

— Et Mr Addison a des ennuis.

— Des ennuis? Mr Addison? Oh! Mr Mason, c'est impossible! Il est tellement gentil! Il...

— Il a des ennuis, suite à la mort de son associé... Veronica, je voudrais que vous répondiez à quelques questions que je vais vous poser.

— Oui.

— Lorsque vous avez rencontré Mr Addison, vous faisiez de l'auto-stop?

— Oui.
— Depuis combien de temps?

Elle leva la main et se mit à compter sur ses doigts.

— Cinq jours, dit-elle.
— Pourquoi faisiez-vous de l'auto-stop, Veronica?
— Je ne sais pas, Mr Mason. J'avais une telle envie de quitter notre petite ville! Je me disais : « Si tu restes ici un jour encore, tu deviendras folle. » Et puis une jeune fille ne doit-elle pas vivre sa vie, Mr Mason? Ça me faisait de la peine de quitter m'man, mais je ne pouvais plus tenir. Mère dirige un petit restaurant, et je l'aidais à faire le service, la cuisine et à laver la vaisselle. Il y avait toujours beaucoup de travail.
— Beaucoup de clients?
— Oui et non. C'était un tout petit restaurant, mais nous avions des habitués : chauffeurs de camion, voyageurs de passage. Et puis quelques « indigènes » aussi.
— En partant, vous n'avez pas dit à votre mère où vous alliez?
— Non, je suis partie sans la prévenir.
— Lui avez-vous donné de vos nouvelles depuis que vous êtes ici?
— Non.
— Pourquoi?
— J'ai peur que... Comment vous expliquer ça? J'aurais peur qu'elle ne vienne ici pour me ramener à la maison.
— Quel âge avez-vous?
— Dix-huit ans.
— Pensez-vous que votre mère chercherait à vous suivre sans même savoir où vous êtes?
— Bien sûr que non. Elle ignore si je suis allée au nord, au sud, à l'est ou à l'ouest.

— Ne craignez-vous pas qu'elle se fasse du souci à votre sujet?

— Pourquoi se ferait-elle du souci? Je suis assez grande, maintenant, pour me débrouiller toute seule.

— Veronica, quel est le nom de votre mère et où vit-elle? Comment s'appelle la petite ville où vous résidiez toutes les deux?

— Elle s'appelle Laura, Laura Mae Dale, et je ne veux pas vous donner le nom de notre ville.

— Pourquoi?

— Vous lui écririez. Je ne veux pas qu'elle sache où je suis. Elle me forcerait à revenir là-bas.

— Racontez-nous ce qui s'est passé avant votre rencontre avec Mr Addison.

— *Avant* notre rencontre?

— Oui, juste avant.

— J'ai eu des ennuis.

— Quelle sorte d'ennuis?

— Un homme.

— Comment ça? De quelle façon?

— De la façon habituelle. J'essaie de choisir « mes » voitures. Je les regarde et j'écoute les moteurs. Quand vous vous tenez sur le bas-côté de la route, vous entendez le bruit du moteur bien avant que l'auto n'arrive. Et puis, une fois qu'elle est tout près, vous voyez si c'est une belle voiture ou non. Si la voiture est chère, je fais un geste pour demander au conducteur de me prendre avec lui. Si c'est un tacot, je fais semblant d'attendre un car.

» Je me trompe parfois, évidemment. L'homme dont je vous ai parlé était justement une « erreur ». J'ai cru qu'il était bien élevé et j'ai accepté de monter dans sa voiture. La nuit était déjà tombée, et je ne l'avais pas bien étudié avant de m'asseoir à côté de lui. A peine étais-je montée qu'il commença à me faire du plat.

— Et ceci vous déplut?

— Aussi longtemps qu'il n'essayait pas de me peloter, ça m'était égal. Je dirais même que ça me plaisait... Mr Mason, pensez-vous que ce soit mal?

Levant la tête de son bloc, Della Street adressa un clin d'œil à l'avocat.

— Ça dépend, dit Mason. Pourquoi cela vous plaisait-il, Veronica?

— Ça me changeait de l'existence que j'avais menée chez moi. Il m'a paru spirituel et bel homme. Puis il essaya de me peloter, et je n'eus d'autre envie que de descendre de cette sale voiture. Pour un peu, j'aurais crié.

— Qu'est-ce que vous avez fait?

— J'ai coupé le contact en m'emparant de la clé. L'auto s'arrêta, et je sautai à terre. Il ne pouvait pas me poursuivre en voiture ni la laisser au beau milieu de la route.

— Et après?

— Après, je lui ai jeté sa clé à la figure et... Eh bien! c'est tout. Je me suis contentée de lui jeter la clé.

— Ensuite?

— Il se mit à m'injurier, mais je n'y prêtai aucune attention. Les hommes font toujours ça lorsqu'une femme les déçoit.

— Comment se fait-il que vous en sachiez tellement au sujet des hommes? s'intéressa Mason.

— J'ai... heu!... je l'ai entendu dire par des gens.

— Et qu'est-ce qui vous a donné l'idée de faire de l'auto-stop?

— Une jeune fille, cliente de notre restaurant. Elle s'arrêtait pour y manger de temps à autre, et un jour nous avons parlé. Elle n'avait que deux dollars cinquante en poche, mais elle avait parcouru je ne sais combien de kilomètres en faisant de l'auto-stop. Elle me dit qu'elle se débrouillait très bien comme ça. J'ai d'abord pensé que c'était... comment vous dire... une vilaine fille, mais elle devina mes pensées et me déclara que la plupart des hommes étaient bien élevés, compréhensifs et désireux de l'aider. Evidemment, elle en rencontrait de moins bien élevés dans le lot, et c'est alors qu'elle me parla de ce truc : retirer la clé de contact. Elle me dit que, chaque fois qu'elle montait dans la voiture d'un monsieur seul, elle repérait le contact pour être prête à toute éventualité.

— Et c'est ce qui vous est arrivé le soir où Mr Addison vous a rencontrée sur la route?

— Oui.

— Est-ce que vous vous souvenez de l'endroit où vous êtes montée dans sa voiture?

— Oui, tout près d'un petit pont.

— Racontez-moi exactement ce qui s'est passé.

— Eh bien! m'ayant bien injuriée, l'homme repartit. J'étais à moitié morte de peur et je laissai passer plusieurs voitures sans me faire remarquer. Je parcourus près de deux kilomètres à pied et, chaque fois que j'entendais un moteur, je me cachais derrière une haie, je craignais de voir revenir « mon » homme.

— Combien de temps avez-vous poursuivi cette manœuvre?

— Trois quarts d'heure ou une heure.

— Et puis?

— Eh bien! je me sentis fatiguée et me dis que ça ne rimait à rien. Je m'assis au bord de la route.

— Combien de voitures avez-vous laissé passer après vous être assise?

— Aucune. Celle de Mr Addison fut la première à arriver.

— Vous avez entendu le bruit du moteur?

— Oui. En fait, Mr Mason, la voiture de Mr Addison venait d'une route latérale. Je l'entendis se mettre en marche, puis passer sur un pont de bois. Elle devait remonter une pente, car j'entendis distinctement les changements de vitesse. Quand elle arriva à ma hauteur, j'avais pris la décision de l'arrêter coûte que coûte, tellement j'étais fatiguée.

Mason jeta un coup d'œil à Della Street.

— Combien de temps êtes-vous restée assise près du petit pont, Veronica? demanda-t-il.

— Je ne sais pas exactement. Guère plus de quatre ou cinq minutes.

— Pendant que vous vous trouviez à cet endroit, avez-vous entendu quelque chose qui ressemblait à un coup de feu?

— Je n'ai entendu aucun coup de feu, Mr Mason, répondit-elle. En revanche, j'ai entendu une voiture faire quatre ou cinq ratés.

— Où ça?

— Avant que l'automobile de Mr Addison n'apparaisse sur la grand-route. C'était peut-être la sienne, je n'en sais rien.

— Vous avez distinctement entendu ces ratés?

— Oui. Cinq ou six fois.

— Décrivez-les-moi, fit Mason. Etait-ce d'abord un bruit violent, suivi d'un autre, moins fort, ou bien...

— Non, non, ils se succédèrent rapidement. Je m'en étonnai même un peu, car ce genre de ratés ne provient généralement que d'un camion en descente...

Mason scruta longuement la jeune fille. Elle soutint son regard sans perdre de son air d'enfant perpétuellement étonnée.

— Vous ne m'avez pas parlé de ces ratés lors de nos précédents entretiens.

— Pourquoi l'aurais-je fait, Mr Mason? Je n'y attachais aucune importance.

— Et vous dites qu'ils étaient très rapprochés les uns des autres?

— Oui. Un premier, aussitôt suivi d'un deuxième, puis trois ou quatre autres, une ou deux secondes plus tard.

— Et rien après?

— Rien. Je pense que la personne a réussi à mettre sa voiture en marche.

— Les avez-vous entendus quelque temps avant d'apercevoir la voiture de Mr Addison?

— Oh! oui.

— Combien de temps?

— Une minute, un peu plus peut-être, fit-elle d'un ton candide.

— Beaucoup plus d'une minute?

— Je ne crois pas. Une minute, deux au maximum. En y réfléchissant, c'est peut-être bien Mr Addison qui mettait sa voiture en marche. C'est...

De violents coups ébranlèrent la porte. Quelqu'un secoua le bouton, puis donna de vigoureux coups de pied dans le battant.

— Ouvrez! ouvrez! cria une voix d'homme. Ouvrez, ou nous enfonçons la porte. Ouvrez! au nom de la loi!

— Veronica! reprit Mason sans se troubler, je veux que vous réfléchissiez sérieusement...

— Qu'est-ce que la police vient faire ici? demanda-t-elle.

— ... au sujet de ces ratés, conclut-il. Avez-vous...

— Je vous en prie, messieurs, pas de bruit, dit une autre voix dans le couloir. Voilà un passe.

Une clé tourna dans la serrure. Le lieutenant Tragg et le sergent Holcomb firent irruption dans la pièce.

— Tiens! tiens! tiens! ricana Tragg. M'est avis qu'on interrompt un sympathique tête-à-tête.

— Pour une fois, vous ne vous trompez pas, fit l'avocat, contrarié.

— Je crois qu'on le tient, cette fois, lieutenant, dit le sergent. Il est en train de suborner un témoin de l'accusation.

— Mais non, sourit Mason. Un témoin de la défense.

— C'est ce que vous croyez, fit Tragg, mais vous déchanterez une fois qu'elle nous aura dit *la vérité*. C'est un témoin de l'accusation!

Mason se tourna vers Della.

— Pas la peine de discuter avec ces gars, mon petit. Que demandais-je donc tout à l'heure?

— Rien, déclara le lieutenant, un mauvais sourire aux lèvres. C'est nous, désormais, qui posons les questions. Vous, vous évacuez les lieux.

Une fois dans le couloir, Della Street regarda Mason, l'air consterné.

— A eux la manche, patron, fit-elle.

— Je n'en suis pas certain, déclara tranquillement l'avocat. Tragg sait que nous avons interrogé Veronica. Il ignore ce qu'elle nous a dit, mais a certainement remarqué que vous preniez la conversation en sténo. Il ne paraissait pas très sûr de lui. C'est toujours ça de gagné.

— Il lui demandera de lui répéter ce qu'elle nous a raconté.

— Et après? Elle lui racontera peut-être autre chose. C'est la plus habile petite menteuse de cet Etat.

— Dites de toute la côte du Pacifique, corrigea Della Street d'une voix amère.

— Vous croyez? demanda-t-il.

Sans répondre, Della appuya sur le bouton de l'ascenseur.

— Cette histoire de ratés, fit-elle, place Addison dans une situation intenable.

— Entre nous, étant donné la façon stupide dont il s'est conduit, il ne l'a pas volé.

Ils arrivèrent devant l'appartement de Della, deux étages plus bas. La jeune femme inséra la clé dans la serrure, essaya de tourner, mais le pêne ne joua pas.

— Tiens! fit-elle, voilà qui est étrange. (Elle essaya de tourner une fois encore.) Rien à faire!

Mason essaya à son tour.

— C'est ma foi vrai, Della. Etes-vous sûre que c'est fermé à clé?

Il tourna le bouton, et la porte s'ouvrit.

— Eh bien! que je sois pendue! s'écria Della. J'ai dû oublier de fermer en partant.

— Possible.

— Pourtant, ça ne m'arrive jamais, patron...

— Bah! ça n'a pas d'importance... L'important, à l'heure actuelle, est d'essayer de sauver Addison. Il est dans de sales draps. Je vois d'ici ce que la police va faire des déclarations de Veronica. Addison, tireur émérite, tue son associé, vide le barillet, met les cartouches dans sa poche et jette le revolver.

— Pourquoi l'assassin a-t-il enlevé les balles? demanda Della.

— Apparemment, expliqua Mason, le meurtrier pensait que, si la police ne retrouvait pas les balles, elle ne pourrait prouver qu'elles étaient faites du même métal que celle qui a tué Ferrell et ne pourrait pas davantage prouver quelle était l'arme du crime.

— Mais quelle drôle d'idée de laisser l'arme sur les lieux du crime, patron! Rien de plus facile, pour la police, que de vérifier les numéros.

— Le revolver n'a pas été *laissé* sur les lieux du crime, Della. On l'a *jeté* dans un endroit où il avait peu de chances d'être retrouvé. C'est par accident que la police l'a retrouvé.

— Patron, croyez-vous qu'Addison *soit* l'assassin?

— Je ne pense pas, dit Mason. C'est un être impulsif, irritable et nerveux. Mais il a l'habitude de peser le pour et le contre.

L'avocat s'installa dans un fauteuil garni de coussins et se préparait à prendre une cigarette quand le téléphone sonna.

Della Street répondit.

— Oui... Allô! Oh! c'est vous, Paul? Oui, il est ici. (Elle tendit le récepteur à Mason.) Paul Drake, patron.

— Allô! Paul, dit l'avocat, tenant le récepteur d'une main et, de l'autre, allumant sa cigarette.

— Perry, déclara Drake, laissez tomber Veronica. La police est en route pour l'appartement de Della. Quelqu'un le leur a indiqué.

— Votre tuyau arrive trop tard, Paul. La police est déjà passée par ici.

— Ont-ils trouvé quelqu'un?

— Oui. Veronica.

— Aïe! Elle va parler!

— Je n'en doute pas. Holcomb et Tragg sont en train de l'interroger.

— J'ai entendu dire qu'ils étaient tout excités. Je les crois sur une piste intéressante. Ça ne m'étonnerait pas qu'ils essaient de vous jouer un vilain tour. Méfiez-vous.

— Et comment! fit Mason en raccrochant.

Della le regarda d'un air interrogateur.

— Della, dit l'avocat, Paul pense que Holcomb veut me jouer un vilain tour. Que quelqu'un ait ouvert votre porte avec un passe ou que vous l'ayez laissée ouverte, le résultat est le même. Jetons un coup d'œil dans l'appartement.

— Vous ne pensez tout de même pas qu'ils aient...
— ... installé un magnétophone? Pourquoi pas? Regardons un peu.

Il souleva quelques tableaux, examina les murs, déplaça quelques coussins. Della en faisait autant de son côté.

— Rien! constata l'avocat. Je n'y comprends rien.

Il revint vers le fauteuil dans lequel il avait été assis et, par acquit de conscience, souleva le coussin du siège.

— Oh! oh! fit-il.

Della accourut vers lui.

— Qu'est-ce que c'est? demanda-t-elle.

Sur le siège, sous le coussin, il y avait des douilles. Six. Toutes de calibre 9,5.

— Qu'est-ce que c'est? demanda Della.
— Ça! c'est un petit piège qu'on nous a tendu.
— Le sergent Holcomb?
— A moins que ce ne soit Veronica... voire Lorraine Ferrell. Vous m'avez dit qu'elle vous avait rendu visite?
— Oui, mais elle n'est restée ici que quelques minutes.
— S'est-elle trouvée à côté de ce fauteuil?
— Oui, elle s'y est assise.
— Et Veronica?
— Veronica également.

Mason fronça les sourcils.

— Qu'est-ce qu'on fait? demanda Della.
— Si c'est un piège, répondit-il, nous devrions appeler sur-le-champ la police et leur signaler notre découverte. Ceci couperait l'herbe sous le pied de Holcomb. Si ce n'est pas un piège, autrement dit si quelqu'un a tenté de s'en débarrasser en cachant ces douilles ici, nous devrions nous en débarrasser à notre tour sans nous faire prendre.

— Et si on nous attrapait, patron?
— Nous serions cuits.
— Comment savoir si c'est un piège ou non?
— Voilà le hic. Je voudrais bien savoir si vous aviez fermé la porte ou non lorsque nous sommes allés en haut.
— Et moi donc!
— Car il est possible qu'il s'agisse d'une simple négligence de votre part?
— Oui.
— Je pense que vous avez effectivement oublié de fermer la porte à clé, affirma Mason. Si j'ai bonne mémoire, vous avez simplement tiré cette porte. Nous parlions à ce moment, et je ne me souviens pas de vous avoir vue tourner la clé.
— Que se passerait-il si vous annonciez la découverte de ces douilles dans mon appartement, patron?
— Ceci scellerait le sort de notre client, Della. Si j'avais essayé de cacher une pièce à conviction, je n'aurais tout de même pas eu la sottise de la cacher chez vous! Malheureusement, les lecteurs des journaux ne penseront pas à cela. Ils verront surtout les gros titres : *L'avocat d'Addison retrouve les douilles de l'arme du crime dans l'appartement de sa secrétaire!*

La jeune femme frissonna.

— Bon Dieu, patron! J'ai presque l'impression de les lire, ces titres.
— Et, poursuivit Mason, si c'est un piège qu'on m'a tendu et si la police me surprend au moment où j'essaierai de m'en débarrasser... Della, avez-vous ici un élastique suffisamment épais?
— Oui, en voilà deux ou trois qui m'ont servi à fermer les dossiers que j'avais emportés.
— Donnez-m'en deux.
— Qu'est-ce que vous allez faire?
— Si *c'est* un piège, déclara l'avocat, je vais essayer

de nous en sortir. Et apportez-moi deux bouts de ficelle, Della, s'il vous plaît.

Il porta une chaise jusqu'à la fenêtre, ouvrit celle-ci, attacha, avec des bouts de ficelle, les deux élastiques aux deux montants du dossier de la chaise et dit :

— Jeune, j'étais un excellent tireur de fronde, Della.

Il prit une des douilles, l'essuya soigneusement avec son mouchoir pour effacer toutes les empreintes, puis la plaça au milieu de la fronde improvisée, tendit celle-ci et, visant le terrain vague d'en face, tira. Avec un sifflement, la douille traversa l'air et se perdit de l'autre côté de la rue. Les cinq autres connurent un sort identique.

Alors Mason démonta sa « fronde » et ferma la fenêtre.

14

— Bon Dieu! Paul, dit Mason, arpentant son bureau, cette femme *doit* se trouver quelque part. Et je tiens d'autant plus à la retrouver qu'elle est une des pièces maîtresses du puzzle. Incidemment, le chèque qu'elle m'a donné sur sa prétendue banque d'Indianapolis ne vaut rien. Elle n'y possède pas de compte. La banque n'a jamais entendu parler de Laura Mae Dale.

— Je ne parviens pas à la retrouver, s'excusa Drake.

Mason se remit à marcher de long en large.

— Et Veronica? demanda le détective. Qu'est-ce qu'elle est devenue?

— Elle commençait juste à raconter des choses

intéressantes, quand nos amis de la police ont mis fin à l'entretien.

Le téléphone sonna.

– Allô! dit Mason en décrochant.

C'était Della Street.

– Patron, déclara la secrétaire, j'ai surveillé par la fenêtre. Ils sont tous partis. Veronica avait sa petite valise à la main. Elle est montée dans la voiture de la police.

– Personne ne s'est présenté chez vous pour perquisitionner?

– Pas encore.

– *O.K.!* Della, tenez-moi au courant. Je ne bougerai pas d'ici pendant quelque temps. (L'avocat raccrocha, puis dit à Drake :) Ils sont tous partis, et Veronica était avec eux. Nous ne la reverrons maintenant que sur le fauteuil des témoins.

– Qu'est-ce que vous comptez faire avec Addison? demanda Drake. Vous allez lui faire raconter son histoire?

– Non, à moins qu'il ne soit interrogé par la cour, sous la foi du serment.

– Oh! oh!

Mason se contenta d'acquiescer.

– En somme, dit Drake, vous allez essayer de faire traîner les choses en longueur?

– Je le voudrais bien, mais je me demande si c'est raisonnable. Je ne crois pas qu'Addison tienne longtemps le coup. Il va s'effondrer dans un sens ou dans un autre. Ou bien il finira dans une maison de santé, ou bien il parlera.

– Et s'il parle, qu'est-ce que vous ferez?

– Il ne *peut* pas, il ne *doit* pas parler!

– Ce n'est pas lui, l'assassin?

– Bien sûr que non.

– Et s'il disait toute la vérité?

– On ne le croirait pas.

Le téléphone sonna de nouveau.

— Allô! fit Mason après avoir décroché. Oui, ne quittez pas, il est ici... Pour vous, Paul.

Drake prit le récepteur, écouta quelques instants, puis dit :

— Qui? Quoi? Ah! oui... Attendez un instant, je vais noter le nom... Quoi? Eh bien! que je sois pendu! Passez-le-moi... C'est toi, Frank... Quoi?... *O. K!* surtout ne quitte pas l'endroit.

Il raccrocha et regarda Mason.

— C'est drôle, fit-il.

— Quoi donc?

— La police a trouvé un autre témoin, un gars qui vit à quelque huit cents mètres du ranch. Il ne peut rien voir de sa maison, mais il savait que le ranch avait été vendu. Et, samedi soir, il a entendu six coups de feu tirés non loin de là. Bien entendu, c'est toujours la même vieille histoire. Il avait cru, tout d'abord, que c'étaient des ratés, mais sa femme l'a traité d'idiot, disant que c'étaient des coups de feu. Aussi a-t-il regardé l'heure.

— Quelle heure était-il?

— 8 h 50 très précises.

— Quel intervalle entre les six coups?

— Le deuxième a suivi le premier presque sur-le-champ; ensuite, il y eut deux ou trois secondes de silence, puis quatre coups tirés à la file.

Mason alluma une cigarette et contempla, songeur, la flamme de l'allumette avant de l'éteindre.

— Autre chose, poursuivit Drake. Il y a une jeune femme qui travaille aux « Grands Magasins ». Une fille bien roulée et excitante au possible. Edgar Ferrell lui avait demandé de se rendre au ranch vendredi soir. Il lui avait expliqué que, si elle venait et s'ils pouvaient s'entretenir tous les deux, il la nommerait chef du personnel.

— *Vendredi* soir? s'exclama l'avocat.

– Oui.
– Comment s'appelle-t-elle, Paul ?
– Merna Raleigh.
– Je veux lui parler, déclara Mason.
Drake hocha la tête.
– Aucune chance, Perry. La police a déjà mis le grappin sur elle. Mon agent a eu la veine de l'interroger avant. Il est en train de rédiger son rapport. Mais vous ne pensez tout de même pas que Holcomb et consorts vous laisseront questionner un témoin de l'accusation.
– Vous avez sacrément raison, hélas !
– Je vais aller le chercher, Perry. Il attend dans mon bureau.
Et Drake quitta le cabinet privé de l'avocat.
Il revint quelques minutes plus tard, en compagnie d'un jeune homme de belle allure, bien habillé et soigné de sa personne – bref le genre d'homme que n'importe quelle femme trouverait à son goût.
– Frank Summerville, annonça-t-il. C'est mon don Juan et mon Casanova en une personne. Je le fais travailler dans toutes les affaires où des femmes sont impliquées. Il a passé sa journée aux « Grands Magasins », jouant le rôle d'un client. En fait, il ouvrait l'oreille. (Puis il fit un signe de tête au jeune homme.) Raconte-lui tout ce que tu as appris, Frank, ordonna-t-il.
Summerville se passa la main dans les cheveux avec un geste qui aurait fait honneur à un acteur professionnel.
– Mr Drake m'avait dit d'aller aux « Grands Magasins », d'y faire quelques achats et, tout en me promenant entre les comptoirs, de recueillir tous les bruits intéressants, toutes les bribes de conversation entre les vendeuses. Bien entendu, j'ai évité les endroits où il y avait foule.

Mason acquiesça.

— Comme je demandais à une petite si la mort de Ferrell provoquerait des changements pour elle et ses collègues, elle m'adressa un drôle de sourire et me dit que je ferais bien d'interroger Merna Raleigh, au rayon « stylos ».

» Je me rendis à l'endroit indiqué. Merna Raleigh est une petite rouquine, pas mal de sa personne – je dirais même très bien. Je pris mon air le plus avantageux...

— Et?

— Je me mis à choisir un stylo, mais je n'en trouvai aucun à mon goût. J'en essayai plusieurs et, pendant ce temps-là, je lui posai quelques questions. Elle m'avait malheureusement repéré, m'ayant remarqué aux autres comptoirs, et me demanda si j'étais un détective.

» En d'autres temps, j'aurais ri et j'aurais répondu non, mais quelque chose, dans son attitude, me suggéra que j'en apprendrais davantage en faisant preuve de franchise. Aussi lui dis-je que oui. Alors elle me confia que c'était une histoire qui la travaillait depuis quelque temps déjà, qu'elle se tâtait pour savoir si elle devait aller trouver la police, mais que, puisque j'étais détective, elle allait tout me dire.

— Et que vous a-t-elle dit?

— Eh bien! j'appris que Ferrell était venu la voir lundi matin, tout frétillant. Il avait l'habitude de s'arrêter à son comptoir, lui faisant une espèce de cour maladroite, tantôt lui posant une main sur l'épaule, tantôt lui donnant une petite tape sur la hanche.

— Continuez, dit Mason.

— Il lui parla un instant et lui demanda si ça lui plairait de monter en grade. Elle répondit que oui.

Elle était curieuse de savoir ce qu'il allait lui demander en échange.

— Quelle était son attitude habituelle envers Ferrell?

— Neutre. C'était un de ses patrons. Elle travaillait pour lui depuis quelque temps déjà, et sa mère avait travaillé pour la même entreprise. Elle avait hérité de quelques-unes des actions vendues aux anciens employés. Elle m'avoua qu'elle ne se défendait pas mal, d'ailleurs. Je crois qu'elle aurait accepté les hommages de Ferrell, si elle avait vu là un moyen d'arriver à ses fins.

— Qu'est-ce qu'il lui a promis?

— De la nommer chef du personnel, avec une grosse augmentation de salaire, si elle consentait à venir lui rendre visite à sa maison de campagne vendredi soir. Il lui enjoignit de n'en parler à personne, puis il lui dessina un plan pour se rendre au ranch.

— Vous avez ce plan?

— Non, je l'ai tenu entre mes doigts, mais Merna devina que je n'étais que détective privé et m'obligea à le lui rendre. C'est une sacrée maligne, cette gosse. Elle me dit qu'elle allait contacter la police et lui raconter toute l'histoire, mais me pria instamment de ne dire à personne qu'elle m'avait parlé de tout cela. J'ai quand même eu l'occasion de jeter un coup d'œil sur ce plan, et je pense qu'elle ne mentait pas.

— Qu'est-ce qui vous le fait croire?

— Un tas de choses. Il y a, sur le comptoir, des blocs sur lesquels les clients essaient les stylos qu'ils achètent, et le plan était dessiné sur une feuille détachée d'un de ces blocs. J'ai regardé le filigrane pour m'en assurer. En outre, le dessin avait été tracé par un homme et non par une femme. Les chiffres étaient soigneusement écrits, or Ferrell avait été comptable.

– Quels chiffres?

– Ceux indiquant les distances et les numéros des routes.

– Et c'est *vendredi* soir qu'il lui demanda de venir?

– Oui.

– A quelle heure?

– Entre 9 et 10 heures.

– L'heure ne lui a-t-elle pas paru un peu tardive?

Summerville sourit.

– Bah! ce n'était pas une enfant. Elle savait au-devant de quoi elle allait. Elle a bien compris qu'on ne la placerait pas à la tête de la section du personnel rien que pour ses beaux yeux. Je crois qu'elle était prête à certains petits sacrifices.

» Ferrell avait plus de la trentaine, et elle environ vingt-deux. Si elle avait pensé qu'il y avait de l'avenir dans leurs relations, il est possible qu'elle ait franchi le Rubicon. Je ne pense pas qu'elle était folle de lui, mais j'ai tout lieu de croire que lui en pinçait drôlement pour elle, et ça ne déplaisait pas à la petite Merna. Ses collègues l'avaient d'ailleurs remarqué.

– C'est fort intéressant tout ça, dit Mason, mais je ne vois pas où ça va nous mener.

– Attendez, je n'ai pas fini. La personne qui est actuellement chef du personnel est une certaine Myrtle C. Northrup; c'est une grande admiratrice de John Addison. Elle voit en lui un véritable dieu grec et pense qu'elle n'a jamais vu plus bel homme. Elle a quarante-cinq ans. Addison en a quarante-huit. Elle n'est pas très bien de sa personne, mais c'est une excellente collaboratrice et une travailleuse de première. Ferrell ne l'aimait pas. Elle était en poste avant l'arrivée de Ferrell. Incidemment, c'est elle la trésorière de la société.

Mason bondit sur ses pieds.

— Qu'est-ce que vous dites? s'écria-t-il.

— Elle est la trésorière de la société! Elle assiste à tous les conseils d'administration. C'est la plus importante des petits actionnaires. Je crois qu'elle avait beaucoup de sympathie pour le vieux Ferrell; seulement elle n'a pas reporté son admiration sur Junior.

— Et Ferrell se proposait de la déboulonner?

— Eh bien! il avait promis le poste à la petite rouquine, mais Merna était plutôt sceptique. Elle savait que Ferrell ne pouvait pas liquider la môme Northrup. C'est Addison qui s'occupait de toutes les questions administratives. Ferrell, lui, faisait des tableaux et des statistiques. Il était d'ailleurs la risée de tous.

— Vous avez eu l'occasion de questionner pas mal d'employés, Summerville?

— Trop, si vous voulez mon avis. La petite rouquine n'est pas la seule à m'avoir repéré. Je crois que je suis grillé.

— Et Raleigh, qu'est-ce qu'elle a fait, en définitive?

— Elle a téléphoné à la police qui l'a fait venir à la préfecture. Je doute que vous puissiez l'interroger maintenant.

— C'est toujours comme ça! fit Mason d'un ton irrité. Il suffit qu'une personne soit au courant de quelque chose concernant un crime pour que la police empêche la défense de la voir.

Drake grogna quelque chose d'inintelligible.

— Vous avez autre chose à me demander? s'enquit Summerville.

— Je ne pense pas, dit l'avocat.

— Fais un rapport, Frank, déclara Drake. Un rapport très complet. N'oublie pas les détails, si insignifiants soient-ils. Il se peut que tu te rappelles un fait minime, auquel tu n'as pas attaché d'importance, et qui, pourtant, peut avoir une grosse signification.

Summerville se retira.

— C'est un peu tard, dit l'avocat, mais je vais quand même tenter ma chance.

Il décrocha le téléphone.

— Gertie, dit-il, je veux parler avec miss Myrtle C. Northrup, chef du personnel des « Grands Magasins » Addison. Si elle n'est pas là-bas, essayez de savoir où on peut la joindre.

— Vous allez précipiter les choses, Perry? demanda Drake après que Mason eut raccroché. Vous voulez vraiment que l'affaire soit proposée à la cour dans les plus brefs délais?

— C'est la seule chose à faire, répliqua l'avocat.

— Votre client devra trouver une histoire qui tienne debout, Perry, sinon l'opinion publique lui sera hostile. Vous avez peut-être raison de vouloir bousculer l'accusation.

— Je sais.

— Mais, en fait d'histoire, Perry, votre client en a-t-il une qui tienne debout?

— Non.

— En aura-t-il une à l'ouverture des débats?

— Non.

— Quand en aura-t-il une, alors?

— Lorsqu'il comparaîtra à la barre des témoins.

Le téléphone sonna, Mason décrocha.

— *Mrs* Northrup, annonça Gertie d'une voix douçeâtre, est partie en congé hier, et personne, au magasin, ne sait où vous pourriez la joindre.

— Pourquoi mettre l'accent sur *mistress*?

— Parce que c'est ce qu'ils ont fait lorsque je leur ai téléphoné. La téléphoniste des « Grands Magasins » a bien dit : *mistress*.

— Essayez d'obtenir son numéro privé.
— Je l'ai. J'ai essayé de l'appeler, mais personne ne répond.

Mason raccrocha et se tourna vers Drake.

— Elle est en congé, Paul. D'ailleurs, de toute façon, je ne pense pas qu'elle nous soit d'une grande utilité pour l'instant.

Drake haussa les épaules.

— Ce qui m'étonne, poursuivit l'avocat, c'est que Ferrell ait demandé à la petite rousse de venir chez lui le vendredi.

Drake sourit.

— Peut-être ses soirées de mercredi et de jeudi étaient-elles déjà prises.

— Possible. Je voudrais bien voir la rouquine quand la police la remettra en circulation. En attendant, voici ce que vous allez faire. D'après ses dires, Laura Mae Dale dirige un restaurant dans une petite ville de l'Indiana, à quelque quatre-vingts kilomètres d'Indianapolis. Cette partie de l'histoire doit être vraie. La petite Veronica parle avec l'accent de la région. Vous devriez consulter la liste de tous les restaurants du secteur au service sanitaire de l'Indiana. Mobilisez tous vos hommes disponibles, et au travail! Retrouvez ce restaurant, essayez de savoir qui le dirige en l'absence de la propriétaire. Peut-être cette femme est-elle déjà retournée là-bas. Si oui, que vos hommes la ramènent en avion. Nous pouvons toujours la menacer de poursuites pour son histoire de chèque. Ne ménagez ni efforts ni dépenses. Je veux des résultats, et je les veux vite.

— Pourquoi attachez-vous tellement d'importance à cette femme, Perry?

— Je voudrais bien connaître moi-même la réponse à cette question, Paul. Appelez cela de l'intuition si vous voulez, mais cette intuition repose quand même sur certaines bases concrètes. Récapitulons un peu. Addison ramasse Veronica sur la route à peu près au moment de la mort de Ferrell. La déposition de la petite Dale pourrait lui être fatale.

» Donc, s'il y a quelque chose de louche dans le passé de Veronica, cela ne pourra qu'aider mon client. Elle m'a raconté qu'il lui avait fallu défendre sa vertu contre un automobiliste qui l'avait chargée avant Addison. Mais, moins d'une heure après être arrivée en ville, Veronica se faisait arrêter pour vagabondage.

» On peut dire de la police qu'elle agit parfois sottement, Paul, mais il n'en demeure pas moins que Veronica a dû faire un *minimum* pour échouer en prison. Maintenant, dites-moi un peu : pourquoi aurait-elle cherché à se faire arrêter?

— Chantage? suggéra Drake.

— Jusqu'à présent, c'est la réponse logique, et la seule. Ceci signifierait qu'elle est de connivence avec Eric Hansell, mais, si c'est le cas, quel rôle voulaient-ils faire jouer à cette « mère »? Et pourtant, celle-ci est entrée en scène pour m'annoncer que Veronica avait dix-huit ans.

— Peut-être, fit Drake, avaient-ils l'intention de faire intervenir la mère si le coup du vagabondage échouait.

— Possible. C'est pourquoi je veux avoir un nouvel entretien avec la mère et, pour ce faire, il faut la retrouver *avant* la police. A mon avis, Paul, les divers éléments de la devinette pourraient fort bien n'être rien moins qu'accidentels. Il se peut que Veronica ait servi d'appât pour attraper Addison. Il se peut que Hansell ait délibérément chassé le gros gibier... Paul, retrouvez-moi la mère! Il me la faut! Renseignez-vous sur les gens que Hansell avait l'habitude de fréquenter, fouillez son passé, mais agissez... Et, surtout, agissez vite!

15

Les journalistes entourèrent Perry Mason dès son entrée dans l'enceinte du tribunal.

La cour n'était pas encore là, mais le procès avait suscité un tel intérêt que les sièges réservés aux spectateurs étaient déjà tous occupés, et une foule de curieux, venus trop tard, s'entassaient, debout, à l'arrière de la salle.

Le juge, Paul M. Keetley, fit son entrée et prit place à son pupitre. Puis il parcourut la salle des yeux, s'arrêtant plus longuement sur la silhouette massive de Hamilton Burger, le district attorney, et sur celle, plus élancée, de Perry Mason.

Un huissier ouvrit une porte et escorta John Addison jusqu'à la table des conseils. L'accusé donnait l'impression de ne pas avoir dormi depuis que la police avait découvert le corps de Ferrell.

Pendant qu'Addison prenait place, un sourd murmure parcourut la salle. L'huissier fit résonner son marteau pour rétablir l'ordre.

Mason posa sa main sur l'épaule d'Addison, sourit, puis murmura :

– Voulez-vous sourire, nom de Dieu!

Addison grimaça un vague sourire.

– Voilà qui est mieux, dit l'avocat à mi-voix.

– L'affaire Addison, annonça le juge. Je déclare ouverts les débats préliminaires. Etes-vous prêts, messieurs?

– L'accusation est prête, répondit Hamilton Burger d'un ton belliqueux.

– La défense est prête, Votre Honneur, déclara Perry Mason.

Le procureur ouvrit la bouche pour faire appeler son premier témoin. C'est alors que Mason se leva :

– Votre Honneur, déclara-t-il, nous avons voulu envoyer une assignation à comparaître à Veronica Dale; or j'ai appris qu'elle était gardée au secret par la police, et il nous a été de ce fait impossible de lui remettre ladite assignation. Etant donné que cette personne est un témoin de la défense, nous prions respectueusement la cour d'ordonner à la police de la faire venir aux présents débats, ou alors de nous accorder une remise jusqu'à ce que cette assignation puisse atteindre sa destinataire.

Hamilton Burger jeta un regard ironique à Mason.

– Elle viendra! ricana-t-il. Ne vous en faites pas! Et c'est en tant que témoin de l'accusation qu'elle déposera.

Carl B. Knight, procureur adjoint, et l'un des assistants les plus actifs de Burger, sourit d'un air approbateur, se pencha vers son chef et lui murmura quelque chose à l'oreille. Le district attorney sourit à son tour et se rejeta lourdement dans le fauteuil tournant, devant la table des conseils.

– Je présume, Mr Mason, déclara le juge Keetley, qu'étant donné l'assurance fournie par l'accusation vous retirez votre demande de remise?

– Oui, Votre Honneur.

Le juge acquiesça, puis dit à Hamilton Burger :

– Vous pouvez faire venir votre premier témoin, monsieur le district attorney.

– Charles W. Neffs, appela Burger.

Charles Neffs se révéla être un shérif adjoint qui, déposa-t-il, était de service dans la nuit du onze au douze courant. Ce soir-là, peu avant minuit, il reçut une communication téléphonique de l'accusé, John Racer Addison, lequel déclara se trouver en compagnie de Lorraine Ferrell, veuve d'Edgar Z. Ferrell, à un poste d'essence. Ce même Addison avait ajouté que Mrs Ferrell et lui avaient découvert le corps d'Edgar Ferrell et s'étaient rendus à la cabine la plus proche pour en avertir les autorités.

— Qu'est-ce que vous avez fait ? demanda Hamilton Burger.

— Je me rendis à l'endroit où...

— Seul ? interrompit Burger.

— Non, j'emmenai avec moi un autre shérif adjoint. En outre, il y avait dans mon bureau un détective privé du nom de Paul Drake qui était en train de me questionner...

— Un instant, l'interrompit Mason. Toute conversation entre Paul Drake et le témoin, et qui s'est déroulée en l'absence de l'accusé, ne peut engager celui-ci.

— Exact, décida le juge Keetley.

— Votre Honneur, je me permets de vous faire remarquer que le cas qui nous intéresse est assez particulier, intervint le district attorney. Je crois, en effet, pouvoir prouver que, du point de vue légal, Paul Drake agissait au nom de l'accusé.

— Est-ce que vous *pouvez* le prouver ? demanda Mason.

— Je peux présenter un certain nombre de faits permettant de tirer des déductions en conséquence.

— Pouvez-vous le *prouver* ? répéta Mason.

Le juge Keetley frappa sur son pupitre.

— Il n'y a pas lieu à dispute, messieurs, décréta-t-il. Il existe une procédure, et elle sera appliquée. Le témoin ne sera pas autorisé à rapporter une conversation qu'il a eue avec une tierce personne en dehors de l'accusé, à moins qu'il ne puisse être *d'abord* prouvé qu'il existait des liens entre ladite personne et ledit accusé. Vous pouvez poursuivre votre témoignage, Mr Neffs.

– Je me rendis à l'endroit où Addison et Mrs Ferrell m'attendaient, déclara Neffs. C'était un poste à essence situé à deux mille cinq cents mètres environ d'un vieux ranch. Dans ce ranch...

– Un instant, intervint Hamilton Burger. Je demande l'autorisation de verser aux débats une carte, de façon à ce que l'on puisse se faire une idée plus claire de la situation. Voici une carte que je vous demanderai d'examiner pour nous indiquer, dessus, les divers endroits auxquels vous faites allusion. J'espère, Mr Mason, que vous n'élèverez aucune objection contre cela, à charge pour moi de prouver, tout à l'heure, qu'il s'agit d'un document précis et représentant bien la partie du comté qu'elle est censée représenter.

– C'est entendu, dit l'avocat.

– Oui, continua Neffs, je peux très facilement vous indiquer le chemin que nous avons suivi. Après avoir parcouru ce tronçon de route, nous sommes arrivés à l'endroit où j'inscris, avec ce crayon, le numéro un.

– C'était le poste à essence? demanda Burger.

– Oui.

– Et puis? demanda le district attorney.

– Je fis monter Mrs Ferrell et Mr Addison dans ma voiture, et ils me conduisirent à la maison où ils avaient découvert le corps d'Edgar Ferrell.

– Voici une série de photos, dit le procureur. Je vais vous prier de nous dire si vous reconnaissez ce qu'elles représentent.

– Oui. Elles représentent la maison où le corps a été découvert. Elles la représentent vue sous divers angles. Le corps a été découvert dans cette pièce-ci, située dans la partie sud-ouest de l'habitation.

– Est-ce vous qui avez pris ces photos?
– Non, mais j'étais présent lorsqu'on les a prises.
– Les avez-vous examinées?
– Oui.
– Que représentent-elles?
– Elles représentent l'intérieur et l'extérieur de la demeure, ainsi que les alentours immédiats, le terrain, etc.
– Je demande que ces photos soient numérotées et versées aux débats, dit Burger.
– Et la pièce où le corps a été découvert peut être marquée d'un cercle, intervint Mason. Nous acceptons que ces photos soient versées aux débats.
– La fenêtre de la chambre à coucher est clairement visible sur quelques-unes de ces photos, expliqua le district attorney.

Il y eut quelques instants de silence, pendant que l'huissier procédait au numérotage des photos et à l'apposition de cachets officiels. Puis Burger reprit l'interrogatoire.

– Qu'est-ce que vous avez trouvé sur les lieux, Mr Neffs?
– Je pénétrai dans la maison en compagnie de ces personnes. Je les avertis de ne toucher à rien. Ils m'informèrent toutefois qu'ils avaient déjà certainement laissé des empreintes sur divers objets. Je montai l'escalier menant au premier et, en ouvrant la porte de la chambre à coucher, j'y découvris le corps sur le plancher.
– Est-ce que vous pouvez décrire la position de ce corps?
– J'avais un appareil dans ma voiture et j'ai pris une photo du corps tel que je l'ai trouvé.
– Pouvez-vous nous montrer cette photo, s'il vous plaît?

Neffs tendit la photo au procureur, qui la fit verser aux débats.

– Avez-vous remarqué autre chose dans cette pièce, Mr Neffs?

– Oui, j'ai effectivement remarqué un certain nombre d'objets.

– Voulez-vous les énumérer?

– Il y avait une lampe à essence éteinte, bien que son réservoir fût plein. Il y avait un trou dans la vitre, provoqué par une balle et...

– Votre Honneur, déclara Mason, les mots « trou provoqué par une balle » constituent une conclusion de la part du témoin.

D'un signe de tête, le juge lui donna raison.

– Bon, bon, fit Burger, irrité. Puisque l'avocat de la défense veut se montrer procédurier, nous allons rayer le mot « balle » du compte rendu officiel, ce qui nous laisse juste un trou dans la vitre. Quelle sorte de trou était-ce, Mr Neffs?

Neffs sourit.

– Un trou rond, Mr Burger, expliqua-t-il. De la taille de celui qu'aurait fait une balle de 9,5.

Des rires fusèrent dans la salle, et le juge fut obligé de frapper plusieurs coups de marteau.

– Est-ce que vous avez des photos représentant ce trou dans la vitre, Mr Neffs?

– Oui, j'ai des photos de la fenêtre tout entière. (Neffs tendit les photos au procureur, et elles furent, à leur tour, versées aux débats.) En outre, poursuivit le témoin, j'ai fait enlever la vitre du cadre et l'ai fait placer entre deux feuilles de cellophane collante.

– Dans quel but avez-vous fait cela?

– Parce que, lors du passage de la balle à travers le verre, celui-ci s'était fêlé, et je craignais que des morceaux se perdent, ce qui aurait provoqué la destruction de la pièce à conviction.

Burger fit signe à l'un des huissiers qui sortit et revint, quelques instants plus tard, porteur d'une caisse très mince, d'une superficie d'un mètre carré environ.

Burger prit la caisse, la porta jusqu'au fauteuil des témoins. Arrivé devant Neffs, il en sortit une vitre protégée de chaque côté par une feuille de cellophane collante.

– Est-ce bien la vitre? demanda-t-il.

– Oui.

– Voulez-vous expliquer à la cour comment vous avez procédé à l'opération?

Le témoin s'exécuta.

– Mr Addison ou Mrs Ferrell vous ont-ils fait des déclarations à ce moment-là? demanda Burger.

– Oui.

– Lesquelles?

– Objection en ce qui concerne toute déclaration ayant pu être faite par Mrs Ferrell hors de la présence de l'accusé, déclara Mason. En revanche, nous acceptons toute déclaration faite par l'accusé lui-même ou en sa présence.

– Très bien, fit Burger. Qu'a dit Addison et qu'est-ce qui a été dit en présence du même Addison?

– Addison m'a dit qu'il connaissait ce ranch pour y être venu trois semaines plus tôt, lorsqu'on lui avait offert de l'acheter. Il a ajouté qu'il n'y était pas retourné depuis, mais que, ayant entendu Mrs Ferrell dire qu'elle était inquiète de l'absence de son mari, il lui avait demandé si elle avait envisagé la possibilité qu'il se trouvât dans cet endroit. Il a également déclaré qu'elle lui avait répliqué ne pas être au courant de l'achat par son mari d'une maison de campagne.

– Précisément, intervint Burger. Maintenant, revenons un instant en arrière, voulez-vous? Je désire établir avec certitude une chose, une seule, et l'établir de telle sorte qu'elle ne donne lieu à aucune confusion. L'accusé, John Racer Addison, vous a-t-il déclaré alors, à cet endroit, en votre présence et en présence de Mrs Ferrell, qu'il n'avait jamais été dans cette maison à l'exception de cette seule fois, trois semaines auparavant, où on lui avait offert de l'acquérir?

– Oui.

– Avez-vous relevé des traces autour de la maison?

– Oui.

– Quelles sortes de traces?

– Des traces laissées par les roues d'une voiture.

– Pouvez-vous les décrire?

– Je possède des photos qui sont à votre disposition.

– Est-ce vous qui avez pris ces photos?

– Oui.

– Voulez-vous nous les montrer, s'il vous plaît?

Un nouveau lot de photos fut versé aux débats.

– Regardez bien cette photo, Mr Neffs, déclara le district attorney. J'attire notamment votre attention sur les empreintes de pneus indiquées par les lettres A, B, C, et D. Qu'est-ce qu'elles représentent?

– Elles montrent l'endroit où une automobile a fait demi-tour peu après qu'il eût plu. Ces empreintes ont été faites dans la boue, et ceci au moment du meurtre. Le soleil avait desséché la boue.

– Et, parce que l'automobile avait fait demi-tour, les empreintes des quatre pneus avaient marqué cet endroit en particulier?

– Oui.

– Savez-vous quand il avait plu pour la dernière fois?

— Oui. Dans la soirée du huit, ainsi que dans la nuit du huit au neuf.

— C'était donc lundi soir et dans la nuit du lundi au mardi?

— Oui. La pluie s'arrêta de tomber mardi à 4 heures du matin.

— Et, au moment où vous vous trouviez dans cette maison, en compagnie de l'accusé et de Mrs Ferrell, quel était l'état du terrain?

— Il était sec.

— Y avait-il d'autres marques de pneus que celles indiquées sur la photo?

— Oui, il y en avait d'autres, mais celles marquées A, B, C, et D avaient été faites par des pneus presque neufs : aussi les voyait-on plus distinctement que les autres.

— Ainsi, les traces marquées A, B, C et D avaient été faites quelque temps auparavant, alors que le terrain était encore détrempé?

— Oui, guère plus de vingt-quatre heures après qu'il se fut arrêté de pleuvoir.

— Et maintenant, dit Burger d'une voix triomphante, je constate que non seulement ces quatre pneus sont complètement neufs ou presque, mais qu'en outre ils présentent un dessin très particulier.

— Oui, dit Neffs.

— Avez-vous eu l'occasion d'examiner l'automobile de l'accusé?

— Oui.

— Quand?

— Dans l'après-midi du douze.

— Qu'avez-vous fait?

— J'ai procédé à un certain nombre d'expériences ayant pour objet de comparer les deux séries de pneus.

Et Neffs expliqua comment il avait opéré.

— Quel a été le résultat de vos expériences ? demanda le district attorney.

— J'ai ici des photos des traces laissées par les pneus de la voiture de l'accusé, à l'issue de mes expériences.

— Quelles sont vos conclusions ? Indiquez-les brièvement, mais nous tiendrons compte du fait que vous parlez en expert.

— Les traces laissées par les deux séries étaient absolument identiques. Il ne peut y avoir le moindre doute là-dessus.

— Est-ce que vous avez ces photos avec vous ?

— Oui.

— Voulez-vous nous les montrer ?

Ces photos furent, à leur tour, versées aux débats. Le juge Keetley paraissait très impressionné par l'exposé de Neffs.

— Une question encore, dit Burger. Vous avez bien observé les pneus de la voiture de l'accusé ?

— Oui. Ainsi que j'ai pu le constater, les pneus A et D sont identiques, de même que les pneus B et C.

— Interrogez le témoin, dit le district attorney à Mason.

L'avocat se leva et indiqua la vitre collée entre les deux feuilles de cellophane.

— Est-ce vous *personnellement* qui avez procédé à l'enlèvement de la vitre ?

— Oui.

— Et cette vitre est, actuellement, absolument telle qu'elle était lorsque vous l'avez vue, pour la première fois, dans son cadre ?

— Oui, à l'exception de ces marques, sur le périmètre, laissées par le diamant.

— Je comprends, fit l'avocat, mais ma question ne concernait que le trou proprement dit et ses fêlures.

— La réponse est oui.

165

— Ces fêlures s'éloignent du trou à une distance de cinq à huit centimètres, n'est-ce pas?
— Oui.
— Selon un dessin sensiblement uniforme?
— Oui.
— Incidemment, dit Mason, quel est le côté intérieur de la vitre et quel est le côté extérieur?
Le témoin sourit et hocha la tête.
— Je ne pourrais pas vous le dire, Mr Mason.
— Vous n'avez pas jugé utile de l'indiquer sur la vitre, au moment où vous l'enleviez?
— Non, monsieur. Les deux faces d'une vitre sont identiques.
— Sauf, corrigea l'avocat, qu'une se trouve à l'extérieur et l'autre à l'intérieur d'une maison.
— J'en appelle à la cour, intervint Burger avec un air de dignité outragée. Il est difficile de qualifier ces questions de « contre-interrogatoire ». Quelle différence que cette face soit l'extérieur et celle-ci l'intérieur de la vitre? C'est vraiment couper les cheveux en quatre.
— Qu'est devenu le reste de la vitre, c'est-à-dire la partie que vous avez laissée dans le cadre? s'enquit l'avocat.
Le témoin jeta un regard interrogateur à Hamilton Burger.
— Je crois pouvoir répondre à cette question, déclara celui-ci. Le cadre a été enlevé, et ce qui restait de la vitre a servi aux expériences de la police.
— Quelle sorte d'expériences?
— La police a tiré dedans un certain nombre de balles de calibre 9,5 afin de mesurer le diamètre des trous. Je crois que le témoin a assisté à ces expériences.
— Est-ce vrai? demanda Mason.
— Oui, répliqua Neffs.

— Et, poursuivit Burger d'une voix forte, les trous ainsi obtenus étaient absolument identiques à celui de la pièce à conviction, ainsi que, d'ailleurs, les fêlures.

— Est-ce que vous avez l'intention de verser ces objets aux débats? s'enquit Mason.

— Je n'y vois aucune raison, répondit le district attorney. En fait, sauf erreur, ce qui restait de verre a été détruit après qu'on eut procédé aux mesures. Néanmoins, on a pris des photos. Il n'est même pas impossible qu'on ait tenté de sauver quelques-uns des débris de verre. Je pense que le témoin est au courant.

— On n'a pas réussi à les sauver, déclara Neffs. Les points d'impact étaient trop près les uns des autres et, lorsqu'on a voulu enlever les morceaux de verre du cadre, ils se sont émiettés.

— Ce sera tout, déclara l'avocat. Pas d'autres questions.

Ne cherchant même pas à cacher sa surprise devant la brièveté de ce contre-interrogatoire, Burger fit appeler son second témoin, un expert en empreintes digitales.

Le témoin déclara avoir relevé dans la maison du crime celles de Lorraine Ferrell, quelques-unes de John Racer Addison et, enfin, deux séries d'empreintes qu'on n'avait pu identifier, mais qui, selon toute probabilité, avaient été faites par des femmes.

Au cours du contre-interrogatoire, Mason examina soigneusement les photos desdites empreintes et ne souleva pas d'objection quand Burger suggéra de les verser aux débats.

Le témoin suivant de l'accusation était un certain Frank Parma, shérif adjoint.

— Vous êtes arrivé au ranch de Ferrell dans la nuit du onze au douze? demanda le procureur.

— Oui.
— A quelle heure?
— Vers 1 heure du matin.
— Et vous avez procédé à un certain nombre de recherches sur place, n'est-ce pas?
— Oui.
— Au cours de ces recherches, avez-vous trouvé quelque chose?
— Oui, un objet.
— Un Smith et Wesson, de calibre 9,5, portant le numéro S-64805.
— Pouvez-vous le décrire?
— C'était un revolver Smith et Wesson, dont le canon mesurait quinze centimètres de long. Bien que de calibre 9,5, il était monté sur un châssis de 11 millimètres. C'était donc une arme lourde.
— Où l'avez-vous trouvé?
— En me référant à cette carte, déclara le témoin, qui prit le document versé précédemment aux débats, je l'ai découvert à cet endroit-ci, à environ vingt-six mètres de la base de la maison et juste en face de la fenêtre de la pièce dans laquelle le corps a été découvert. L'arme était sur des cailloux, dans le lit d'un ruisseau desséché. Il y avait des broussailles tout près et, sans un véritable concours de circonstances, il nous aurait été très difficile de retrouver le revolver.
— Est-ce que vous avez des photos du revolver dans la position où il a été découvert?
— Oui, et j'ai également une photo représentant une pierre toute proche, que le revolver a heurtée lorsqu'il a été, selon toute apparence, lancé de...
— Peu importe d'où il a été lancé, interrompit vivement Burger. Contentez-vous de dire ce que vous savez et non ce que vous présumez.
— Bien, monsieur. Le revolver avait ricoché sur cette pierre et était tombé quelque soixante centimè-

tres plus loin. Il y avait des particules d'acier sur cette pierre, ainsi que des éclats de bois. La crosse de l'arme est, en effet, en bois, et un de ses coins a été éraflé.

– Avez-vous fait une marque sur le revolver?
– Oui.
– Quelle sorte de marque?
– J'ai inscrit mes initiales au crayon sur la partie en bois après qu'on eut relevé les empreintes digitales.
– En a-t-on relevé?
– Non, aucune.
– Absolument aucune?
– Absolument aucune. L'arme avait été essuyée.

Burger ouvrit une petite serviette que lui tendit un de ses assistants, en sortit un revolver et le tendit au témoin.

– C'est bien l'arme, déclara celui-ci, après l'avoir examinée.
– Avez-vous essayé de retrouver à qui appartenait ce revolver? demanda le district attorney.
– Oui, monsieur. J'ai consulté les registres de permis de port d'armes et j'ai ainsi appris que ce revolver avait été vendu à John Racer Addison, environ onze mois auparavant.
– Avez-vous montré l'arme à l'accusé?
– Oui.
– Qu'est-ce qu'il a déclaré?
– Il a identifié l'arme et a confirmé qu'elle lui appartenait. Il a ensuite déclaré, et ceci pour la première fois, qu'il avait prêté son revolver à Edgar Ferrell au moment où celui-ci partait en vacances.
– Comment était ce revolver lorsque vous l'avez trouvé? Je veux dire : y avait-il des balles dedans?
– Non, le revolver était vide.
– Et le canon?

— Il y avait des résidus de poudre dans le canon et, je précise, de la poudre qui avait récemment servi.

— Vous pouvez l'interroger, dit Burger à Mason.

— Pas de questions à poser au témoin, déclara l'avocat.

— Faites venir le Dr Parcker C. Loretto, ordonna Burger.

Le Dr Loretto prit place au fauteuil des témoins, déclara qu'il était médecin et chirurgien et qu'il avait procédé à un certain nombre d'autopsies pour le compte des autorités judiciaires du comté. Il dit ensuite qu'il avait procédé à celle d'Edgar Z. Ferrell.

— Quelle était la cause de la mort?

— Un coup de feu. La balle est entrée par le côté gauche de la tête, un peu derrière l'oreille, et a poursuivi sa trajectoire en direction du front, se logeant dans la partie droite du crâne, où elle est demeurée.

— Est-ce que la balle a atteint le cerveau? demanda le district attorney.

— Oui. Le cerveau a été fortement endommagé, et il y a eu hémorragie cérébrale.

— Cette blessure était-elle la cause de la mort?

— Oui.

— Combien de temps la personne a-t-elle pu vivre après avoir reçu cette blessure?

— Très peu. La mort est survenue quelques secondes plus tard au maximum.

— Alors la victime n'a pas pu se déplacer, après cette blessure.

— Non, elle ne s'est pas déplacée, mais le corps a changé de position, puisqu'il est tombé par terre.

— Avez-vous retrouvé la balle ayant causé la mort?

— Oui.

– Comment était-elle ?
– Aplatie du bout, mais intacte à la base.
– Que voulez-vous dire ?
– La balle avait conservé sa forme cylindrique, et les marques provoquées par l'arme dont on s'était servi étaient nettement apparentes.
– Avez-vous porté quelque marque sur la balle pour pouvoir l'identifier plus tard ?
– Oui.
– De quelle façon ?
– J'ai inscrit mes initiales à la base de la balle.
– Je vais vous en montrer une, et vous me direz si c'est bien la balle dont vous avez parlé.

Burger se pencha sur la table, prit une enveloppe, en retira une balle et, dans un geste théâtral, la tendit au médecin. Celui-ci l'examina soigneusement entre le pouce et l'index, puis déclara solennellement :

– C'est bien la balle.
– Qu'est-ce que vous en avez fait après l'avoir retirée de la tête du mort ?
– Je l'ai remise à George Malden, au service de la balistique, auprès du bureau du shérif.
– C'est tout ! aboya Burger. Vous pouvez interroger le témoin, dit-il à Mason.
– Pas de questions.
– Faites venir George Malden, dit le district attorney.

George Malden était un homme suffisant, de petite taille, à moitié chauve. Il prêta serment, puis attendit les questions du procureur.

– Quelle est votre profession, monsieur ? s'enquit celui-ci.
– Shérif adjoint.
– Depuis combien de temps ?
– Depuis vingt-trois ans.

– Pendant cette période, vous êtes-vous spécialisé dans une branche quelconque de la criminologie?
– Oui.
– Laquelle?
– La balistique et la dactyloscopie.
– Etes-vous expert en balistique?
– J'ai lu la plupart des ouvrages qui en traitent. J'ai suivi des conférences de spécialistes et j'ai quatorze ans d'expérience pratique.
– Je vais vous montrer la balle que le Dr Loretto a identifiée comme étant celle qu'il a extraite de la tête de la victime et vous prier de nous dire si vous l'avez déjà vue.
– Oui.
– Que pouvez-vous dire de cette balle?
– C'est une balle de plomb, calibre 9,5. Elle a été fabriquée par la société Peters et a été tirée par un revolver de calibre 9,5.
– J'attire votre attention sur ces sillons et ces éraflures à la base de la balle. Qu'est-ce que c'est?
– Ce sont les traces du canon de l'arme avec laquelle cette balle a été tirée.
– Peut-on identifier le revolver dont on s'est servi pour tirer cette balle?
– Oui.
– Voulez-vous l'expliquer à la cour?
Malden se tourna vers le juge.
– Le canon de chaque revolver présente certaines marques distinctives dues au fabricant de l'arme; notamment le nombre de sillons, leur forme et leurs dimensions. En outre, il y a les imperfections et défectuosités du métal qui laissent des traces sur chaque balle tirée. Ces traces sont aussi individuelles que les empreintes digitales d'un homme.
– Avez-vous essayé d'identifier l'arme avec laquelle cette balle avait été tirée?

— Oui.
— De quelle façon?
— J'ai pris le Smith et Wesson de calibre 9,5 qui a été versé aux débats, je l'ai chargé avec des balles Peters en tout point identique à la balle dont nous avons parlé, quant au poids et aux dimensions, puis j'en ai tiré quelques-unes dans des boîtes contenant du coton. J'ai ensuite récupéré lesdites balles et j'ai procédé à des comparaisons microscopiques. Je me suis servi d'un microscope spécial appelé microscope de comparaison. Il se compose de deux microscopes coordonnés de telle façon que les images des objets placés dans leur champ et fixés sur des bases tournantes finissent par se superposer. Si donc elles coïncident, il s'agit de deux objets identiques. Les deux balles que j'ai examinées coïncidaient d'une façon absolue, et j'ai des photos sur moi pour le prouver. Vous aurez l'impression, en regardant ces photos, qu'il s'agit d'une seule balle; en réalité, il y en a deux, d'une identité absolue. C'est la manière ordinaire et habituelle de comparer des balles.

Malden remit ses photos au district attorney qui les examina, puis les tendit à Mason. Quand celui-ci les lui rendit, le procureur demanda qu'elles soient versées aux débats.

— Pas d'objection? demanda le juge à Mason.
— Aucune, Votre Honneur.
— Vous pouvez interroger le témoin, déclara Burger.

Mason se leva.
— Vous avez dit, tout à l'heure, que vous étiez expert en empreintes digitales.
— Oui.
— Vous avez donc cherché à relever des empreintes dans la maison où vous aviez été appelé?
— Oui.

— En avez-vous trouvé appartenant à l'accusé, John Racer Addison?
— Oui.
Hamilton Burger eut un sourire de pitié.
— Ainsi que celles de Lorraine Ferrell, veuve du défunt?
— Oui.
— Avez-vous trouvé d'autres empreintes?
— Naturellement.
— Avez-vous retrouvé des empreintes du défunt?
— Oui.
— Et vous avez trouvé, également, des empreintes que vous croyez appartenir à une femme?
— Oui. Je crois même qu'il s'agit d'empreintes appartenant à *deux* femmes.
— Afin de faciliter l'enquête, avez-vous songé à classer ces deux séries d'empreintes, aux fins d'identification ultérieure?

Le témoin jeta un coup d'œil en direction du district attorney. Son visage exprimait l'incertitude.

— J'ai *essayé* de classer ces empreintes au cas où les personnes qui les ont laissées seraient retrouvées par la police.
— Où se trouvent les photos de ces empreintes?
— Objection, Votre Honneur, intervint le procureur. Que la défense engage un détective si elle en a envie.
— C'est ça, fit Mason d'un ton ironique. Maintenant que ces empreintes ont été effacées et qu'elles ont disparu, j'ai toute latitude de procéder à des recherches.
— Ce n'est pas à la police de remettre à la défense des pièces à conviction.
— Pourquoi pas?
— Parce que vous vous en serviriez pour « arran-

ger » la vérité à votre façon, afin d'obtenir l'acquittement de votre client.

— Si la police détient des preuves à conviction du genre empreintes digitales, la défense a le droit de se les faire communiquer!

— Non!

— Vous avez présenté le témoin comme un expert en empreintes digitales. Dans ces conditions, j'ai le droit de l'interroger sur tout ce qu'il sait, en vue de me rendre compte s'il est qualifié ou non.

— Ce n'est pas du tout le but que vous poursuivez. Vous cherchez uniquement à découvrir ce que vous ne savez pas!

— Peut-être, mais c'est parfaitement légal.

— Votre Honneur, dit Burger au juge Keetley, j'objecte. Ce contre-interrogatoire n'est pas conforme à la loi.

— Le témoin n'a été interrogé par le ministère public que sur des questions de balistique, déclara le juge. Dans ces conditions, le contre-interrogatoire par la défense ne peut porter sur la question des empreintes digitales. Je puis vous autoriser, à la rigueur, à poser au témoin des questions portant sur ce sujet, mais je ne puis acquiescer à votre demande de communication de pièces à conviction.

— Très bien, fit Mason. J'accepte la décision de la cour. Mon contre-interrogatoire est terminé.

— Vous pouvez faire appeler le témoin suivant, dit le juge au district attorney.

Burger consulta la pendule.

— C'est bientôt la fin de la séance, fit-il observer.

— Il nous reste encore un quart d'heure, déclara Keetley.

— Bien, soupira le procureur. Faites venir Eric Hansell.

Hansell fut introduit, prêta serment, puis prit place sur le fauteuil des témoins. Il paraissait mal à l'aise.

— Est-ce que vous connaissez l'accusé, John Racer Addison? demanda Burger.

— Oui, monsieur.

— Avez-vous eu l'occasion de vous entretenir avec lui le onze courant?

— Oui.

— Sur quoi a porté votre conversation?

Hansell s'agita dans son fauteuil, de plus en plus gêné.

— Allez, répondez! ordonna le district attorney. Quel a été le sujet de la conversation?

— Et précisez le moment et l'endroit, intervint Mason. Dites également qui était présent.

— Où cette conversation a-t-elle eu lieu? demanda Burger.

— Dans son bureau.

— Qui était présent?

— Juste Addison et moi.

— Bien! Que s'est-il passé?

— Eh bien! fit Hansell d'une voix un peu rauque, j'essayais de glaner quelques précisions pour refiler un tuyau à un de mes amis, journaliste. J'ai demandé à Mr Addison ce qu'il pouvait me dire au sujet d'une jeune fille qu'il avait ramassée sur la route, mardi, et à qui il avait fait obtenir une chambre dans un hôtel. Addison m'a prié de me mettre en rapport avec son avocat.

— Vous a-t-il donné le nom de cet avocat?

— Oui. Mr Perry Mason.

— Et est-ce que vous avez vu Mr Mason?

— Oui.

— Quand ça?

— Le jour même.

— Où?

– Dans son bureau.
– Que vous a dit Mr Mason?
– Mr Mason m'a déclaré que son client détestait la publicité et m'a donné un chèque de deux mille dollars que Mr Addison avait signé.
– Voulez-vous dire que Mr Addison vous avait donné deux mille dollars pour acheter votre silence, pour vous empêcher de révéler qu'il se trouvait sur certaine route mardi soir?
– Oui, monsieur.

Le visage de Hamilton Burger s'éclaira d'un large sourire. Il se tourna vers Mason :

– Vous pouvez l'interroger, dit-il. (Puis il ajouta, quelques secondes après :) Si vous en avez envie.

– En d'autres termes, déclara tranquillement l'avocat à Hansell, vous vous êtes rendu chez Mr Addison pour le faire chanter, n'est-ce pas?

Le témoin soutint le regard de Mason.

– Oui, fit-il d'un ton insolent. Si votre client n'avait pas cherché à cacher quelque chose, croyez-vous qu'il m'aurait donné deux mille dollars?

– Cacher quoi?
– Vous devriez le savoir!
– Je ne sais rien. Je vous le demande!
– Eh bien! cacher le fait qu'il tournicotait auprès d'une petite blonde et qu'il s'était trouvé sur cette route dans la soirée du crime.

– Lequel des deux faits, croyez-vous, cherchait-il à cacher?

– Les deux, sans doute.
– C'est ce que vous *pensiez*?
– Oui.

– Mais alors, vous saviez qu'un *assassinat* avait été commis, lorsque vous avez commencé à le faire chanter?

Hansell resta sans voix et baissa les yeux.

— Oui ou non? tonna Mason.
— Non.
— Alors pourquoi disiez-vous qu'il vous donnait deux mille dollars pour vous empêcher de révéler qu'il se trouvait sur cette route dans la soirée du crime?
— C'est ce que je pensais tout à l'heure.
— Mais, sur le moment, vous avez pensé autre chose?
— Oui.
— Alors, au moment de votre tentative de chantage, vous n'étiez pas au courant du crime?
— Certainement pas!
— Vous essayiez de le faire chanter, simplement parce qu'il s'était lié d'amitié avec une jeune femme?
— Il lui avait fait obtenir une chambre dans un hôtel, répliqua Hansell, reprenant du poil de la bête.
— Et vous avez conclu un marché avec le ministère public : impunité pour le chantage si vous déposiez dans cette affaire en tant que témoin de l'accusation?
— Je n'ai conclu aucun marché.
— Mais on vous l'a nettement laissé entendre?
— Je... euh!...
— Nous admettons qu'il en est ainsi, intervint Burger. Une tentative d'extorsion est un bien pâle crime à côté d'un assassinat. L'Etat est prêt à fermer les yeux sur certaines infractions mineures afin de pouvoir clouer au pilori des gens dont la position et la situation de fortune sont telles qu'ils s'imaginent pouvoir impunément violer les lois divines et humaines.
— Joli discours, fit Mason, ironique. Le fait n'en

demeure pas moins qu'on a promis l'impunité à Hansell.

— Parfaitement! déclara le district attorney d'un ton de défi.

— Pourquoi ne le disiez-vous pas? demanda Mason en s'adressant au témoin.

— Vous m'aviez demandé si j'avais « conclu un marché » avec le ministère public. Ce n'était pas le cas. C'était un *accord*, et non un *marché*.

— Vous ne le considériez pas comme tel?
— Non.
— Et le ministère public?
— Ça, je l'ignore.

— Vous êtes un excellent coupeur de cheveux en quatre, Mr Hansell, ricana Mason. Vous nous avez déclaré, sous la foi du serment, que vous n'aviez conclu aucun *marché* avec le procureur, alors que vous saviez avoir conclu un *accord*.

Hansell ne dit rien.

Mason attendit qu'il eût levé les yeux.

— Avez-vous déjà été condamné? demanda-t-il brusquement.

Hansell chercha de nouveau à éviter son regard.

— Allons, Mr Hansell, répondez-moi, insista l'avocat. Je répète ma question : avez-vous déjà été condamné?

— Oui.
— Pour quel crime?
— Chantage.
— Plus d'une fois?
— Oui.
— Combien de fois, alors?
— Quatre.

— Bon. Dites-moi, vous aviez bien *une* complice — je dis *une* complice — avec qui vous travailliez, n'est-ce pas?

— Objection! tonna Hamilton Burger. La loi accorde à la défense le droit de s'enquérir sur le passé d'un témoin dans ce seul et unique but : mettre en doute ses déclarations s'il a été condamné. Mais la défense n'a pas le droit de demander d'autres détails, et il lui est interdit de parler des crimes précédemment commis par le témoin.
— Vous êtes d'accord, Mr Mason? demanda le juge Keetley.

L'avocat s'inclina.
— Le seul motif de ma question, Votre Honneur, était de découvrir quelle était sa complice dans ses précédents chantages, car il n'est pas exclu que certaines des empreintes relevées dans la maison du crime appartiennent à ladite complice.

Et Mason se rassit, avec un sourire en coin à l'adresse du procureur. Un murmure s'éleva dans la salle, auquel le juge mit fin en faisant résonner son marteau.
— Je ne crois pas que vous ayez eu raison de poser une telle question, Mr Mason, dit le juge. Elle sortait des cadres légaux d'un contre-interrogatoire. Mais je ne ferai connaître ma décision que demain, lorsque la cour se réunira à nouveau à 10 heures. Il est temps, en effet, de clore la séance.

» La séance est levée.

16

Après le départ du juge Keetley, de petits groupes de spectateurs se formèrent, échangeant leurs impressions sur l'affaire. Des journalistes tentèrent de questionner Hamilton Burger, mais le district attorney les écarta d'un geste impatient et, à son tour, quitta le tribunal.

Mason, au contraire, accueillit les reporters avec le sourire.

– Voyons, messieurs, voyons, dit-il de sa voix la plus enjouée. Je ne peux vous faire aucune déclaration. Si je le faisais, l'accusation pourrait parer à toutes les surprises que je lui réserve. Mais les faits parlent d'eux-mêmes. Vous avez entendu le procureur et vous avez pu constater que l'acte d'accusation repose surtout sur le témoignage d'un homme qui a reconnu être un maître chanteur. On a retrouvé les empreintes digitales d'une femme, peut-être de deux, dans la maison du crime. De qui sont ces empreintes? Le ministère public le sait-il? Apparemment non! Paraît-il disposé à poursuivre l'enquête d'une façon un peu plus poussée? C'est à vous, messieurs, de conclure.

Paul Drake se fraya un chemin à travers le groupe de journalistes et parvint jusqu'à Mason.

– Perry, lui dit-il à l'oreille, on a une sacrée veine!

– Ah! fit l'avocat.

– Nous avons retrouvé la femme que vous cherchiez!

– La complice de Hansell?

– Non! Laura Mae Dale! La mère de Veronica!

– Ah! enfin, fit Mason, sans chercher à cacher sa satisfaction.

– Mes hommes, expliqua Drake, ont mis la main sur elle dans le restaurant qu'elle dirige dans une petite ville de l'Indiana. Elle a consenti à venir ici en avion. Bien entendu, il a fallu la convaincre, lui dire notamment que sa fille avait besoin d'elle.

Mason hocha la tête.

– Toujours est-il qu'elle est là! Je n'ai pas voulu vous interrompre pendant les débats, mais...

– Oh! Addison! fit Mason, en haussant la voix. Attendez donc! Huissier, voulez-vous attendre, s'il vous plaît.

Le shérif adjoint, qui se préparait à emmener Addison, s'arrêta à la porte. Fendant la foule, Mason alla vers son client et le prit par le bras.

– *O.K.!* Addison, dit-il, la chance commence enfin à nous sourire.

– Qu'est-ce que c'est? demanda Addison, la voix remplie d'espoir.

– Je ne peux pas vous le dire encore, mais vous pouvez dormir tranquille. Je pense que demain tout sera éclairci.

Prenant congé d'Addison et de l'huissier, l'avocat revint vers Paul Drake.

– On peut partir, Paul, déclara-t-il. Nous allons emmener Della, et elle prendra, par écrit, la déposition que nous fera Mrs Dale. Je veux qu'elle me répète l'histoire qu'elle m'a racontée lorsqu'elle m'a rendu visite à mon bureau. Je désire également comparer ses empreintes digitales avec celles que la police a relevées dans la maison du crime. Où est-elle, Mrs Dale?

– Dans un hôtel.

– Aucune chance qu'elle mette les voiles?

– Impossible, j'ai deux de mes hommes qui ne la quittent pas d'une semelle, et puis je lui ai dit qu'on allait essayer de lui retrouver sa fille. C'est évidemment faux, mais il n'y avait pas moyen de faire autrement.

Mason sourit.

– Nous pourrons téléphoner à Hamilton Burger, lui annoncer que la mère de Veronica est avec nous et lui demander s'il peut nous envoyer la petite pour qu'elle rencontre sa mère.

– Un coup à faire mourir Burger d'apoplexie.

– Je n'y verrais aucun inconvénient. Seulement,

une fois qu'il aura réfléchi à la situation, il insistera auprès de Mrs Dale pour qu'elle vienne chez *lui* où, lui dira-t-il, elle pourra parler avec sa fille tout son saoul. Où avez-vous logé Mrs Dale, Paul?

— Au *Rockaway*... Je sais... C'était risqué, mais c'était aussi le plus sage. Après tout, c'est là que Veronica avait eu une chambre, et ça collait avec ce que j'avais dit à Mrs Dale, vous comprenez?

— Je crois que toutes ces précautions ne servent à rien, Paul, déclara l'avocat. Elle n'est pas née d'hier, cette femme, et je serais bien étonné si elle ne jouait pas un rôle des plus importants dans ces affaires de chantage.

Della Street s'approcha des deux hommes.

— Prenez plusieurs blocs et crayons, Della, lui dit Mason. Nous allons chez Mrs Dale. Je vous raconterai les détails plus tard. En route.

Tous les trois arrivèrent au *Rockaway* moins de dix minutes plus tard.

— Elle est au 612, déclara Drake.

Ils montèrent au sixième et frappèrent à la porte du 612. Celle-ci s'entrouvrit d'un demi-centimètre, et une voix d'homme, rauque et désagréable, demanda :

— Qu'est-ce que vous voulez? (Puis, reconnaissant Paul Drake, l'homme ajouta :) Ah! c'est vous, patron. *O. K.!* Entrez!

La pièce dans laquelle ils pénétrèrent était l'antichambre d'un appartement composé d'un salon, d'une chambre à coucher et d'une salle de bains. Les deux hommes qui « veillaient » sur Mrs Dale se révélèrent être des costauds musclés, capables de faire face à n'importe quelle situation.

— Où est-elle? demanda Drake, regardant autour de lui.

Un des hommes sourit.

— Elle est dans la chambre à coucher, allongée

sur le lit, déclara-t-il. Elle se repose. Elle n'a même pas encore rempli les fiches de police et, officiellement, cet appartement est inoccupé.

— Comment savez-vous qu'elle est toujours dans la chambre à coucher? s'enquit Drake, un peu inquiet. Elle a pu fuir, soit par la porte donnant sur le couloir, soit par l'échelle d'incendie.

— Ne vous tracassez pas, patron, répliqua l'homme. La porte est fermée, et c'est nous qui avons la clé. En outre, nous avons accroché à l'extérieur la pancarte : « Prière de ne pas déranger ». Enfin, il n'y a pas d'échelle d'incendie. Elle est là, aussi vrai que je suis devant vous. Vous voulez lui parler?

Drake acquiesça.

— On va vous la chercher.

— Un instant, intervint Mason, il vaudrait mieux que vous lui annonciez qu'elle a des visiteurs. Il ne faut surtout pas la brusquer.

— *O. K.!*

Et le détective fit signe à son collègue. Celui-ci frappa discrètement à la porte de communication.

— Vous avez une visite, Mrs Dale, annonça-t-il.

Un conciliabule à voix basse s'ensuivit, puis ils entendirent une voix de femme les prier d'entrer.

Della Street, la première à pénétrer dans la chambre à coucher, s'arrêta brusquement sur le seuil, tourna la tête, jeta un coup d'œil à Mason, puis, reprenant son sang-froid, s'avança, comme si de rien n'était.

Mason, qui s'attendait à voir la femme qui lui avait rendu visite à son bureau, ne put retenir un mouvement de surprise lorsqu'il vit devant lui une femme maigre, à l'air fatigué, âgée d'une cinquantaine d'années. Cette femme arborait un timide sourire.

— Bonjour, dit-elle très bas à Della Street, vous m'apportez des nouvelles de ma fille?

L'avocat fit un pas en avant.

— Je m'appelle Mason, dit-il. Voici Paul Drake. Il est détective. Nous allons essayer de retrouver votre fille. Il se trouve qu'elle est actuellement témoin dans un procès. Je vais téléphoner aux gens chez qui elle est présentement et leur demander s'ils peuvent l'autoriser à venir ici.

— Dites donc, fit Drake à qui il arrivait de gaffer, je croyais que vous vous connaissiez! N'êtes-vous pas venue chez Mason, Mrs Dale?

Celle-ci hocha la tête en souriant.

— C'est la première fois que je me trouve dans cette ville. Je suis tellement anxieuse de voir Veronica! Ça fait plus d'un an que je ne l'ai pas vue. Elle m'a envoyé une carte postale de l'hôtel *Rockaway*, et j'espérais que...

— Vous ne l'avez pas vue depuis plus d'un an? demanda Mason.

— Non.

— Où est-ce que vous habitez?

— Dans une petite ville de l'Indiana, dont vous ne connaissez sans doute même pas le nom. Je tiens là une espèce de cafétéria – je n'ose lui donner le nom de restaurant. Juste huit ou dix tables. Cuisine familiale.

— Vous êtes bien la mère de Veronica? poursuivit l'avocat. Vous n'êtes pas une doublure?

— Une doublure, Mr Mason? Que voulez-vous dire?

— Rien. Parlez-nous de votre fille.

— Qu'est-ce que vous voulez savoir?

— Quel âge a-t-elle, pour commencer?

Mrs Dale fronça les sourcils.

— Près de dix-neuf ans... Non, attendez donc... Elle a vingt ans! Bon Dieu, ce que le temps passe vite.

– Et il y a plus d'un an que vous ne l'avez vue?

– Oh! oui. Comment va-t-elle, Mr Mason? Je me suis tellement fait de soucis à son sujet, surtout la dernière fois qu'elle est partie...

– La dernière fois? Elle vous a donc quittée à plusieurs reprises?

– Oh! oui. Une véritable petite vagabonde, voilà ce qu'elle est. Bah! je me faisais sans doute trop d'illusions. Notre ville est tellement petite, Mr Mason. Il n'y a guère de jeunes gens, et la pauvre Veronica doit se sentir bien seule lorsqu'elle est avec moi. Et pourtant, si elle savait combien j'ai besoin d'elle pour s'occuper de mon restaurant. Les clients l'adorent! Quand elle est là, tout va bien.

– Quand vous a-t-elle quittée pour la première fois?

– Voyons... Il y a bien trois ou quatre ans de ça.

– Qu'est-ce qu'elle a fait?

– Eh bien! elle est partie, et je n'ai eu aucune nouvelle pendant deux ou trois mois. Je me faisais beaucoup de soucis. J'ai même signalé sa disparition à la police. Et puis elle est revenue. Elle avait été ici et là, faisant de l'auto-stop. Elle m'a dit que ça lui suffisait comme ça et qu'elle allait rester. Elle est restée, mais pas bien longtemps. Trois ou quatre mois plus tard, la nostalgie des voyages la reprenait et, un beau jour, elle me quitta de nouveau.

– Seule?

– Seule, Mr Mason. Ne vous méprenez pas. Veronica *est* une fille honnête. Elle n'aurait jamais suivi un homme.

– Vous en êtes certaine?

– Absolument. Elle est atteinte de bougeotte, mais c'est tout. Tout comme son pauvre père. Celui-là non plus ne pouvait rester en place. Il voulait voyager, se déplacer, trouver l'endroit où il pourrait enfin « faire une carrière », comme il disait. A peine Veronica était-elle née que nous avons, tous les trois, recommencé à « voyager ». Ça nous coûtait cher, on ne parvenait pas à se stabiliser, mais que voulez-vous!... Il a été tué dans un accident d'automobile lorsque Veronica avait cinq ans.

— Combien de temps est-elle restée absente?
— Une bonne année, Mr Mason. Elle m'a envoyé des cartes postales de diverses villes, mais je ne pouvais pas lui écrire, car mes lettres ne l'atteignaient jamais.

— Veronica a-t-elle eu des ennuis au cours de ses voyages?

— Pas l'ombre d'un, Mr Mason. Elle s'entend bien avec les gens. Un seul regard, et les voilà subjugués. Je me demande comment elle fait! Quand elle veut se montrer méchante, on n'oserait rien lui dire. Mais que quelqu'un lui soit sympathique, et elle lui ouvre son cœur.

Et Mrs Dale sourit, très fière.

— Vous a-t-elle déjà demandé de l'argent, Mrs Dale? s'enquit Mason.

— Jamais, au grand jamais. Je ne sais pas comment elle se débrouille, mais, chaque fois que je la vois, elle est bien habillée et ne manque pas de sous. Elle m'apporte des présents à chacun de ses retours. Et si vous saviez, Mr Mason, toutes les villes où elle a été! Elle connaît les Etats-Unis comme le fond de sa poche, et je crois même qu'elle a été une fois à Mexico. (Elle s'arrêta un instant, puis ajouta :) Ah! là là! ce que je serais heureuse de la revoir.

— Vous devrez peut-être patienter jusqu'à demain matin, Mrs Dale. Elle est, crois-je savoir, très occupée.

– Ça, c'est Veronica toute crachée! Toujours occupée, toujours en mouvement.

– Mrs Dale, dit Mason, pourriez-vous me prouver que vous êtes bien la mère de Veronica?

– Voyons, Mr Mason, mais je *suis* la mère de Veronica!

– Je sais, mais pourriez-vous le prouver? Il se peut que les gens que je dois contacter se montrent plus méfiants que moi.

– Eh bien! j'ai mon permis de conduire... Et puis la carte que Veronica m'a envoyée... Et puis des photos d'elle.

Mason examina les papiers et les photos, puis alla au téléphone et appela le bureau de Hamilton Burger.

– Je sais qu'il est tard, dit-il à la secrétaire qui lui répondit, mais j'ai une chose très importante à communiquer à Mr Burger. Voulez-vous lui dire que Perry Mason désire lui parler?

Il attendit quelques secondes, puis entendit la voix du district attorney à l'autre bout du fil.

– Qu'est-ce que vous voulez, Mason?

– J'ai une faveur à vous demander, déclara l'avocat.

– Une faveur? Je ne vous promets rien, Mason. Qu'est-ce que vous voulez au juste?

– La mère de Veronica Dale est ici, avec moi. Elle serait très heureuse de voir sa fille. Pourriez-vous nous autoriser à rendre visite à la jeune fille, ce soir si possible?

– Certainement pas! fit le procureur d'une voix tranchante. Veronica Dale est témoin de l'accusation. Si vous désirez lui parler, vous aurez tout loisir de le faire demain, lorsqu'elle sera à la barre des témoins. Je regrette, Mason, mais je ne peux rien faire pour vous. D'ailleurs, je n'ai ni le temps, ni l'envie de poursuivre cette conversation. Il est très tard, et je devrais déjà être rentré. Au revoir!

Et il raccrocha brutalement.

Mason sourit, raccrocha à son tour et cligna de l'œil à l'adresse de Paul Drake.

— Comment va-t-elle, ma petite fille? demanda Mrs Dale.

— On ne peut mieux, répliqua l'avocat, mais, ainsi que je m'y attendais, vous ne pourrez pas la voir avant demain. Della, si Hamilton Burger m'appelait au bureau, dites-lui que je ne suis pas là et que vous ne savez pas où me trouver.

17

Lorsque la cour fit son entrée le lendemain matin, Hamilton Burger ouvrit le feu en demandant au juge Keetley si l'objection qu'il avait soulevée la veille au sujet de la façon dont Mason avait interrogé le témoin Hansell était admise par le tribunal.

Le juge lui donna raison, puis invita Mason à commencer l'interrogatoire.

Mason s'approcha du fauteuil des témoins.

— De quelle façon avez-vous obtenu l'information qui vous a permis de vous introduire chez Addison? demanda-t-il à Hansell.

— C'est *vous-même* qui me l'avez fournie en allant à la prison faire libérer Veronica Dale.

— Bon. Mais comment avez-vous deviné que l'accusé connaissait la jeune fille?

Hansell répéta devant le tribunal ce qu'il avait déclaré à la police.

— Lorsque vous êtes venu chez Addison, reprit

Perry Mason, vous lui avez dit que vous étiez l'informateur d'un journaliste, n'est-ce pas?

– Oui, quelque chose dans ce genre.

– Qui était ce journaliste?

– Je tairai son nom. En fait, je bluffais, et j'estime qu'il ne serait pas loyal...

– C'est également mon opinion, intervint Hamilton Burger. Après tout, Votre Honneur, s'adressa-t-il au juge, ce n'est qu'un à-côté sans importance, un détail de la conversation qu'il a eue avec l'accusé. Je ne défends nullement le témoin – c'est un maître chanteur, et je veillerai à ce qu'il ne puisse pas poursuivre sa néfaste activité. Mais il se trouve, actuellement, que c'est grâce à ses néfastes activités qu'un crime a pu être découvert. L'accusé était tellement désireux de cacher qu'il s'était trouvé à proximité de la maison du crime qu'il a consenti à verser deux mille dollars pour que le journal ne parle pas de sa présence en cet endroit.

– Ceci, monsieur le district attorney, déclara le juge, n'est qu'une simple interprétation. Il est fort possible que l'accusé ait surtout désiré cacher ses relations avec une jeune femme qui était peut-être mineure...

– Ceci, Votre Honneur, sera établi grâce à mon prochain témoin, dit le procureur. Et alors vous découvrirez les véritables raisons pour lesquelles Addison a accepté de payer deux mille dollars au témoin et d'acheter ainsi son silence.

– La cour va poser une question au témoin, décida le juge. Mr Hansell, voulez-vous nous préciser quelle est la nature des relations existant entre le journaliste auquel vous avez fait allusion tout à l'heure et vous-même.

– Eh bien! répondit Hansell, je lui passais quelques tuyaux de temps à autre, et lui, en échange, me donnait quelques dollars – et des billets de faveur pour les matches ou les théâtres. Dans ma profession, je suis obligé d'avoir une façade, mais cet homme ignorait tout de mes véritables activités et croyait que je lui fournissais des informations à titre amical.

– Dans ces conditions, fit le juge, la cour décide qu'il n'y a pas lieu de mentionner le nom de ce journaliste. Cela pourrait nuire à la bonne réputation d'un homme qui ignorait tout des activités répréhensibles du témoin.

– Dans ce cas, fit Mason, je n'ai pas d'autres questions à poser.

– Pas d'autres questions? s'étonna Burger. La défense ne met pas en doute le fait que l'accusé a remis au témoin un chèque de deux mille dollars?

– Pas de questions, répéta Mason, l'air fort satisfait de lui.

– Alors, dit le procureur, il ne sera pas nécessaire de verser ce chèque aux débats.

Il avait l'air déçu.

L'avocat ne fit aucun commentaire.

Le juge Keetley se pencha en avant et s'adressa à Hamilton Burger.

– Monsieur le district attorney, dit-il d'une voix mécontente, vous êtes le seul à décider s'il y a lieu ou non de poursuivre le témoin, mais je tiens à attirer votre attention sur son attitude insolente, sur son manque de repentir et, pour terminer, sur son mépris complet de toute considération éthique.

Le district attorney rougit.

– Je me permettrai de faire remarquer à la cour, dit-il, que la défense a, délibérément peut-être, négligé de faire ressortir certains aspects qui expliquent l'attitude du témoin. Il existe, en effet, un antagonisme personnel entre le représentant de la défense et le témoin, antagonisme dont il m'est

impossible de parler pour l'instant. Mais je puis vous donner l'assurance, Votre Honneur, que c'est à contrecœur, et avec regret, que j'ai pris la décision de garantir l'impunité au témoin.
— Très bien, dit le juge. Je voulais simplement vous faire savoir que l'attitude du témoin est loin de m'avoir impressionné en sa faveur. Faites appeler votre témoin suivant.
— Veronica Dale! annonça Hamilton Burger.
Un brusque silence s'abattit dans la salle d'audience. Une surveillante ouvrit la porte de la salle des témoins, et la jeune fille entra.
Elle était vêtue d'un tailleur beige qui mettait en valeur son teint de blonde. Son air innocent, virginal même, produisit une profonde impression sur tous les assistants. La plupart des juristes présents songèrent que si Perry Mason essayait de mettre en doute les déclarations de la jeune fille, il s'aliénerait les sympathies du juge.
Hamilton Burger se leva pour accueillir Veronica Dale. En acteur consommé, il l'accompagna jusqu'au fauteuil des témoins. Tout son comportement disait assez que, s'il l'avait fait citer, ce n'avait été que contraint par la nécessité.
— Comment vous appelez-vous? lui demanda-t-il après qu'elle eut prêté serment.
Veronica Dale baissa les paupières et, d'une voix à peine audible, déclina son identité.
— Quel âge avez-vous, Veronica?
— Dix-huit ans à peine.
Cette fois, la réponse n'avait été qu'un murmure.
— Passez-lui le micro, ordonna le juge.
Un huissier tendit un micro à la jeune fille.
— Parlez là-dedans, mon enfant, déclara le juge. Et parlez aussi fort que vous pouvez.
— Bien, monsieur, fit-elle d'une voix soumise.

— Où demeurez-vous?

— Eh bien! je n'ai pas de domicile. Ma mère vit dans une petite ville de l'Indiana, mais je l'ai quittée pour essayer de me trouver une situation. Je venais juste d'arriver ici, dans cette ville... quand toutes ces horribles choses se sont passées.

Quelques larmes parurent à ses yeux.

— Je comprends votre émoi, déclara Burger d'une voix qu'il voulait sympathique. Je vais vous faciliter la tâche et vous interroger aussi brièvement que possible. J'espère qu'on ne vous mettra pas trop à l'épreuve dans cette enceinte.

Et il lança un coup d'œil significatif à Perry Mason.

Le public retenait son souffle et le juge lui-même ne quittait pas le témoin des yeux.

— Voyons, Veronica, poursuivit le district attorney, vous connaissez l'accusé, ici présent, John Racer Addison?

— Oui.

— Quand l'avez-vous rencontré pour la première fois?

— Dans la soirée du neuf.

— Où?

— Il m'a offert de monter dans sa voiture.

— Je le sais, mais où étiez-vous, lorsqu'il vous l'a offert?

— J'étais assise sur le talus de la route, près d'un petit pont.

— Depuis votre dernier interrogatoire, le shérif vous a emmenée à l'endroit où vous avez rencontré l'accusé, n'est-ce pas?

— Oui, murmura-t-elle.

— Parlez plus fort, Veronica, de façon qu'on vous entende. Est-ce que vous avez montré au shérif ce petit pont?

— Oui, monsieur.

— Une photo de ce pont a-t-elle été prise en votre présence?
— Oui, monsieur.
— Votre Honneur, intervint Mason, le district attorney essaie d'influencer le témoin. Il lui met littéralement les paroles dans la bouche. L'interrogatoire a un caractère nettement tendancieux.

Burger foudroya Mason du regard.

— Votre Honneur, déclara-t-il, nous avons devant nous une jeune femme — que dis-je! — une enfant, qui vient tout droit d'une petite ville. Il est déjà suffisamment regrettable que nous soyons obligés de la traîner ici. Il est inadmissible qu'un assassin, alors en liberté, ait eu le toupet de lui offrir de monter dans sa voiture.

— Vos scrupules vous honorent, répondit le juge Keetley, mais la cour vous prie de ne pas influencer le témoin.

— Très bien, Votre Honneur.

Et, jetant un nouveau regard, furieux cette fois, à Mason, Burger revint près de Veronica Dale.

— Voici une photo, lui dit-il. Reconnaissez-vous l'endroit qu'elle représente?

Il prit un double de la photo et la remit à Mason.

— Voilà une épreuve que j'ai fait tirer à votre intention, déclara-t-il. Cette photo représente un endroit de la route que je vais vous indiquer sur la carte. La photo a été prise selon un axe est-ouest. Voyons, Veronica, pouvez-vous nous dire ce qu'elle représente?

— Oui, monsieur.

— Que représente-t-elle?

— Le petit pont près duquel je me trouvais lorsque Mr Addison est arrivé avec sa voiture. J'étais assise sur ce petit bloc de ciment et, lorsque j'entendis le bruit de la voiture, je me levai.

— Très bien. Maintenant, dites-nous d'où elle venait, cette voiture?

— D'une petite route latérale, qu'on voit sur cette photo.

— Est-ce que vous aviez *vu* la voiture avant qu'elle n'arrive près de vous?

— Non, mais j'avais aperçu la lueur des phares et j'avais entendu le bruit du moteur. La nuit était très calme et claire.

— Ensuite?

— Le bruit du moteur était nettement audible pendant que la voiture roulait sur le chemin non pavé qui débouchait sur la grand-route.

— Maintenant, Veronica, je vais vous montrer un plan de la maison où l'on a découvert le corps de Mr Edgar Z. Ferrell et qui représente également une partie du terrain environnant. Ce plan a été versé aux débats. Est-ce que vous pouvez vous orienter là-dessus?

— M'orienter? répéta-t-elle, comme si elle ne comprenait pas.

— Est-ce que vous repérez, sur cette carte, l'endroit où se trouve le petit pont?

— Oh! oui. (Elle étudia la carte, puis, avec l'accent de quelqu'un qui aurait bien appris sa leçon, déclara :) J'étais assise là, à cet endroit. Et voilà le petit pont!

— Je vais marquer cet endroit du chiffre un, dit le district attorney. Et maintenant, Veronica, pouvez-vous nous dire d'où venait la voiture de l'accusé?

— Elle est arrivée par cette route-ci.

— Les deux traits parallèles que le témoin vient d'indiquer représentent la route reliant la maison de campagne de Ferrell à la grand-route, annonça triomphalement Burger. Continuez, Veronica.

— Eh bien! L'automobile venait par cette route,

plutôt lentement. On aurait dit en première ou en seconde, puis elle a remonté cette pente, ici.

— Est-ce que vous pouviez la voir?

— Non, mais je l'entendais très distinctement.

— Et alors?

— Au moment où la voiture a débouché sur la grand-route, je me suis levée, pour que le conducteur puisse me voir à la lueur de ses phares.

— Revenons un instant en arrière, Veronica. Avant d'entendre ce bruit de moteur, avez-vous entendu autre chose?

— Oui.

— Quoi?

— Des coups de feu.

— Combien?

— Six.

— Décrivez ces coups de feu.

— Eh bien! j'avais d'abord cru que c'étaient des ratés, mais, maintenant que j'y pense, c'étaient sûrement des coups de feu. J'en ai d'abord entendu un, puis un autre, puis quatre encore, se succédant rapidement.

— A quel moment avez-vous entendu ces coups de feu, Veronica?

— Une ou deux minutes avant que le moteur ne se mette en marche.

— Vous ne diriez pas cinq minutes?

— Je ne pense pas. Deux ou trois minutes, peut-être. Très peu de temps, en tout cas.

— Quelle heure était-il?

— Je ne sais pas très bien. Peut-être 9 heures, peut-être un peu moins.

— Très bien. Vous avez donc entendu les coups de feu, puis le bruit du moteur qu'on mettait en marche; enfin celui de la voiture qui débouchait sur la route. Qu'est-ce que vous avez fait? Un geste de la main?

— Non, je n'ai pas bougé, mais je me tenais en plein dans la lumière des phares, pour que le conducteur puisse bien me voir.

— Et après?

— L'automobile roulait assez lentement. Elle prit à peine de la vitesse. Elle me dépassa, s'arrêta, puis fit marche arrière.

— Et ensuite?

— Ensuite, Mr Addison m'a offert de monter à côté de lui.

— En disant « Mr Addison », vous parlez bien de Mr John Racer Addison, l'accusé, l'homme qui est assis à la gauche de Mr Mason?

— Oui, monsieur.

Burger observa une petite pause et, lorsqu'il reprit son interrogatoire, ce fut avec une voix encore plus émue.

— Je sais, Veronica, que ce n'est pas un sujet plaisant à aborder, mais je vais vous demander de nous raconter en détail tout ce qui s'est passé.

— Eh bien! Mr Addison m'a offert de monter dans sa voiture. Pendant qu'il parlait, je le « jaugeais ».

— Vous le « jaugiez »? Qu'est-ce que vous entendez par là?

— J'avais entendu le bruit du moteur et je savais que c'était celui d'une voiture puissante, donc chère. Lorsque Mr Addison est passé devant moi, j'ai pu apercevoir sa silhouette. Quand il s'est adressé à moi j'ai vu que c'était un homme sérieux, n'ayant rien de commun avec le genre d'homme avec qui j'avais eu des ennuis peu de temps auparavant.

— Qu'est-ce que vous avez fait?

— Je lui ai souri, je l'ai remercié, et je lui ai dit que je serais heureuse d'aller avec lui jusqu'à la ville, s'il s'y rendait. Il a dit oui, et je suis montée.

— Avez-vous parlé avec lui?

— Oui, nous avons parlé. (Elle sourit.) C'est une espèce de devoir pour une jeune femme qui fait de l'auto-stop et qui se voit offrir une place dans une voiture. Si le conducteur parle, elle répond; s'il se tait, elle reste tranquille.

— Et Mr Addison avait envie de parler?

Nouveau sourire.

— Je crois surtout, dit-elle, qu'il avait envie de m'entendre parler.

— Et vous avez parlé?

— Oui. Je lui ai parlé de moi et je lui ai expliqué que je venais en ville pour y chercher fortune.

— Lui avez-vous dit que vous vous étiez enfuie de chez vous?

— Oui.

— Quelle a été sa réaction?

Veronica Dale se redressa sur son siège et, lorsqu'elle répondit, ce fut d'une voix très ferme.

— Je désire, avant tout, déclarer sans ambages que Mr Addison s'est conduit en *parfait* gentleman.

— Nous comprenons, dit Burger, mais voulez-vous nous donner tous les détails?

— Il m'a demandé où j'allais loger, et j'ai répliqué que je ne savais pas. Il m'a demandé combien d'argent j'avais sur moi, mais je ne voulais pas répondre à cette question. Comme il insistait, j'ai fini par le lui dire. Quand il eut appris que je n'avais qu'une toute petite somme, que je n'avais ni parents ni amis en ville, il m'a donné quelques conseils. Il m'a dit que ce n'était pas prudent pour une jeune fille et qu'une grande ville était fort différente d'un village ou d'un hameau. A la fin, il m'assura qu'il me trouverait un endroit où me loger.

— Qu'a-t-il fait?

— Il s'est arrêté à un poste à essence, où il est entré et d'où il a téléphoné. Quand il en est ressorti,

il m'a annoncé que tout était arrangé, que j'avais une chambre dans un hôtel et que tout était payé.
— Et puis?
— Quand nous sommes arrivés en ville, il m'a conduite au *Rockaway*, a attendu que je remplisse la fiche, puis est reparti.
— Avez-vous revu Mr Addison?
— Oui.
— Quand?
— Dans l'après-midi du dix, lorsque je suis allée le voir à son bureau.
— A sa demande?
— Oui.
— Et alors?
— Il m'a envoyée chez son chef du personnel, avec une carte qu'il m'avait donnée. Je trouvai un emploi et commençai à travailler sur-le-champ.
— Etiez-vous au courant de cette sordide tentative de chantage?
— Non, monsieur, absolument pas.
Burger se tourna vers Mason.
— Je suppose, dit-il d'un ton de reproche, que vous désirez interroger cette jeune femme?
— Certainement, déclara Mason en se levant.
— La loi vous y autorise, dit le district attorney d'une voix lasse. Allez-y!
— Votre mère vit-elle encore? demanda l'avocat à la jeune fille.
— Oui.
— Et vous viviez avec elle?
— Oui.
— Et vous avez abandonné le domicile familial?
— Le domicile familial, répliqua-t-elle, était un restaurant. J'étais serveuse. C'était une toute petite ville. Je n'y avais aucun avenir. Il n'y avait là que des jeunes gens sans aucune envergure, sans courage et

sans initiative, qui y demeuraient par paresse ou par lâcheté.
— Et alors, vous êtes partie?
— Oui.
— Et vous êtes arrivée ici en faisant de l'auto-stop?
— Oui.
— Voilà qui est intéressant... Dites-nous, miss Dale, combien de temps vous a-t-il fallu pour arriver jusqu'ici?
— Je ne vous comprends pas.
— Etant jeune et jolie, vous ne deviez pas manquer de chevaliers servants prêts à vous prendre en voiture avec eux?
— N-n-non...

Il y avait de l'incertitude dans sa voix et une certaine inquiétude dans ses yeux.

— Combien de temps avez-vous mis pour arriver ici à partir de chez vous?
— Pas très longtemps.
— Mais encore? Une semaine?
— Je... Oui, peut-être. Je crois...
— Alors, il y a huit jours, vous étiez encore avec votre mère dans le restaurant qu'elle tient dans cette petite ville de l'Indiana?

La jeune fille ne répondit pas. Mason attendit patiemment.

— Vous ne pouvez pas répondre à cette question? demanda-t-il enfin.
— Objection, déclara Burger en se levant et en essayant de donner l'impression que ce contre-interrogatoire était plus qu'il ne pouvait supporter. Que la cour veuille bien prier la défense de s'en tenir à des questions ayant une relation directe avec le crime, en ce qui concerne l'heure et l'endroit. Il me semble que cette jeune femme a déjà suffisamment payé. Ce n'est pas parce qu'elle s'est trouvée

par accident près d'un endroit où un crime était en train de se commettre, et à l'heure même où il se commettait, qu'un défenseur aux abois et sans scrupules a le droit de lui poser des questions offensantes!

— Ni aux abois, ni sans scrupules, Votre Honneur! corrigea Mason. Ce que je désire établir, ce sont les circonstances dans lesquelles le témoin s'est trouvé à l'endroit et à l'heure susdits. Etant donné l'importance du facteur temps, il est naturel que je m'attache au plus petit détail.

— J'estime que cette question entre dans le cadre du contre-interrogatoire, décréta le juge Keetley, mais la cour vous serait reconnaissante, Mr Mason, de tenir compte des capacités de résistance du témoin.

Veronica se taisait.

— Répondez à la question, dit le juge.

— Pourrais-je avoir un verre d'eau, s'il vous plaît, demanda la jeune fille d'une voix à peine perceptible.

— Certainement, dit l'avocat.

Mais ce fut Hamilton Burger qui bondit sur ses pieds et courut vers le témoin.

— Surtout, lui dit-il, ne vous fatiguez pas trop, Veronica.

— Qu'est-ce qu'elle a? demanda Mason. Elle se sent mal?

— Si elle se sent mal? tonna Burger. Ce sont vos insinuations et vos lâches...

— Elle me donne l'impression d'être une jeune femme bien portante d'une vingtaine d'années, l'interrompit tranquillement l'avocat. Elle est certainement capable de nous dire *quand* elle a quitté le domicile familial. De la façon dont vous la couvez, je me demande ce qu'il y a là-dessous.

— Rien, absolument rien! hurla le district attorney.

Mason profita de la rage du procureur pour verser de l'eau dans un verre et pour tendre celui-ci à la jeune fille.

— Buvez, miss Dale, buvez donc, insista-t-il d'une voix neutre. Prenez votre temps. Et, quand vous aurez bu, dites à la cour à quel moment vous avez quitté votre foyer et votre mère.

— Une vingtaine d'années! tempêta Burger, se rappelant soudain les paroles de Mason. Une vingtaine d'années! Mais vous n'avez devant vous qu'une jeune fille, presque une enfant, qui vient à peine d'avoir dix-huit ans, qui ne connaît rien de la vie, ni de ses horreurs, et vous en profitez pour lui jeter de la boue à la figure, simplement parce que vous...

— Ça suffit, messieurs, intervint le juge. Le contre-interrogatoire se poursuivra conformément à la loi, et les parties sont priées de s'abstenir de toute remarque de caractère personnel.

Puis il observa Veronica Dale qui buvait lentement son verre d'eau, et des rides se dessinèrent sur son front.

— Est-ce que vous avez fini de boire, miss Dale? demanda Mason.

— Non, répondit-elle.

— Est-ce que vous vous sentez mieux? s'enquit Burger.

— J'ai un peu mal au cœur.

Mason tendit la main pour reprendre le verre, mais Veronica ignora son geste et continua de siroter son eau.

— Alors, demanda l'avocat, voulez-vous répondre, maintenant?

Elle le regarda droit dans les yeux, puis, brusquement, se mit à pleurer.

Mason lui prit gentiment le verre des doigts, revint vers la table des conseils, y posa le verre, s'assit et attendit.

Burger posa une main paternelle sur l'épaule de la jeune fille.

— Allons, allons, Veronica, dit-il, calmez-vous. La cour va vous prendre sous sa protection. Le juge Keetley ne « lui » permettra plus de faire de lâches insinuations. Je demande à la cour de constater que les accusations indirectes dont cette innocente jeune fille a été l'objet l'ont troublée à ce point qu'elle peut à peine parler. Je suis persuadé que n'importe quel homme présent dans la salle se sent profondément révolté par la conduite inqualifiable...

— Monsieur le district attorney, l'interrompit le juge, je vous ai déjà prié de vous abstenir de remarques de caractère personnel.

Et, ce disant, il ne quittait pas Veronica des yeux.

Mason, les doigts croisés derrière la nuque, attendait.

Il y avait, dans le silence qui régnait dans la salle, quelque chose qui présageait une tempête.

— Votre Honneur, déclara Hamilton Burger, je renouvelle mon objection. J'estime qu'il est impossible de poursuivre le contre-interrogatoire du témoin, qui n'a que trop duré. La défense est seule responsable de l'énervement de cette jeune fille. Mr Mason ne peut s'en prendre qu'à lui-même, si les perfides insinuations...

— Ne troublez pas le témoin, l'interrompit Mason d'un ton glacial.

Puis il se replongea dans ses pensées.

Ce fut le juge Keetley qui mit fin à la tension montante en décidant :

— La cour estime que le témoin peut et doit répondre à la question qui lui a été posée.

— Ce n'est pas à la question même que j'objecte, plaida Burger, mais à la façon dont le contre-interrogatoire a été mené et aux insinuations de la défense, susceptibles de faire croire que cette jeune femme est enceinte.

— Du tout, du tout, fit le juge. La défense a simplement demandé au témoin s'il se sentait bien, et c'est vous, monsieur le district attorney, avec vos manifestations de sympathie et de sollicitude, qui avez tiré des conclusions. Quel âge a cette femme ? L'avez-vous vérifié ?

— Elle vient à peine d'avoir dix-huit ans, Votre Honneur, dit Burger. C'est une vraie jeune fille...

— Elle a vingt ans, interrompit Mason.

— Quel âge avez-vous ? demanda le juge à Veronica.

Celle-ci se remit à pleurer.

Le juge Keetley se rejeta dans son fauteuil.

— Très bien, décréta-t-il. Nous attendrons qu'elle ait répondu.

— Avez-vous la force de répondre, Veronica ? demanda le district attorney.

— Non, répliqua-t-elle aussitôt.

— Tiens ! Elle a répondu à votre question, et bien vite, fit observer le juge. Maintenant, Veronica, essayez de répondre à celle que je vous ai posée. Quel âge avez-vous ?

La jeune fille parcourut la salle d'un regard désespéré.

— Quel âge avez-vous ? répéta le juge.

Burger le foudroya du regard.

— Vous pouvez retourner à votre place, monsieur le district attorney, continua le juge. Le témoin ne risque guère de tomber de son fauteuil. Quel âge avez-vous, miss Dale ?

Elle attendit encore plusieurs secondes avant de répondre :

— Vingt ans.

— Hum! fit le juge. (Il toussa, puis, d'un ton officiel, poursuivit :) Quand avez-vous quitté votre domicile? Quand avez-vous vu votre mère pour la dernière fois? Combien de temps avez-vous mis pour arriver dans cette ville, en faisant de l'auto-stop?

— Je... je ne peux pas répondre à ces questions. Je n'ai aucune notion du temps.

— Depuis combien de temps n'avez-vous pas vu votre mère?

— Je...

— Votre Honneur, intervint Burger, puis-je faire une observation?

— Oui, mais qu'elle soit brève.

— J'ai tout lieu de croire que la mère de cette jeune personne est actuellement ici, dans notre ville, qu'elle se trouve sous la garde de Mr Perry Mason et que ce dernier, pour des raisons connues de lui seul, n'a pas invité Mrs Dale à assister aux débats. Je demande donc que la cour ordonne à Mr Mason de faire venir Mrs Dale dans cette enceinte, afin que le témoin puisse se sentir quelque peu réconforté.

— Je vous ai téléphoné hier soir, monsieur le district attorney, ainsi que vous vous en souvenez certainement, dit l'avocat. Et je vous ai demandé de permettre à Mrs Dale de rendre visite à sa fille. C'est *vous* qui avez repoussé ma suggestion.

— Que la cour me permette de lui expliquer les raisons de mon attitude d'hier soir, déclara Burger. Lorsque Mr Mason m'a téléphoné, j'étais sur le point de quitter mon bureau et de rentrer chez moi. J'étais extrêmement fatigué. En outre, Mr Mason m'avait implicitement suggéré de remettre Veronica Dale en liberté, et de la lui confier. Naturellement, je ne pouvais que refuser. Après réflexion, je décidai de proposer à Mr Mason d'envoyer Mrs Dale à mon bureau, où elle aurait pu voir sa fille. J'ai passé le reste de la soirée à essayer d'atteindre Mr Mason. Je le soupçonne, néanmoins, d'avoir fait en sorte que je ne puisse le joindre. Je suis persuadé qu'il a délibérément empêché Mrs Dale de voir sa fille, car...

Il fut interrompu par le bruit du marteau.

— Monsieur le district attorney, dit le juge, je vous ai déjà prié plus d'une fois de vous abstenir de remarques ayant un caractère personnel.

— Je vous remercie, Votre Honneur, intervint Mason, mais je n'en veux nullement au district attorney. Il ne pense pas un mot de ce qu'il dit. En réalité, il veut donner au témoin le temps de réfléchir. Miss Dale avait ses réponses toutes prêtes, mais, maintenant qu'elle a appris que sa mère était ici, il lui faut le temps d'inventer une autre histoire.

— Vous devriez la laisser rencontrer sa mère! hurla Burger d'une voix de fausset.

— Elle la verra quand elle aura répondu à certaines questions, trancha le juge, qui commençait à s'irriter. Après tout, c'est une jeune femme en pleine santé et qui n'a que vingt ans. Elle peut certainement répondre aux questions qui lui ont été posées, sans tremper à tout instant ses lèvres dans un verre d'eau et sans la main protectrice du district attorney sur son épaule. Et elle peut y répondre sans attendre que sa mère vienne ici et qu'elle lui tienne la main. Je *veux* savoir quand elle a quitté son restaurant, quand elle a quitté sa mère et le reste. Et nous le saurons!

Un silence complet s'établit dans la salle.

— Depuis combien de temps? demanda le juge, d'une voix d'où toute sympathie avait disparu.

— Depuis un an environ, répondit Veronica Dale.

D'un bond, Mason fut sur ses pieds.

— Et vous vouliez nous faire croire qu'il y avait à peine une semaine! s'écria-t-il.

— Je... je me suis embrouillée.

— Passons. Je vais poursuivre mon contre-interrogatoire. Vous disiez donc que vous aviez quitté votre domicile il y a un an?

— Oui.

— Et vous n'avez pas revu votre mère depuis?

— Non.

— Quand avez-vous célébré votre vingtième anniversaire?

— Je... Il y a environ trois mois.

— Où étiez-vous toute cette année? Pas sur les routes, tout de même?

— Non.

— Où étiez-vous alors?

— En différents endroits.

— Votre Honneur, intervint à nouveau Burger, j'estime que ce que cette jeune femme a fait depuis un an et les endroits où elle a pu se trouver ne rentrent pas dans le cadre du contre-interrogatoire. Mon interrogatoire n'a porté que sur les quelques heures ayant immédiatement précédé sa rencontre avec l'accusé, John Racer Addison, alors qu'il quittait ce ranch après avoir assassiné son associé. Bien entendu, si la défense se montrait raisonnable et demandait au témoin ce qu'il a fait deux, trois, voire même huit jours avant sa rencontre avec Addison, je ferais preuve de compréhension. Mais un an! Mr Mason ne vise qu'un seul et unique but : discréditer miss Dale.

— En d'autres circonstances, déclara le juge Keetley, je vous aurais donné raison, mais l'attitude du témoin indique, sans aucun doute possible, qu'il cherche à cacher quelque chose.

— Et même si cela était, Votre Honneur? poursuivit le district attorney. Elle a pu partir pour diverses raisons qui ne regardent qu'elle. Elle n'a aucune envie de mettre son cœur à nu devant une salle bondée, et je ne pense pas que la cour doive l'y obliger. La défense n'a pas le droit de salir la réputation du témoin en lui demandant de révéler des secrets que je considère comme personnels.

— La défense ne cherche nullement à lui extirper des secrets, dit le juge. Elle désire simplement savoir pourquoi il a fallu au témoin un an pour venir de l'Indiana jusqu'ici. La cour désire également le savoir. Néanmoins, si le ministère public ne retire pas son objection, je crains d'être obligé de lui donner raison, légalement parlant, et légalement parlant seulement.

— Le ministère public maintient intégralement son opposition, dit Burger.

— Très bien, fit le juge. Dans ces conditions, la cour décide l'objection valable – *en ce qui concerne des faits remontant à un an*. Mr Mason, contentez-vous d'interroger le témoin sur des événements qui se sont produits plus récemment. En revanche, la cour vous autorise à procéder à votre contre-interrogatoire de la façon *la plus détaillée* en ce qui concerne les événements qui nous intéressent.

— Très bien, Votre Honneur, dit Mason. (S'approchant de Veronica Dale, il poursuivit :) Vous vous dirigiez vers l'ouest, miss Dale, lorsque vous vous êtes trouvée près du petit pont?

— Oui.

— Dans quelles circonstances vous êtes-vous trouvée à cet endroit précis?

— J'étais descendue d'une voiture dont le conducteur avait essayé de me manquer de respect.
— Voulez-vous préciser, s'il vous plaît?
— J'ai fait la seule chose qu'une jeune femme seule puisse faire dans de pareilles circonstances. J'ai retiré la clé de contact, puis, la voiture s'étant arrêtée, je me suis enfuie après avoir lancé la clé au conducteur.
— Voilà qui n'est pas bête, fit l'avocat. Où avez-vous appris ce petit truc?
— Oh! je ne suis pas la seule à l'employer.
— Vous est-il arrivé de l'employer plus d'une fois?
— Votre Honneur, je proteste, intervint Burger. Voilà que la défense se permet de nouveau des insinuations, cherchant à fouiller dans le passé du témoin...
— Objection valable, décréta le juge. Mr Mason, interrogez le témoin sur des faits ayant immédiatement précédé sa rencontre avec Mr Addison.
— Très bien, Votre Honneur... Alors, miss Dale, vous êtes descendue de cette voiture?
— Oui.
— Le conducteur a-t-il tenté de vous en empêcher?
— Oui, il essaya d'abord de me retenir, mais c'était dangereux, parce qu'il devait faire attention que sa voiture n'obstrue pas la route. Puis il descendit à son tour et tenta de me donner la chasse, mais il se rendit compte soudain que ce qu'il faisait était criminel. Il se mit à jurer, puis revint à sa voiture, commença à chercher la clé qui était tombée sous le volant. Quant à moi, j'en profitai pour me cacher dans les broussailles qui bordaient la route.
— Il faisait nuit?
— Oui, bien sûr!

— Combien de temps avez-vous lutté avec ce peu galant gentleman?

— Oh! pas très longtemps. J'avais d'abord l'intention de descendre à Canyon Verde, puis je me suis dit que je tiendrais bien le coup jusqu'au bout.

— En somme, ses instincts de mâle ne commencèrent à se manifester violemment qu'après Canyon Verde?

— C'est ça.

— Etant une habituée de l'auto-stop, vous vous rendiez certainement compte du danger qu'il y a à arrêter n'importe qui sur la route?

— Je fais preuve de discrimination, fit-elle d'un ton froid. Avant d'arrêter une voiture, je « jauge » d'abord l'homme qui est au volant.

— Et quand vous êtes montée dans cette voiture, aviez-vous « jaugé » cet homme?

— J'ai essayé, mais la voiture roulait vite.

— N'empêche, vous avez quand même « jaugé » la voiture?

— Oui.

— Quelle sorte de voiture était-ce, miss Dale? Quelle marque?

— Une Lincoln.

— Une conduite intérieure?

— Oui.

— D'un modèle récent?

— D'un modèle très récent.

— Quel était son numéro?

— Je ne sais pas.

— Vous voulez dire que vous n'avez pas vu le numéro, ni avant d'y être montée, ni après en être descendue?

— Si... Je crois... Mais je ne m'en souviens plus.

— En fait, dit Mason, vous n'avez pas l'habitude d'inscrire les numéros des voitures dans lesquelles vous avez voyagé?

— Je...
— Oui ou non?
— A l'occasion.
— Dans un carnet?
— Oui.
— Avez-vous ce carnet sur vous, dans le sac que vous tenez à la main?
— Je...
— Oui ou non?
— Oh! Votre Honneur, dit Burger en se levant, ceci est proprement intolérable. Cet...
— Asseyez-vous! aboya le juge Keetley. Et cessez d'interrompre la défense à tout bout de champ. La cour désire savoir si le témoin possède un tel carnet. C'est strictement dans les droits de la défense de lui poser cette question. Miss Dale, ce carnet se trouve-t-il dans votre sac?
— Je... Oui, j'ai un carnet sur moi.
— Et vous y avez noté le numéro de la voiture de John Racer Addison?
— Oui.
— Pourquoi?
— C'était une précaution, au cas où il serait arrivé quelque chose.
— Quand avez-vous inscrit ce numéro? Avant d'être montée dans cette voiture ou après?
Elle sourit.
— Il serait difficile d'inscrire le numéro d'une voiture avant d'y monter, Mr Mason, déclara-t-elle.
— Ainsi donc, vous l'avez fait après en être descendue?
— Oui.
— Pourquoi?
— Eh bien! il est toujours intéressant de savoir avec qui on a voyagé, au cas où il y aurait des complications.

— Quelles sortes de complications?
— Eh bien! si le conducteur se montrait brutal.
— Vous inscrivez les numéros des voitures des hommes qui vous manquent de respect.
— Oui. C'est une mesure de protection.
— Pour qui?
— Je...
— Mr Addison vous a-t-il manqué de respect?
— Non.
— Pourtant, vous avez inscrit le numéro de sa voiture.
— Oui.
— Montrez-moi ce carnet.

La jeune fille parcourut la salle d'un regard de bête traquée, puis ouvrit son sac et en tira un petit carnet auquel était attaché un petit crayon.

— Je désire également voir ce carnet, fit Burger. Vous permettez, Mr Mason?
— Certainement, répliqua l'avocat.

Burger se pencha par-dessus son épaule, et les deux hommes étudièrent le calepin de Veronica Dale. A côté de bon nombre de numéros, il y avait des noms et des adresses. Le travail avait été fait méthodiquement, les numéros étant groupés par jour.

— Ainsi, demanda Mason, le jour où vous avez noté le numéro de John Addison, vous en aviez déjà inscrit une vingtaine d'autres?
— Je ne les ai pas comptés.
— Vous avez là une excellente occasion de le faire.

Il lui rendit le calepin. La jeune fille compta, puis annonça :
— Vingt-deux.
— Vous avez voyagé avec vingt-deux conducteurs ce jour-là?
— Oui.

— Et vous avez pris la précaution d'inscrire les numéros de tous ces hommes?
— Oui.
— De *tous* ces hommes?
— Oui.
— Il n'y avait pas de conducteurs femmes, dans le nombre?

Elle hésita.

— Répondez! tonna Mason.
— Non.
— Quel est, là-dedans, le numéro de l'homme qui vous a manqué de respect et qui vous a forcée à sauter de sa voiture?
— Je n'ai pas dit qu'il m'avait forcée à sauter de sa voiture. Je l'ai fait de mon propre gré!
— C'est juste. Quel était le numéro de sa voiture?
— Il n'est pas marqué.
— Mais vous venez de nous dire que vous inscriviez *tous* les numéros!
— Eh bien! je ne l'ai pas fait pour cet homme-là. J'étais trop émue.
— Vous inscrivez ces numéros à titre de précaution, disiez-vous, au cas où il y aurait des complications?
— Oui.
— Quelles complications peut-il se produire, une fois que vous êtes descendue d'une voiture?
— Je... je ne sais pas. C'est une simple habitude, rien de plus. J'aime savoir avec qui j'ai voyagé, et...
— Bon, bon, interrompit le procureur, c'est entendu. Cette jeune femme fait de l'auto-stop. Elle ne parvient pas à rester en place. Elle va d'un endroit à l'autre... Et alors? La seule chose qui nous intéresse en elle est sa rencontre avec John Racer Addison non loin de la scène du crime et au moment où

celui-ci était commis. En outre, je sais, et Votre Honneur sait, et nous tous savons qu'elle a été ramenée en ville par John Racer Addison et que ce dernier se trouvait dans la maison du crime mardi soir. Et John Racer Addison ne peut démentir ceci!

— Nous allons procéder logiquement, décréta le juge. Faites-moi voir ce carnet.

Il prit le calepin, le feuilleta, le front soucieux, puis demanda à Veronica Dale :

— Où est-ce que vous travaillez?

— Je travaille... Je veux dire que je travaillais aux « Grands Magasins » avant que la police ne vienne me chercher.

— Et où travailliez-vous avant?

— Je n'ai pas travaillé pendant quelque temps — je n'ai pas eu d'emploi fixe.

— Bon, fit le juge, nous pouvons nous représenter la situation. Ce n'est pas un tableau qui me plaît, mais je ne vois aucune raison d'aller plus loin dans cette direction. Même si cette jeune femme manque des qualités morales les plus élémentaires, ce n'est pas une raison pour porter atteinte à sa réputation. Je crois que le contre-interrogatoire est virtuellement achevé.

— A l'exception d'une chose, déclara Mason. Je désire savoir comment elle est arrivée près du petit pont où, prétend-elle, l'accusé lui a proposé de monter dans sa voiture.

— Elle vous l'a déjà dit, déclara Burger.

— Mais il y a un trou dans sa déposition. Elle n'a pas de numéro de voiture, dans son carnet, indiquant comment elle y est arrivée, à cet endroit.

— Oui, mais elle a raconté son histoire et elle l'a même racontée plusieurs fois, fit remarquer le juge Keetley.

— D'ailleurs, le rassura Mason, je n'ai plus qu'une

ou deux questions à lui poser. Examinons un peu ces numéros que vous avez inscrits avant celui de John Addison. Vous reconnaissez qu'il fut le dernier à vous inviter à monter dans sa voiture ce jour-là?

— Oui.

— Et vous confirmez que vous n'avez pas inscrit le numéro de la voiture précédente?

— Je le confirme.

— Mais celle que vous avez empruntée *avant* cette dernière, juste avant, voyons, la 45-S-533. Vous souvenez-vous de cette voiture?

— Non, répondit-elle, pas très bien.

Soudain, Addison se leva.

— Asseyez-vous! commanda Mason.

Mais Addison n'obéit pas. La surprise peinte sur sa figure, il s'écria :

— C'est le numéro de la voiture d'Edgar Ferrell!

— Quoi! s'exclama Mason.

— Mais oui, dit Addison avec force, c'est bien le numéro de la voiture de Ferrell.

Hamilton Burger se mit à compulser ses dossiers. Son air indiquait le désarroi le plus complet.

— Ce doit être une erreur! déclara-t-il tout à coup.

— Regardez donc votre témoin, si vous croyez vraiment que c'est une « erreur ». Et puis, si vous voulez sincèrement tirer cette affaire au clair, faites donc prendre les empreintes digitales de cette jeune femme et comparez-les avec celles de la mystérieuse femme qui se trouvait dans la maison du crime peu avant la mort de Ferrell!

Après ces paroles, Mason se dirigea d'un pas théâtral vers la table des conseils et reprit sa place.

Il fallut au juge Keetley et aux huissiers plusieurs secondes pour faire cesser le brouhaha qui s'éleva dans la salle. Le calme ne se rétablit qu'après l'intervention du juge qui hurla :

– Silence, tout le monde. Si le public ne cesse de manifester, je ferai évacuer la salle!

– Votre Honneur, demanda Burger, puis-je solliciter une courte suspension d'audience?

– Non! tonna le juge. Poursuivez le contre-interrogatoire, Mr Mason!

– Votre Honneur, rétorqua l'avocat, avant de le faire, je voudrais qu'on prenne les empreintes digitales du témoin.

– Vous n'avez pas le droit d'exiger une telle chose, fit le district attorney.

– D'ailleurs, poursuivit Mason, il n'y a qu'à comparer l'empreinte que votre témoin a laissée sur le verre dans lequel il a bu. Je suis persuadé que cette empreinte correspond exactement à l'une de celles que votre expert a relevées dans la maison du crime!

– Parfaitement, déclara le juge Keetley. La cour ordonne que les empreintes du témoin soient relevées. Où est votre expert, monsieur le district attorney? Qu'il s'avance et fasse son devoir.

George Malden s'approcha de Veronica Dale, porteur d'une trousse.

La jeune fille lui tendit la main et, le visage dénué de toute expression, semblable à celui d'une poupée de cire, elle le laissa prendre ses empreintes. Malden alla ensuite vers la table des conseils et compara les empreintes qu'il venait de relever avec celles dont les photos avaient été versées aux débats. Veronica Dale demeurait immobile dans son fauteuil, mais elle était, visiblement, assaillie de pensées.

Hamilton Burger toussa une ou deux fois, s'éclaircit la gorge et annonça d'une voix solennelle :

— Votre Honneur, les empreintes sont identiques.

— Et maintenant, dit Mason à la jeune fille, si vous nous expliquiez, Veronica, ce que vous faisiez dans cette maison pendant que le crime était en train de se commettre? Car vous avez reconnu vous-même vous être trouvée tout près à l'heure de l'assassinat.

Le juge Keetley se pencha en avant :

— Prenez ce micro, miss, et répondez à la question.

— Je ne suis restée dans cette maison que quelques instants, déclara Veronica Dale d'une voix assurée.

— Comment y êtes-vous entrée?

— C'est Mr Ferrell qui m'y avait emmenée.

— Ah! tout de même! Maintenant je vais vous demander quelques petits éclaircissements. Comment avez-vous fait la connaissance de Mr Ferrell?

— Cette histoire d'auto-stop, expliqua-t-elle, c'était une combine.

— Quel genre de combine?

— C'est ainsi que je gagne ma vie. Je vais sur les routes et incite les hommes à me faire monter dans leur voiture. Je ne « travaille » qu'avec les hommes d'un certain âge, ayant de belles automobiles. Je leur raconte combien triste est la vie que je mène et je leur déclare que je n'ai que dix-huit ans.

— Dans quel but?

— Parce que leur réaction est invariablement la même. Ils me demandent quelle somme d'argent j'ai sur moi, et je réponds : « Quelques cents à peine. » Ils me donnent presque toujours de l'argent — jamais moins de cinq dollars, et quelquefois jusqu'à cinquante.

— Vous devenez franche, c'est bien, dit l'avocat. Parlez-nous maintenant de votre rencontre avec Mr Ferrell.

— Je venais de quitter un monsieur très gentil – il m'avait donné dix dollars, et je savais qu'il ne m'en donnerait pas davantage. Je lui ai dit que je voulais descendre au poste d'essence le plus proche pour me refaire une beauté, et je lui fis comprendre que ce n'était pas la peine de m'attendre. Il n'avait pas très envie de me quitter, mais j'insistai et, finalement, il partit.

— Vous alliez en direction de la ville?

— Oui.

— Et alors?

— Pendant que je me trouvais au poste d'essence, la voiture de Mr Ferrell s'arrêta. Il allait dans l'autre direction, mais ça m'était égal. J'étais certaine de trouver une voiture pour revenir.

— Alors, vous avez sans doute commencé par « jauger » Mr Ferrell?

— J'ai pris l'air d'une femme qui est dans l'embarras.

— Que fit-il?

— Il me demanda si je voulais monter dans sa voiture et dans quelle direction j'allais.

— Et après?

— Pendant que nous roulions, j'examinais la voiture. On aurait dit que Mr Ferrell partait pour un long voyage. Il me posa diverses questions, et je lui sortis mon histoire habituelle.

— Vous a-t-il donné de l'argent?

— Je crois qu'il allait m'en donner. Il me dit qu'il lui fallait s'arrêter quelques instants à sa maison de campagne pour y rencontrer certaines personnes, ajoutant qu'il retournait ensuite en ville et qu'il m'y ramènerait. Il me promit également de me trouver une chambre et du travail.

– Ensuite ?
– Nous arrivâmes devant cette maison. Il ne cessait de répéter que je n'avais rien à craindre de lui, que j'étais en sécurité et que je n'avais pas à être nerveuse. Il me demanda si je voulais entrer dans la maison. J'acceptai, car il faisait froid dehors. Je contournai la voiture et en profitai pour relever le numéro, que j'inscrivis sur le calepin. Puis je le suivis dans la maison.
– Et après ?
– Il alluma une lampe à essence et fit du feu dans le poêle. Il s'excusa de l'état de la maison, expliquant qu'il s'agissait là d'une cachette, car il était sur une affaire si secrète, disait-il, qu'il ne désirait pas mettre au courant qui que ce fût. Puis il ajouta, d'un ton gêné, que ses visiteurs allaient bientôt arriver et me demanda de ne pas me montrer lorsqu'ils seraient là, car il craignait qu'ils n'interprètent faussement nos relations.
– Ensuite ?
– Une voiture s'arrêta devant la maison. Mr Ferrell dit : « Les voilà. Voulez-vous attendre à la cuisine, mon petit ? Ce ne sera pas long, et ensuite je vous ramènerai en ville. »
– Qu'avez-vous fait ?
– J'allai à la cuisine, pendant que Mr Ferrell regardait par la fenêtre. Tout à coup, je le vis accourir vers moi, pâle comme un mort.
– Et après ?
– Il dit : « Bon Dieu, c'est ma femme ! Je ne pensais pas qu'elle connaissait l'existence de cette maison ! Sortez ! Sortez d'ici par la porte de service. Courez vite dans le champ. Surtout qu'elle ne vous voie pas ! Pour l'amour de Dieu, dépêchez-vous ! »
– Qu'avez-vous fait ?
– Je ne savais que faire. Il déverrouilla la porte de

service, l'ouvrit et me poussa littéralement dehors.

– Ensuite?

– Je me mis à courir, prenant garde de ne pas être vue par les occupants de la voiture qui venait d'arriver. Il faisait noir, et je trébuchai une ou deux fois. Puis je me dis que j'étais bien bête de courir comme ça. Je me mis à marcher. Soudain, je me souvins de la petite mallette que j'ai l'habitude d'emporter avec moi. Je l'avais laissée dans la voiture de Mr Ferrell, et je craignis que sa femme ne fouille dans la voiture et ne mette la main dessus.

– Vous craigniez que cela ne cause des ennuis à Mr Ferrell?

– Je craignais surtout que cela ne me crée des ennuis, à moi! Toutes mes affaires étaient là-dedans. J'avais fini par apprendre à empaqueter tout ce que je possédais dans cette petite mallette.

– Qu'avez-vous fait?

– Eh bien! Pendant que cette femme se trouvait à l'intérieur de la maison, je revins sans bruit vers l'automobile de Mr Ferrell, ouvris la portière et pris la mallette.

– Et après avoir fait ceci?

– Je m'éloignai rapidement de la maison. Je n'avais rien à faire dans une querelle de ménage et je n'avais aucune envie d'être citée comme complice dans un procès en adultère.

– Dans quelle direction vous êtes-vous éloignée?

– Je l'ignore, répliqua-t-elle en souriant. Je commençai par faire un détour, puis essayai de rejoindre la grand-route, mais je me perdis. À la fin, je me heurtai à une clôture de barbelés. Je réussis à passer en dessous et me retrouvai au milieu d'un tas de broussailles. De l'ivraie, je crois. Il faisait noir comme dans un four, et je me crus perdue pour de bon.

— Ensuite?

— J'avais très peur. Je me remis à courir, sans savoir où j'allais. Mes vêtements devaient être sales et déchirés. A la fin, je m'arrêtai et réfléchis. Le seul moyen de retrouver la grand-route était d'écouter le bruit des voitures qui y passaient.

— Avez-vous réussi à retrouver la grand-route?

— Oui. J'attendis environ cinq minutes, puis j'entendis une voiture. C'était du côté opposé à celui où je me dirigeais. Je croyais la grand-route devant moi, mais le bruit me parvint de derrière, un peu à gauche. Au bruit de la voiture, il était clair qu'elle roulait bien sur la grand-route.

— Continuez.

— Je revins sur mes pas, plus lentement cette fois. J'étais suffisamment sale et dégoûtante comme ça. Il avait plu la veille, et le terrain était tout détrempé. J'essayais d'éviter les flaques de boue. Tout à coup, je découvris que je suivais le lit d'un ruisseau à sec et m'arrangeai pour marcher sur les cailloux. Plusieurs voitures passèrent sur la grand-route, ce qui me permit de poursuivre dans la bonne direction. Au moment d'arriver au terme de ma randonnée, je me dis que je ne devais pas être très présentable. Je m'arrêtai, ôtai ma robe, ouvris ma mallette, en sortis une brosse et nettoyai la robe. Puis mes chaussures. Mes bas étaient déchirés, j'en pris une paire neuve dans la mallette, je me mis un peu de rouge à lèvres.

— Ensuite?

— Ensuite, marchant avec précaution, pour ne pas déchirer mes bas, j'atteignis la route et me reposai un instant. Quelques minutes plus tard, j'entendis le bruit d'un moteur qu'on mettait en marche. C'était la voiture qui était devant la maison de Mr Ferrell

Je ne savais pas que j'en étais si près. J'avais dû faire un très grand détour. Je me rends compte, maintenant, que la voiture de Mr Addison s'éloignait alors de la maison, mais je ne le compris pas sur le moment.

— Et les coups de feu?

— Lorsque je les entendis, je crus que c'étaient des ratés.

— Quand les avez-vous entendus?

— Eh bien!... je ne sais pas trop. Une dizaine de minutes, environ, avant d'arriver sur la route.

— N'avez-vous pas déclaré, tout à l'heure, que vous les aviez entendus *juste* avant d'arriver sur la route?

— Eh bien! dix minutes, c'est juste ça.

— Vous êtes sûre que c'était dix minutes?

— Peut-être.

— Est-ce que vous n'avez pas dit...

— Oh! l'interrompit-elle d'une voix désespérée, j'essayais de me protéger, j'essayais de me forger un alibi. Je ne voulais pas qu'on me soupçonne de m'être trouvée près de la maison au moment où ces coups de feu ont été tirés, alors j'ai spéculé sur l'heure.

— C'est du propre! dit Mason.

— J'avais peur.

— Vous ne savez pas depuis combien de temps la voiture de Mr Addison se trouvait devant la maison de Ferrell?

— Non.

— Et quand vous l'avez entendue rouler sur la route non pavée, puis sur le pont en bois, vous avez pensé qu'elle venait d'un tout autre endroit?

— Mr Mason, je vais être tout à fait franche avec vous. Je me croyais au moins à deux kilomètres de la maison de Mr Ferrell.

— En fait, remarqua Mason, pendant tout le temps

où vous vous êtes trouvée mêlée à cette affaire, vos seules pensées ont été pour vous?

Elle ouvrit des yeux étonnés.

— Mais bien sûr, fit-elle. A qui d'autre aurais-je dû penser?

— Et cette histoire d'homme qui vous a manqué de respect, c'est le fruit de votre imagination, n'est-ce pas?

— Oui.

— En réalité, vous aviez relevé les numéros de *toutes* les voitures dans lesquelles vous aviez voyagé ce jour-là. Faites attention, ma jeune amie, car nous sommes en mesure de vérifier votre emploi du temps minute par minute.

— Oui, dit-elle. Vous pouvez interroger *tous* les conducteurs. Ils se souviendront certainement de moi.

— Combien d'argent avez-vous ramassé ce jour-là?

— Environ quatre-vingts dollars.

— Bonne recette? Recette moyenne?

— Recette moyenne. D'habitude, je me fais un minimum de quatre-vingts dollars.

— C'est tout, déclara Mason. Pas d'autres questions à poser.

— Moi non plus, dit Hamilton Burger.

— Dans ces conditions, décréta le juge Keetley, la cour ajournera sa séance jusqu'à demain matin 10 heures. Entre-temps, je demande qu'on vérifie soigneusement toutes les déclarations de cette jeune femme et je suggère que la police et les services du district attorney procèdent à une nouvelle enquête sur ce qui s'est véritablement passé sur les lieux du crime. Je constate également que le témoin s'est rendu coupable de faux témoignage.

— Oui, Votre Honneur, déclara Burger, l'oreille basse.

– La séance est levée, dit le juge.

Della Street vint vers Perry Mason et lui serra le bras.

– Oh! patron, déclara-t-elle, vous avez été merveilleux! Simplement merveilleux!

– C'est un bon début, reconnut Mason, mais c'est surtout un coup de veine. Heureusement que sa mère a parlé et que j'ai pu poser à Veronica certaines questions, d'aspect innocent, mais auxquelles elle ne pouvait répondre sans s'enfoncer. Si j'avais commencé par les autres, c'est-à-dire par celles qui sont vraiment importantes, j'aurais eu contre moi et le juge et le public.

– Qu'est-ce qu'on fait maintenant? demanda Paul Drake qui s'était également approché.

– Maintenant, dit Mason, on se met au travail. Et, pour commencer, Paul, vous allez recopier les numéros de toutes ces voitures, puis vous chargerez vos hommes de contacter leurs propriétaires. Je veux savoir combien d'entre eux Eric Hansell faisait chanter.

18

Trois personnes étaient réunies dans le bureau de Mason : l'avocat, qui arpentait la pièce tout en parlant, Della Street, installée à sa table, dessinant de petites fleurs sur un carnet posé devant elle; Paul Drake, enfin, assis dans le fauteuil réservé aux clients, le dos appuyé contre l'un des bras, cependant que ses jambes pendaient par-dessus l'autre.

– Cette affaire, déclara Mason d'une voix irritée, présente une impossibilité complète et absolue. (Il traversa la pièce quatre ou cinq fois, puis reprit :)

Examinons plutôt les preuves à notre disposition. Quelqu'un se tient dehors et tire par la fenêtre. Il atteint Ferrell du premier coup, puis vide le barillet, tirant apparemment en l'air. Puis il retire les douilles et jette le revolver dans le ruisseau. Ça n'a pas de sens.

— Pourquoi? s'enquit Drake. Ferrell était mort.

— Comment l'assassin savait-il qu'il était mort?

— Il avait soigneusement visé, puis il l'avait vu tomber.

— Il aurait pu le blesser seulement, grogna l'avocat. Je vous assure, Paul, qu'il faut être un sacré champion pour tirer à travers une vitre, et être sûr d'atteindre à la tête une personne qui se trouve à plusieurs mètres au-dessus de vous. Ensuite, cet homme a dû entrer dans la maison, monter au premier, éteindre la lampe, descendre et repartir. Eh bien! aucun homme sensé n'aurait agi de la sorte.

— Pourquoi donc?

— Parce que, s'il avait tiré sur Edgar Ferrell et s'il avait ensuite l'intention de pénétrer dans la maison, il n'aurait pas jeté son arme. Il l'aurait gardée, au cas où Ferrell n'aurait été que blessé.

— Comment savez-vous que ce n'est pas ce qui s'est produit?

— Parce que nous savons que les coups de feu ont été tirés à courts intervalles, pratiquement les uns après les autres. C'est pourquoi les témoins qui les ont entendus ont pensé que c'étaient des ratés.

— La personne qui a tué Ferrell devait être un tireur d'élite.

— Ce qui, déclara Mason d'un ton maussade, réduit le nombre des suspects à un seul : notre client, John Racer Addison.

— Que diable! fit Drake, le gars est peut-être coupable.

L'avocat ne répondit pas et se remit à arpenter son bureau.

Soudain, il s'arrêta.

– Nous ne sommes que des ânes bâtés! s'écria-t-il.

– Comment ça, patron! fit Della Street, étonnée.

– Nous avons toujours examiné l'affaire sous le même angle que le ministère public. L'accusation a reconstitué le crime d'une certaine façon, et nous l'avons acceptée, cette reconstitution, sans nous demander si elle était vraie ou fausse. Recommençons par le commencement. Della, montrez-moi toutes ces photos.

Della Street obéit.

– Maintenant, reprit l'avocat, voulez-vous m'apporter les ouvrages suivants que j'ai dans ma bibliothèque : *Enquêtes sur les homicides*, de Le Moyne-Snyder, *La Médecine et la Toxicologie légales*, de Gonzales, Vance et Helpern, et aussi *Enquêtes criminelles modernes*, de Soderman et O'Connell.

La jeune femme lui apporta les ouvrages demandés. Mason s'installa devant sa table de travail, les feuilleta, consulta certains passages, puis se mit à tambouriner sur la table.

– C'est bien ce que je pensais, déclara-t-il enfin.

– Quoi?

– Je savais bien qu'il y avait quelque chose de pas catholique dans cette histoire de vitre... Maintenant, faisons la seule chose raisonnable qu'il y ait à faire. Commençons, comme je le disais, par le commencement, et non pas à l'endroit où la police nous a dit de commencer.

– Que voulez-vous dire?

– Cette balle, demanda Mason, comment savons-nous qu'elle a été tirée par quelqu'un se trouvant à l'endroit où finissaient les traces de pneus? Comment, d'autre part, savons-nous qu'elle a traversé la vitre avant de tuer Ferrell?

— Comment nous le savons? s'exclama Drake. Mais parce que c'est l'évidence même! L'angle sous lequel la balle a traversé la vitre correspond à celui sous lequel elle est entrée dans la tête de Ferrell. Si l'on prolonge cette ligne géométrique, elle aboutit à l'endroit où finissaient les traces des roues!

— Ça, Paul, dit Mason, ce sont les apparences. Mais les apparences sont souvent trompeuses. Heureusement qu'on peut les interpréter!

— Je n'y comprends rien, reconnut Drake.

L'avocat continuait d'étudier les photos représentant le cadre de la fenêtre.

— Hum! fit-il.

— Vous avez découvert quelque chose, Perry? demanda Drake.

— Consultez donc cet ouvrage de Soderman et O'Connell, Paul, déclara l'avocat. Ouvrez-le à la page 217. Incidemment, c'est un livre admirable. Si vous connaissez à peu près le contenu des trois volumes que j'ai devant moi, vous pouvez vous considérer comme très fort dans le domaine de la médecine légale. Vous voyez ce graphique à la page 217? Il représente des vitres à travers lesquelles ont été tirées des balles d'armes à feu et il indique la *direction* de ces balles. Souvenez-vous de ce que nous avons appris lors des dépositions des témoins. Lorsque la police a procédé à l'enlèvement de la vitre, elle n'a pas cru nécessaire d'indiquer les faces intérieure et extérieure de la vitre et, quand j'ai demandé à leur « expert » de me donner des précisions à ce sujet, je me suis fait répondre, ironiquement, que les deux côtés d'une vitre étaient pareils. C'est vrai, si l'on veut, n'empêche que l'un des côtés était quand même l'extérieur et l'autre l'intérieur. Regardez maintenant cette photo représentant le corps étendu sur le plancher. Elle a été prise avant qu'on n'enlève la vitre.

— Mais je ne vois rien de particulier là-dessus, dit Drake. On ne distingue pas les détails.

— Vous les voyez suffisamment pour remarquer cet ensemble de petites fêlures. Maintenant, comparez ces photos... Là... Vous voyez, Paul, il *faut* que ce soit l'intérieur de la vitre, sans quoi cette courbe aurait une tout autre allure.

Drake acquiesça, sans trop comprendre.

— Observez en même temps ces marques, là : remarquez ce type de clivage, puis comparez-le avec le graphique de Soderman et O'Connell. Aussi vrai que vous êtes dans ce fauteuil, Paul, cette balle a été tirée de l'intérieur de la pièce. Elle a traversé la vitre et est tombée à l'endroit où la voiture se trouvait, dehors!

Drake se leva d'un bond.

— Laissez-moi voir ça de plus près, Perry, demanda-t-il.

Puis Drake et Della Street se penchèrent au-dessus de l'épaule de l'avocat et, avec lui, examinèrent la photo.

Soudain, Drake sifflota.

— Patron! s'écria Della, c'est là, noir sur blanc. Ce *doit* être l'intérieur de la vitre! Vous aviez raison.

— Ça me fait une belle jambe, déclara Mason.

Della et Drake se regardèrent, interloqués.

L'avocat repoussa sa chaise et se mit à marcher de long en large. Enfin, il s'arrêta et fit face à ses deux collaborateurs.

— C'est très bien, dit-il, nous avons établi que la balle qui a traversé cette vitre avait été tirée de l'intérieur de la pièce. Si nous supposons que c'est Ferrell qui a tiré, nous nous trouvons dans une nouvelle impasse.

— Je ne vois pas pourquoi, rétorqua Drake. Ferrell

se trouvait dans cette chambre. Il a regardé par la fenêtre et a remarqué quelqu'un qui se tenait près d'une voiture. C'était apparemment une personne dont il avait une peur bleue et qu'il était même prêt à tuer.

Mason acquiesça d'un air lugubre.

– Je vous suis jusque-là, Paul, mais après? fit-il. L'accusation soutient que Ferrell se tenait debout dans la pièce éclairée, la lanterne derrière lui, ce qui a permis au meurtrier de bien viser la silhouette se détachant sur fond lumineux. L'assassin pouvait voir, déclare le ministère public, tandis que Ferrell, lui, ne voyait rien. Cependant, de la façon dont nous avons reconstitué une partie du drame, les déductions que nous pouvons en tirer nous donnent un tout autre tableau. Si nous raisonnons logiquement en suivant notre théorie, la lanterne a été éteinte non par l'assassin, mais par Edgar Ferrell lui-même. Il ne pouvait pas voir dehors, à moins que la chambre ne fût plongée dans l'obscurité.

– *O.K.!* dit Drake. Ferrell l'a sans doute fait.

– Et puis? demanda Mason.

– Eh bien! Ferrell a tiré sur l'homme qui était dehors.

– Après quoi, déclara Mason, l'homme a pénétré dans la maison, est monté au premier, a tué Ferrell avec le propre revolver de celui-ci. Enfin, pour couronner le tout, quatre autres coups de feu ont été tirés en l'espace de quelques secondes. Qu'est-ce que vous pensez de ça?

Drake se gratta la tête, jeta un regard désespéré à Della et dit :

– Rien.

– Et pourtant, fit Mason avec force, il doit y avoir une réponse logique et il faut que je la découvre avant le commencement des débats, demain matin.

19

Mason, Della Street et Paul Drake fendirent la foule qui se pressait au palais de justice et se réfugièrent dans un des couloirs proches de la salle d'audience. Ils furent aussitôt entourés d'un groupe de journalistes qui, à cor et à cri, réclamaient une déclaration.

– Attendez l'ouverture des débats, mes enfants, leur répondit l'avocat, tout sourire.

L'un des journalistes s'approcha tout près de l'avocat et lui dit tout bas :

– J'ai un tuyau à vous refiler, Mr Mason. Hamilton Burger a l'intention de demander une remise.

– Merci, dit l'avocat.

Pendant qu'ils s'éloignaient des reporters, Paul Drake demanda :

– Y consentirez-vous, Perry ?

– Certainement pas, répliqua Mason. Il faut battre le fer pendant qu'il est chaud.

Ils pénétrèrent dans la salle d'audience, et l'avocat atteignit, sans trop de difficultés, la table des conseils.

Hamilton Burger, qui se trouvait déjà à sa place, se leva, visiblement énervé, et s'approcha de son adversaire.

– Je pense que vous allez demander une remise, Mason ? dit-il.

– Moi ? s'étonna l'avocat. Pas le moins du monde.

Burger ne chercha pas à cacher sa déception.

– La cour pourrait peut-être ordonner un supplément d'information, dit-il.

— On verra bien, déclara froidement Mason. Après tout, c'est *vous* qui avez voulu ce procès.

Le district attorney allait ajouter quelque chose, quand le juge Keetley fit son entrée. Toutes les personnes présentes se levèrent. L'huissier les invita à se rasseoir, après quoi on introduisit l'accusé.

Burger se leva presque aussitôt.

— Votre Honneur, déclara-t-il d'une voix solennelle, la qualité première de l'accusation est son désir d'objectivité. Je faillirais à mes devoirs si je n'attirais pas l'attention de la cour sur le fait que police et parquet voudraient procéder à un supplément d'enquête. Dans un souci de justice, je désirerais revoir toutes les preuves à notre disposition.

— Vous demandez une remise? s'enquit le juge.

— Oui, Votre Honneur.

— Combien de temps?

— Au moins huit jours.

Le juge consulta Mason du regard. Celui-ci sourit et fit non de la tête.

— Votre Honneur, déclara-t-il en se levant, la défense objecte. Si nous sommes ici, c'est parce que le ministère public a voulu faire comparaître l'accusé devant la cour. Si les preuves dont le parquet dispose sont suffisantes pour motiver une continuation des poursuites, nous sommes à sa disposition pour les examiner ensemble. Dans le cas contraire, mon client a droit à une réparation. C'est pourquoi je demande que les débats se poursuivent. J'attire respectueusement l'attention de la cour sur les articles du code pénal stipulant que les interrogatoires doivent avoir lieu au cours d'une seule et même session, à moins que le magistrat qui préside n'en décide autrement pour des raisons impérieuses. L'ajournement, d'autre part, ne peut excéder deux jours à chaque fois, et six en tout, à moins que la défense ne soit consentante.

» Si vous m'accordez l'autorisation d'interroger un ou deux témoins de l'accusation, je consentirai à ce que les débats soient remis pour huit jours.

— Condition fort raisonnable, décida le juge. Quels sont les témoins que vous désirez interroger à nouveau, Mr Mason?

— Je veux, en premier lieu, interroger le témoin Eric Hansell.

— Approchez, Mr Hansell, dit le juge.

— Qui ça? Moi?

Hansell paraissait fort surpris.

— Oui, vous! fit Mason.

— Approchez, Mr Hansell, ordonna le juge.

Hansell s'avança. Tout en lui suait la peur. Alors qu'il se dirigeait lentement vers le fauteuil des témoins, Mason lui lança à voix basse :

— Gros malin!

Hansell tourna la tête, eut un regard de bête traquée, puis prit place.

— Voyons, Mr Hansell, commença Mason, si vous nous parliez un peu de votre technique de chantage? N'est-il pas exact que vous ayez une complice, une femme qui se faisait passer pour la mère de Veronica Dale, et qui vous aidait à encaisser les sommes versées par vos victimes?

— Absolument pas! déclara Hansell.

— Et, poursuivit l'avocat, dans l'affaire qui nous intéresse, vous avez fait jouer à votre complice le rôle de Laura Mae Dale, n'est-ce pas?

— Non.

— Hansell, continua Mason, d'après certaines vérifications auxquelles nous avons procédé, la plupart des hommes dont les numéros de voiture figurent dans le calepin de Veronica Dale ont donné de l'argent à cette dernière.

— Je n'y peux rien, grogna Hansell. Si ces vieux zèbres avaient envie de jouer aux mécènes et de donner du fric à la petite, c'est pas moi le responsable.

— Mais, poursuivit l'avocat, dans certains des cas, ceux notamment où Veronica avait réussi à les placer dans une situation compromettante, quelques-uns de ces « mécènes » versaient de larges redevances à un rouquin du nom d'Eric Hansell. Qu'avez-vous à répondre à cela?

Hamilton Burger bondit sur ses pieds.

— Objection, Votre Honneur! s'écria-t-il. Ce contre-interrogatoire est illégal. Je n'éprouve aucune tendresse pour cet homme, mais ces autres crimes...

— Objection non valable, déclara le juge Keetley. Qu'il réponde à cette question et, quand il l'aura fait, puis-je attirer votre attention, monsieur le district attorney, sur le fait qu'on ne lui a pas promis l'impunité pour d'autres chantages, s'il était établi qu'il en a commis. Et je désapprouve formellement toute tentative de vos services pour le blanchir. C'est pourquoi la cour décrète que la question est pertinente. Voulez-vous répondre, Mr Hansell?

Hansell s'agita sur son siège.

— Je désire consulter un avocat, glapit-il.

— Répondez à la question! tonna Mason.

— Non! Je refuse!

— Sous quel prétexte? demanda le juge.

— Parce que la réponse pourrait m'incriminer (1)!

Le juge Keetley se tourna vers Hamilton Burger.

— Vous avez été très actif, monsieur le district

---

(1) Aux termes des lois américaines, aucun témoin n'est tenu de répondre à des questions susceptibles de le faire inculper.

attorney, pour tirer au clair certains des aspects de cette affaire. Puis-je vous demander de faire preuve d'autant de diligence pour intenter des poursuites contre ce maître chanteur?

— Oui, Votre Honneur, déclara le procureur, l'air penaud.

— Hansell, dit Mason, vous travailliez avec Veronica sur une base de commission, n'est-ce pas?

— Je refuse de répondre!

— Et Veronica s'est arrangée pour se faire arrêter pour vagabondage, afin d'obliger Addison à faire intervenir son avocat, donnant ainsi matière à chantage?

— Je refuse de répondre, car la réponse pourrait m'incriminer!

— On vous a promis l'impunité dans cette affaire, expliqua Mason. Aussi n'avez-vous pas de raison de craindre des poursuites et vous pouvez renoncer à vos privilèges légaux.

— Dans ce cas, la réponse est oui. C'est ainsi que je travaillais.

— Et vous avez fait intervenir une autre femme pour jouer le rôle de la mère de Veronica?

— Mr Mason, je vais être franc; je ne sais rien d'une femme qui se serait fait passer pour la mère de Veronica. Veronica et moi, on travaillait ensemble et on n'avait pas besoin de complices. Nous n'avions pas besoin... Eh! attendez donc, j'en ai trop dit.

— C'est exactement ce que je pense, déclara sèchement l'avocat.

Il y eut quelques secondes de tension muette, puis un sourire méprisant éclaira les traits de l'avocat.

— C'est tout, dit-il. Pas d'autres questions à poser. Mon contre-interrogatoire est terminé, et je consens à une remise de huit jours.

Le juge Keetley jeta un coup d'œil à Burger.

– Désirez-vous procéder à un nouvel interrogatoire du témoin? demanda-t-il.

– Non, Votre Honneur.

Eric Hansell tira un mouchoir de sa poche, essuya son front en sueur, s'éclaircit la gorge, puis, au lieu de remettre le mouchoir à sa place, il se mit à le tordre nerveusement. Soudain il se rendit compte du spectacle qu'il offrait au public et il se hâta de fourrer le carré de tissu dans sa poche.

Mason le surveillait, l'air ironique.

Ce fut le juge Keetley qui rompit le silence.

– L'affaire est remise pour huit jours, déclara-t-il. L'accusé demeure détenu, et la cour s'ajourne.

Il donna un coup de marteau, et tout le monde, dans la salle, se mit à parler en même temps.

Mason fit un signe à Paul Drake et à Della Street, puis il se dirigea vers la sortie.

– Vous avez drôlement manœuvré Hansell, dit Drake.

L'avocat acquiesça.

– Est-ce lui l'assassin? poursuivit le détective.

– Je ne pense pas, répliqua Mason. J'ai dû m'en servir comme d'un appât pour empêcher le district attorney de deviner ce que j'ai l'intention de faire.

– Qu'est-ce que vous voulez faire?

– Nous en parlerons tout à l'heure, dans la voiture.

– Si vous aviez vu la tête de Hamilton Burger, Perry! s'écria Drake pendant qu'ils roulaient, tous les trois, vers le bureau de Mason. Non seulement vous l'avez frustré d'une victoire qu'il tenait pour acquise, mais encore il en est à se demander, maintenant, qui a tué Edgar Ferrell.

– Je crois connaître l'assassin, Paul, dit lentement l'avocat.

— Qui est-ce ?

— Raisonnons logiquement, fit Mason, sans répondre à la question. En premier lieu, Ferrell avait acheté cette maison dans un certain but. Quel était ce but ?

— Un nid d'amoureux, décida Drake. La petite rouquine du comptoir des stylos...

— Elle n'aurait jamais accepté de vivre là-dedans, fit observer Mason. Examinons plutôt certaines dates auxquelles, jusqu'à présent, nous n'avions guère prêté d'attention.

— Quelles dates ?

— Ferrell se préparait à partir en vacances. Il annonça à son associé qu'il allait pêcher la truite dans le nord-ouest, tout en disant à sa petite amie qu'il avait une importante affaire sur les bras et qu'il se proposait de transformer en quartier général sa maison de campagne.

— C'est juste, dit Drake.

— Malheureusement, poursuivit Mason, plusieurs complications survinrent. Ce n'est que maintenant que je commence à comprendre.

— Que voulez-vous dire ?

— Lorraine Ferrell a dû se rendre dans cette maison le soir du crime, expliqua l'avocat. Elle est entrée et a dû trouver des indices de la présence de Veronica Dale. Elle s'est certainement disputée avec son mari...

— Mais la police n'a pas retrouvé ses empreintes là-bas, objecta Drake.

— Mais si, mais si. On en a trouvé partout, ainsi que celles d'Addison, puisqu'elle y était allée avec ce dernier et qu'ils ont découvert le corps tous les deux...

— C'est vrai, fit Drake, je l'avais oublié.

— Seulement, continua Mason, la police ignore *quand* ces empreintes ont été laissées : dans la soirée de la découverte du corps ou dans la soirée du crime?

Le détective acquiesça.

— Et maintenant, dit l'avocat, nous en venons à un autre aspect très particulier de l'affaire. Nous avons retrouvé dans l'appartement de Della Street six douilles provenant de l'arme du crime. Pour une raison que nous ignorons, l'assassin les a emportées avec lui après le meurtre. J'avais cru, un instant, qu'il s'agissait d'un coup monté par la police, mais ce n'était pas ça. Donc, quelqu'un avait dû les y mettre délibérément.

— Qui?

— Nos suspects ne sont qu'au nombre de deux : Veronica Dale et Lorraine Ferrell, qui, toutes deux, se sont rendues chez Della. Veronica a eu plus de facilités pour le faire.

— Alors, la coupable, c'est l'une d'elles, et mes soupçons se portent plutôt sur Mrs Ferrell, déclara Drake.

— Elle voulait me voir à tout prix, rappela Mason. Brusquement, elle changea d'avis. Je pense qu'elle allait m'avouer qu'elle avait été là-bas le soir du crime, mais elle dut avoir peur. Quant à cette histoire à propos de la voiture de son mari qu'elle aurait vue dans la rue, c'est de l'invention pure et simple. Elle savait qu'il n'était pas en vacances. Elle savait qu'il avait acheté cette maison. Elle vivait en mauvais termes avec lui. Elle voulait qu'Addison enquête et lui fasse un rapport sur les activités de son mari. Ainsi, elle s'en faisait un allié. Aussi n'est-il pas étonnant qu'elle ne lui ait soufflé mot de sa visite là-bas peu avant le crime. Par ailleurs, il se peut qu'elle ait entendu les coups de feu. Si l'on tient compte du facteur temps, elle a dû croiser, à un moment ou à un autre, la voiture d'Addison.

Incidemment, Paul, Della prétend que Mrs Ferrell est amoureuse d'Addison.

– Cela se pourrait, dit Drake.

– Je *sais* qu'elle en est amoureuse. J'ai observé son regard lorsqu'elle parlait de lui, j'ai observé l'expression de son visage, j'ai entendu l'intonation de sa voix lorsqu'elle prononçait son nom.

– Alors, elle doit être navrée de ce qui lui arrive, dit Drake.

– Elle l'est, certainement, fit Mason.

– Et ces dates dont vous parliez, Perry?

– Est-ce que rien de particulièrement étrange ne vous frappe en ce qui concerne la date des vacances de Ferrell?

– Je ne vois pas où vous voulez en venir, Perry. Bien sûr, c'était une drôle d'époque pour aller pêcher... Eh! attendez donc. Mon Dieu! Perry, ce n'est pas la saison des truites!

– Justement! dit Mason.

– Eh bien! que je sois damné! s'écria le détective.

– En outre, continua l'avocat, ces vacances devaient durer quinze jours. Ferrell devait revenir pour assister à un événement particulièrement important du point de vue de ses affaires.

– Qu'est-ce que c'est? demanda Drake. Je ne suis pas au courant.

– L'assemblée annuelle des actionnaires, expliqua Della.

– C'est bien ça, fit Mason. Remarquez également un autre fait étrange. J'ai fait téléphoner aux « Grands Magasins » pour m'entretenir avec le chef du personnel, Myrtle C. Northrup. Or, cette femme est également trésorière de la société. Qu'est-ce qu'on me répond? Qu'elle est en vacances! Drôle de moment pour partir en vacances!

– Eh bien! fit Drake.

– Ferrell et Addison se détestaient cordialement,

continua l'avocat. Ils détenaient, chacun, un nombre égal d'actions. Les autres actions avaient été réparties entre les plus anciens employés. Ceux-ci avaient pour habitude de ne jamais prendre parti. D'ailleurs, les directeurs de la société s'abstenaient d'aborder des sujets épineux aux assemblées d'actionnaires. Ces questions-là n'étaient discutées qu'à la réunion du conseil d'administration, et Myrtle Northrup était la seule, à part les deux hommes, à y assister, les autres actionnaires votant par procuration.

— Hé! où voulez-vous en venir? demanda Drake.

— Je n'en sais fichtre rien. Je me contente d'attirer votre attention sur un certain nombre de faits qui me paraissent importants. Passons à un autre aspect de l'affaire. Il est une femme, dans tout cela, qui a consenti à de très gros risques pour arriver à ses fins.

— Qui ça?

— La femme qui s'est présentée à mon bureau et qui s'est fait passer pour Laura Mae Dale.

— Qui est-ce, selon vous?

— Posez-moi la question autrement, Paul. D'où croyez-vous qu'elle tenait ses renseignements?

— Quels renseignements?

— Les renseignements concernant la famille Dale. Elle savait que la mère de Veronica s'appelait Laura Mae et qu'elle tenait un petit restaurant dans un faubourg d'Indianapolis. Elle ne connaissait pas l'âge véritable de Veronica, mais savait que celle-ci travaillait aux « Grands Magasins ». Maintenant, dites-moi, comment se fait-il qu'elle savait tant de choses, tout en ignorant l'âge exact de la jeune fille?

— Je ne sais pas, dit Drake.

— C'est Veronica elle-même qui le lui avait dit, intervint Della Street.

Mason acquiesça.

Ils roulèrent sans parler l'espace de quelques blocs d'immeubles.

— Mais pourquoi diable cette femme nous a-t-elle rendu visite pour nous raconter ces histoires? dit tout à coup Della Street. Elle devait bien se douter que la vérité se saurait tôt ou tard. De plus, elle prenait certains risques.

— Bravo! dit Mason. Pourquoi est-elle venue malgré tout?

— Je n'y comprends rien. A moins qu'elle n'ait été la complice d'Eric Hansell, ainsi que vous nous l'avez fait croire.

— En posant ces questions à Hansell, dit Mason, c'est surtout son visage que je voulais voir. Et son expression était plus éloquente que toutes ses réponses. Il avait une peur bleue de ces questions, mais je crois qu'il a une frousse encore plus intense de quelque chose d'autre. Il doit avoir commis un nombre impressionnant de chantages, pour lesquels il n'a jamais été poursuivi, et il tremblait à l'idée qu'on ne l'apprenne.

— Une chose est certaine, dit Drake. Hansell et Veronica avaient, tous deux, monté une combine de chantage. J'ai fait interroger par mes hommes cinquante-deux personnes dont le numéro de voiture figurait sur le calepin. Tous, ou presque, avaient donné de l'argent à Veronica, et deux ou trois, qui s'étaient trouvés dans une position... disons compromettante... avaient versé des sommes plus importantes à Hansell.

— Lequel, ajouta Mason, partageait avec Veronica. N'oubliez pas qu'elle a fait tout ce qu'il fallait pour se faire arrêter pour vagabondage.

— Dans ce cas, dit Drake, la fausse mère joue un rôle dans la combine.

— Pourquoi en auraient-ils eu besoin?

Drake sourit.

— Perry, vous n'êtes tout de même plus un enfant. Il leur fallait une mère qui pût clamer son indignation au bon moment, qui aurait versé des larmes de sang pour la vertu de sa fille et qui ne se serait consolée qu'avec un chèque d'une certaine importance.

— Vous croyez? Ils n'en avaient certainement pas besoin dans cette affaire-ci et, dans les autres cas de chantage, aucune femme se faisant passer pour la mère de Veronica n'est intervenue. Non, Paul. C'était une combine à deux. Veronica commençait, puis Hansell faisait son entrée en scène et agitait devant les malheureux l'épouvantail d'une fâcheuse publicité par voie de presse. Rien ne prouve, jusqu'à présent, que les deux jeunes gens avaient une complice.

— Et alors? Où cela nous mène-t-il? demanda Drake.

— Cette femme, déclara Mason, est venue me voir parce qu'elle voulait quelque chose.

— Naturellement.

— Et, ajouta l'avocat, le meilleur moyen d'apprendre ce qu'une personne veut de vous, c'est d'analyser ce que vous lui donnez.

— Que lui avez-vous donné?

— Un reçu indiquant qu'elle m'avait versé cent cinquante dollars en règlement de tout service rendu à Veronica Dale.

— Et elle vous a donné les cent cinquante dollars? demanda Drake.

— Non, elle me donna un chèque, qui se révéla sans valeur. Et, pourtant, elle voulait apparemment soit me donner ce chèque, soit recevoir le reçu, soit les deux. Remarquez, Paul, que ce chèque était d'un genre spécial, même le nom de la banque était en blanc. Elle l'avait pris dans un carnet contenant des chèques exactement pareils. Or, il n'y a guère que les grandes sociétés pour posséder de tels carnets, pour la commodité de leurs clients venant d'une autre ville et n'ayant pas sur eux leur propre carnet.

– Vous allez trop vite, Perry, déclara Drake. Pourquoi aurait-elle fait tout cela? Après tout, elle savait que vous ne feriez rien d'autre que d'accepter ce chèque.

– Elle l'a fait parce qu'elle voulait que j'*aie* son chèque.

– Dans quel but, Perry?

Mason sourit.

– Jusqu'à présent, Paul, dit-il, nous l'avons considérée comme faisant partie de la tentative de chantage. Ce point de vue me paraît erroné. Essayons donc autre chose. Supposons, au contraire, qu'elle voulût me fournir une arme contre le chantage qui se préparait. Elle voulait peut-être que je dise à Hansell : « Vous êtes fou, mon brave. Addison n'a rien payé pour faire libérer Veronica. C'est la mère de celle-ci qui a payé l'avocat, et voilà le chèque qui le prouve. »

Drake sifflota.

– Ainsi donc, poursuivit Mason, d'un côté Ferrell prend quinze jours de vacances juste avant l'assemblée des actionnaires pour mener à bien une affaire secrète. De l'autre, Myrtle Northrup, trésorière de la société, prend également des vacances au même moment. N'est-ce pas étrange, surtout à cette époque?

– Mais la Northrup déteste Ferrell, cependant qu'elle est notoirement fidèle à Addison, fit observer Drake.

Mason acquiesça.

– Or, continua le détective, Ferrell avait promis à sa rouquine de lui donner le poste de Myrtle Northrup, ce qui signifie qu'il allait la limoger.

— Ou, au contraire, la faire monter en grade, observa sèchement Mason; de cette façon, son poste devenait quand même vacant.

Drake se plongea dans ses pensées, cependant que Mason prenait un virage.

— Hé! Perry, où allez-vous? demanda le détective.

— Nous allons rendre visite à Myrtle C. Northrup, déclara Mason. Et après cela, nous aurons, je pense, appris pas mal de choses.

20

Le brillant soleil matinal dorait les grands immeubles du quartier résidentiel.

— Nous y voilà, Paul, dit Mason en arrêtant la voiture. Tenez votre carnet prêt, Della. (Il les précéda jusqu'à la porte de l'immeuble, consulta sa montre-bracelet, puis déclara :) Je crains de devoir faire appel à un de vos passe-partout, Paul.

En grommelant, Drake tira un trousseau de passe-partout.

— Vous devriez renoncer à ces méthodes, Perry, fit-il.

— Il ne s'agit que d'une porte d'immeuble, répliqua Mason. Personne ne pourrait nous le reprocher. Ce n'est pas comme si vous vous introduisiez de cette façon dans un appartement privé.

Toujours grommelant, Drake se mit à essayer ses passe-partout. Au troisième, la serrure tourna.

— Quel étage? demanda le détective, cependant qu'ils s'engageaient dans un couloir.

— Troisième, répondit l'avocat. Appartement 321.

L'ascenseur les emmena au troisième. Mason s'arrêta devant le 321 et tourna le bouton.

La porte s'ouvrit. Une odeur de café et de bacon grillé frappa leurs narines. Une femme vêtue d'une robe de chambre et tenant un journal à la main dit :

– Excusez-moi, je...

Le reste de la phrase se perdit dans une espèce de cri étouffé.

Mason ouvrit la porte toute grande, dit : « Entrez » à ses deux compagnons et pénétra dans l'appartement. Drake referma la porte d'un coup de pied.

Se faisant toute petite, Della Street se glissa vers une table sur laquelle chantait un percolateur électrique, s'assit près d'un grille-pain, ouvrit son carnet et décapuchonna son stylo.

– Permettez-moi de faire les présentations, déclara Mason. Voici Paul Drake, chef de l'agence de police privée Drake. Voici, d'autre part, Myrtle C. Northrup, actionnaire de la société propriétaire des « Grands Magasins », dans Broadway. La dernière fois que nous nous sommes vus, elle se faisait passer pour la mère de Veronica Dale. Je crois que Mrs Northrup va nous dire ce qui s'est exactement passé dans cette maison de campagne le soir où Ferrell fut tué. Je pense qu'il serait plus sage pour vous, Mrs Northrup, de ne rien nous cacher.

Pâlissant visiblement sous son maquillage, la femme recula de quelques pas, comme si elle espérait se mettre hors d'atteinte des visiteurs.

– Vous pensiez que je ne vous retrouverais pas, Mrs Northrup? dit l'avocat. Pourtant, vous aviez laissé une piste. C'est vous qui avez accueilli Veronica Dale, lorsqu'elle vint trouver le chef du personnel des « Grands Magasins » avec une carte de Mr Addison. C'est vous qui lui avez fait remplir sa fiche, avec son âge, le nom de sa mère et divers autres renseignements qui vous ont permis de vous faire passer pour cette dernière. Vous seule pouviez disposer d'informations à la fois correctes et inexactes. J'ajoute que, selon toutes les apparences, vous étiez de connivence avec Ferrell en vue d'une coalition d'actionnaires qui vous aurait permis de vous assurer le contrôle de la société lors de l'assemblée qui devait se tenir le vingt-cinq. Si vous nous expliquiez le mystère?

— Je ne comprends pas ce que vous voulez dire, fit-elle, méfiante.

Mason sourit.

— Vous n'allez tout de même pas nier que vous êtes venue à mon bureau et que vous avez insisté pour me payer mon dérangement en relation avec l'affaire de Veronica Dale? Ma secrétaire et ma téléphoniste peuvent, toutes deux, vous identifier.

— Non, dit-elle lentement, je ne nie pas cela.

— *Pourquoi* l'avez-vous fait?

— Je... je pensais pouvoir empêcher un chantage dont Mr Addison devait être victime.

— Comment saviez-vous qu'on le faisait chanter?

— Je me trouvais, à un certain moment, dans le bureau de Mr Ferrell et j'entendis une partie de la conversation qui se déroulait dans celui de Mr Addison. Je compris qu'on le menaçait et j'entendis le maître chanteur lui parler en termes très grossiers.

— Et c'est pour cela, demanda l'avocat, que vous êtes venue chez moi, vous faisant passer pour Mrs Dale? Afin que je puisse montrer votre chèque au maître chanteur s'il me rendait visite?

— J'ai pensé que ça pourrait vous aider.

— Bon, déclara l'avocat. Vous reconnaissez tout ceci, parce que vous vous rendez compte que j'ai des témoins capables de vous identifier. Maintenant, qu'allez-vous me dire au sujet de votre visite à la maison de campagne de Mr Ferrell?

— Je ne sais même pas de quelle maison vous voulez parler. Je n'y suis jamais allée.

— Il y a des témoins qui prétendent le contraire, dit Mason en souriant.

— Ils se trompent.

— Mes témoins, dans cette affaire, sont les empreintes que vous y avez laissées et que la police a retrouvées. Voilà une preuve qu'il ne vous sera pas facile de réfuter, Mrs Northrup.

— *Mes* empreintes ? fit-elle, stupéfaite.

— Bien sûr, dit Mason. Etant une personne honnête et non un repris de justice, vous n'avez évidemment pas songé aux empreintes.

— Comment... comment savent-*ils* que ce sont les miennes ?

— *Ils* ne savent pas, mais moi, je sais. Et puis, il leur suffirait de relever vos empreintes et de les comparer avec celles qu'ils ont trouvées là-bas. Ils seraient vite fixés. Alors vous devrez leur expliquer ce que vous êtes allée faire dans cette maison et ce que vous y avez fait pendant que vous vous y trouviez. Je vous conseille de me le dire d'abord.

Elle réfléchit un instant, puis dit doucement :

— Je m'avoue battue.

Mason hocha la tête.

Toute envie de résister semblait avoir abandonné Myrtle C. Northrup.

— Je pense que vous savez tout, de toute façon, dit-elle. Ça me fait plaisir, car je n'aurais pu continuer à vivre ainsi.

— Je voudrais connaître les détails, déclara Mason; en particulier tout ce qui a trait à la mort de Ferrell.

Elle se dirigea vers un placard, en ouvrit la porte et en sortit un lourd manteau. Il y avait dessus des traces de poudre et un trou étoilé dans le tissu.

— Parlez, ordonna l'avocat. Autant tout me dire.

— Mr Mason, je vous dirai tout! Ça me pèse d'un tel poids. Je n'ai pas pu m'endormir avant 4 heures du matin; c'est pourquoi je déjeunais si tard.

Un éclair de sympathie traversa le visage de Mason.

— Ce qui est étonnant, continua-t-elle, c'est que personne ne l'ait découvert plus tôt! C'était pourtant tellement simple! Je savais que je ne pourrais pas m'en tirer.

— Parlez, Mrs Northrup, insista Mason, jetant un coup d'œil vers Della pour voir si elle prenait des notes.

— Il faut remonter au jour où je commençai à jouer aux courses, dit Myrtle Northrup. J'avais un « système » et j'étais persuadée qu'il était infaillible, mais il se révéla catastrophique. Je pensai que ce n'était qu'un accident et je puisai dans les fonds de la société. Ferrell, comme vous le savez sans doute, passait son temps à éplucher les comptes et les bilans.

» Il possédait quarante pour cent des actions, et Addison quarante autres, le reste, soit vingt pour cent, étant réparti entre les plus anciens employés occupant des postes responsables. Il avait toujours été dans l'habitude des deux principaux actionnaires de discuter entre eux du détail des affaires et de présenter un front uni lors des assemblées d'actionnaires. Celles-ci, de ce fait, n'étaient que de simples formalités.

Elle s'arrêta un instant, prit une cigarette et l'alluma d'une main tremblante.

— Un beau jour, Ferrell découvrit la vérité. Il me força à signer une confession, et je dus consentir à voter selon ses directives. Or la plupart des petits actionnaires votent par procuration, et c'est à moi qu'ils envoyaient leurs procurations. Par mon intermédiaire, Ferrell en contacta un ou deux qui avaient l'habitude de venir aux réunions. C'était notamment une jeune fille, vendeuse au comptoir de stylos, Merna Raleigh. Il lui promit d'augmenter son salaire et de lui confier un poste plus important. Il y avait également mon ami Tom – Thomas P. Barrett. Pour éviter qu'il ne porte plainte contre moi, je dus faire la promesse à Ferrell de mettre Tom dans mon jeu.

» Ferrell acheta cette maison de campagne pour y travailler tranquillement à la réalisation de son plan, qui consistait à s'assurer le contrôle de la société.

– Comment se fait-il que Merna Raleigh possède des actions ? Elle est toute jeune.

– Elle avait hérité ces actions de sa mère, qui avait travaillé au magasin pendant des années.

– Et alors, que se passa-t-il ?

– Mardi, dit-elle, Ferrell devait soi-disant partir en vacances. En réalité, il n'avait l'intention d'aller nulle part. Il se rendit à son ranch et commença à tout préparer. Il m'avait dit de venir là-bas un peu avant 9 heures, mardi soir, et d'amener Tom avec moi. Je ne dis pas à Tom de quoi il retournait. Nous nous y rendîmes dans la voiture de Tom. Juste au moment où nous allions quitter la grand-route, nous croisâmes une voiture qui venait de la direction du ranch. C'était Mrs Ferrell, bien que, alors, je ne le susse pas.

– Et puis ?

– Quand nous fûmes arrivés devant la maison, je laissai Tom dans la voiture et j'entrai à l'intérieur pour parler avec Ferrell. Nous en avions convenu ainsi. Tom ignorait pourquoi nous étions là, mais j'avais promis à Ferrell de le « tâter » quant à ses intentions. Il avait été entendu qu'une fois Addison écarté de la direction, Tom, Merna et moi-même bénéficierions de divers avantages. Par ailleurs,

Ferrell avait promis de me rendre ma confession et de me laisser rembourser les sommes détournées sans rien dire à personne.

– Que se passa-t-il dans cette maison ? demanda Mason.

– Je trouvai Ferrell extrêmement agité. Il me dit qu'il avait ramassé sur la route une petite blonde du nom de Veronica Dale, alors qu'elle se rendait à la ville pour y faire fortune. Il avait, dit-il, eu pitié d'elle et lui avait promis de lui trouver du travail. En attendant, elle se trouvait dans cette maison.

– Avait-il vraiment l'intention de faire quelque chose pour elle ?

– Je ne sais pas, répondit-elle. Peut-être croyait-il pouvoir la persuader de passer la nuit avec lui. Peut-être avait-il l'intention de la ramener en ville. Lorsqu'une occasion se présentait, Ferrell n'était pas différent des autres hommes. Je sais qu'il courtisait Merna...

– Continuez, dit Mason, voyant qu'elle s'arrêtait.

– Il me dit que sa femme avait découvert l'existence de cette maison de campagne, qu'elle était venue et qu'elle avait aperçu Veronica, bien qu'il eût ordonné à cette dernière de se cacher. Sa femme s'imagina qu'elle était sa maîtresse et lui a annoncé son intention de demander le divorce. Vous imaginez le scandale qui en serait résulté. Il m'avoua avoir eu peur de révéler à sa femme les raisons qui l'avaient poussé à acquérir cette maison de campagne, persuadé qu'il était que son épouse ne le croirait pas.

– Qu'est-ce que vous avez fait ?

– Il me dit qu'il avait réfléchi à la situation et que, selon lui, la seule chose à faire était que nous rentrions en ville, lui et moi, pour aller trouver sa femme et lui montrer ma confession. Quant à moi, je lui expliquerais que cette maison n'était que son quartier général d'affaires et nullement un nid d'amoureux. Nous aurions alors demandé à Mrs Ferrell de garder le secret. Il me dit d'aller trouver Tom et de le prier de repartir.

– L'avez-vous fait?

– Je sortis et dis à Tom de retourner en ville, tout en lui recommandant de se taire. Puis je revins dans la maison. Mr Ferrell monta au premier pour prendre ma confession. Il l'avait dans une de ses valises, dans la chambre à coucher. Je le suivis. Mais, quand je vis ce morceau de papier, je ne sais pas ce qui me prit. Je lui confirmai mon intention de coopérer avec lui, mais je lui dis que j'exigeais qu'il me rende le document et que je voulais rembourser ce que j'avais détourné sans être inquiétée, que sa combine réussisse ou non. Il se fâcha. Nous échangeâmes des injures. Soudain, je vis un revolver posé sur ses affaires, dans la valise. Il tenait ma confession dans la main. Je m'emparai de l'arme et lui ordonnai de me donner le papier. Je compris, aussitôt, que je commettais une terrible erreur.

– Pourquoi ça?

– Il me frappa, et le coup de feu partit tout seul; la balle traversa la vitre. Puis il essaya de me désarmer. Il me tordit le bras. Les revers de mon manteau se retournèrent et, quand il me serra le bras, il me fit presser sur la détente. Au même instant, le second coup partit. La balle traversa mon manteau et alla se loger dans sa tête. Il tomba et, je crois, mourut sur-le-champ. C'est parce que la balle avait été tirée à travers le manteau qu'on n'a pas relevé de traces de poudre sur son visage.

» J'étais à bout de forces, je voulais me débarrasser du revolver et des balles. Je ne réfléchissais plus et je ne sus même pas, sur le moment, ce que je faisais. J'ouvris la fenêtre et tirai les autres balles en direction du sol. Puis je retirai les douilles du barillet et lançai l'arme aussi loin que possible dans le noir. Je mis les douilles dans ma poche, puis je me rendis compte que j'étais là avec un cadavre sur les bras. Je refermai la fenêtre, éteignis la lampe à essence et la lampe à pétrole au rez-de-chaussée.

» Il me fallait quitter cet endroit, et cela au plus vite. Je songeai à faire de l'auto-stop, mais cela pouvait amener des complications. Je ne suis ni jeune ni belle comme Veronica. Et je ne voulais pas laisser de traces.

— Qu'avez-vous fait ?

— Je savais que Mr Ferrell avait annoncé à tout le monde qu'il allait en vacances dans le nord-ouest. Je pris sa voiture et me rendis à Las Vegas, dans le Nevada, d'où j'envoyai un télégramme signé Ferrell. Je laissai la voiture là-bas et revins en avion. Le lendemain, je parus au magasin, comme si de rien n'était. J'étais en retard, mais personne ne s'en étonna, car, étant donné mes fonctions, je n'avais pas d'heures fixes et je ne pointais pas.

» Tard, cet après-midi-là, Veronica Dale se présenta avec un mot de Mr Addison. Je compris sur-le-champ que c'était la jeune fille dont m'avait parlé Mr Ferrell et je pensai que Mr Addison, puisqu'il l'avait ramassée sur la route, là-bas, s'était rendu lui aussi au ranch. Je lui posai un certain nombre de questions, et elle me raconta dans quelles circonstances elle avait fait la connaissance de Mr Addison. Je me rendis compte, également, qu'elle lui avait joué la comédie de l'innocence.

» Je lui donnai un emploi. J'avais toujours dans ma poche les six douilles et j'en voulais à cette petite garce hypocrite.

— Mais vous n'avez rien fait ce jour-là ?

— Non, je n'agis que le lendemain. Je me trouvais dans le bureau de Mr Ferrell, et la porte de celui de Mr Addison était légèrement entrouverte. J'entendis Hansell menacer Mr Addison et je compris que la petite blonde faisait partie d'une bande de maîtres chanteurs. J'ai toujours admiré Mr Addison et, sans cette confession, je n'aurais jamais fait contre lui quoi que ce soit, surtout pour le compte d'un salaud comme Ferrell.

– Continuez, dit Mason.

– Non seulement j'admirais Mr Addison, mais encore j'avais du respect pour lui, comme d'ailleurs la plupart des employés. Je me dis que, si je pouvais aller chez vous, me faire passer pour la mère de Veronica et vous verser vos honoraires, Mr Addison aurait la possibilité de se défendre contre les maîtres chanteurs. Après quoi je me serais rendue chez lui et lui aurais tout raconté.

– Et ensuite?

– Vous savez ce qui s'est passé chez vous. Comme Addison vous avait payé, je savais que ce chèque n'avait aucune importance pour vous. En revanche, ni Veronica ni son complice ne pouvaient deviner qu'il était sans valeur.

L'avocat acquiesça.

– Je pris le reçu que vous m'aviez donné et, soudain, décidai d'aller trouver Veronica pour lui dire que j'avais vu clair dans son jeu, et lui ordonner de le laisser tranquille, sous peine de gros ennuis. Puis je me dis que, lorsqu'on aurait découvert le corps de Mr Ferrell et qu'on aurait appris que Veronica avait été au ranch, on penserait que c'est elle qui l'avait tué. J'étais persuadée qu'avec ce minois de petite fille elle se tirerait toujours d'affaire. Elle aurait pu dire, devant le jury, qu'il avait voulu la violenter et qu'elle avait tiré pour se défendre.

– Vous raisonnez vite, dit Mason. Qu'avez-vous fait, en définitive, en quittant mon bureau?

– J'allai voir Veronica à l'hôtel. Elle n'y était pas,

car elle se trouvait encore au magasin, au rayon de la lingerie. J'avais toujours les six douilles dans ma poche et je ne savais qu'en faire. J'avais peur qu'on ne les trouve sur moi. Pendant que j'attendais Veronica, une idée me vint à l'esprit. J'allai dans sa chambre. La porte était fermée, mais il y avait une femme de chambre dans le couloir. Je lui dis que j'étais la mère de Veronica et lui montrai le reçu que vous m'aviez donné. Elle m'ouvrit la porte et je lui donnai un dollar. Je mis les douilles au fond de la petite mallette de Veronica où, pensais-je, elle ne les découvrirait pas de sitôt, puis je redescendis et l'attendis. J'étais sûre, en revanche, que la police finirait par s'intéresser à cette fille et que c'est elle qui les retrouverait dans la mallette. J'estimais que Veronica méritait tous les ennuis que cette découverte allait lui occasionner.

— Seulement, dit Mason, Veronica est une petite maligne qui trouva elle-même les douilles, comprit tout et les cacha dans l'appartement de ma secrétaire.

— Non! s'écria Myrtle Northrup. Ah! la petite garce!

— Bah! fit Mason. (Il alla vers le téléphone, décrocha, puis dit :) Passez-moi la police, s'il vous plaît; c'est très urgent.

Paul Drake soupira, se dirigea vers la table et se servit une grande tasse de café noir.

21

Mason, Della Street et Paul Drake étaient tous trois installés devant le comptoir d'un drugstore.

— Accouchez, dit Paul Drake.

Mason versa du lait dans son café, le sucra, puis déclara :

— Tout aurait été différent depuis le début si nous n'avions accepté comme pain bénit la théorie de la police selon laquelle le coup de feu avait été tiré de l'extérieur. Aveuglé par cette théorie, j'ai failli perdre de vue les autres aspects de l'affaire.

— Quels autres aspects?

— Vous les connaissez tous, maintenant, répondit l'avocat. Si j'avais raisonné, avec plus de rigueur, je ne vous aurais jamais envoyé chercher la mère de Veronica au diable vauvert. Ce qui m'a, en premier lieu, ouvert les yeux, c'est ce double départ pour les vacances. Il m'a fallu du temps pour comprendre que nos deux conjurés, Ferrell et Myrtle Northrup, se proposaient de revenir juste avant l'assemblée des actionnaires. Lorsque Addison m'expliqua que son entreprise était une société anonyme, je me dis aussitôt qu'un associé sans scrupules pouvait chercher à s'en emparer en achetant la minorité des actionnaires. Mais, ce que je ne parvenais pas à voir, c'étaient les liens qui existaient entre cette affaire et le crime... Bah! à quoi bon discuter? Rien de tout cela ne serait arrivé si je n'avais pas fait confiance à la théorie officielle.

— C'est comme Addison, fit Della Street. Lui aussi a été abusé avec sa petite vierge. Au fond, il avait raison de s'indigner, quand il nous téléphona la première fois, de voir que la police voulait transformer sa vierge en une fille vagabonde.

— Vous avez raison, Della, dit en souriant Mason. C'eût été aussi difficile que de transformer une vagabonde en une vierge!

Achevé d'imprimer sur les presses de l'imprimerie Brodard et Taupin
58, rue Jean Bleuzen, Vanves. Usine de La Flèche,
le 11 février 1985
1490-5 Dépôt légal février 1985. ISBN : 2 - 277 - 21780 - 8
Imprimé en France

Editions J'ai Lu
27, rue Cassette, 75006 Paris
diffusion France et étranger : Flammarion